河南省高等學校哲學社會科學創新團隊支持計劃
『黃河文學文獻整理與文化研究』(2021-CXTD-06)
河南大學黃河文明省部共建協同創新中心資助出版

◎清代中州名家叢書

周之琦集

陳麗麗 輯校

中州古籍出版社
·鄭州·

圖書在版編目(CIP)數據

周之琦集 / 陳麗麗輯校. —鄭州 : 中州古籍出版社, 2020.10
(清代中州名家叢書)
ISBN 978-7-5348-9448-0

Ⅰ. ①周… Ⅱ. ①陳… Ⅲ. ①中國文學-古典文學-作品綜合集-清代 Ⅳ. ①I214.92

中國版本圖書館 CIP 數據核字(2020)第 212310 號

ZHOU ZHIQI JI
周之琦集

出版社:中州古籍出版社
(地址:鄭州市鄭東新區祥盛街 27 號 6 層 郵編:450016)
發行單位:河南省新華書店發行集團有限公司
承印單位:河南大美印刷有限公司
开本:890mm×1240mm 1/32 **印張:**12
字數:255 千字 **印數:**1—1 000 册
版次:2020 年 10 月第 1 版 **印次:**2020 年 10 月第 1 次印刷

定價:52. 00 元
本書如有印裝質量問題,由承印廠負責調換。

前言

周之琦，字穉圭，號耕樵，一號退菴，河南祥符（今開封）人。其先祖仕宋，居紹興。其祖父周文渙，字燦如，候補通判，由會稽遷居祥符。裴元秀《開封清代周氏科舉家族》一文中指出：祥符周氏乃清代中州望族，是一個擁有二十二位舉人、十二位進士和四名翰林的科舉家族（《汴梁晚報》二〇〇八年十月九日）。周之琦父世績，字伯元，乾隆乙酉科解元，辛丑科進士，任福建崇安縣知縣。周之琦生於乾隆四十七年（一七八二）七月初七日寅時。幼聰穎，五歲時從祖父受書。十二歲，被父親限定每日功課，勤心修習。父殁後，從伯父請業。嘉慶元年（一七九六）冬，補開封府學庠生。嘉慶三年（一七九八）科試詩、古皆第一，補廩膳生。嘉慶九年（一八〇四）河南鄉試中第五十六名。嘉慶十三年（一八〇八）進士，選翰林院庶吉士，散館授編修。升國子監司業，遷翰林院侍講。道光元年（一八二一）出授四川鹽茶道，歷任浙江按察使、廣西布政使、江西巡撫、湖北巡撫、廣西巡撫，補授太僕寺卿、刑部右侍郎等，官終於廣西巡撫。周之琦操守清廉，性情樸直，於屬員不假辭色，於公事不許通融，數次上疏言鹽務、築堤、賑灾等事宜。道光二十六年（一八四六），因病乞休歸鄉。同治元年（一八六二）六月二十二日未時，卒於家，享年八十一歲。《清史列傳》卷四九有傳。其子周汝筠、周汝策撰《穉圭府君年譜》，詳述其行年。

周之琦能文，詩、古、時藝，靡不純粹以精，著作極富，有《庚郵日記》、《新居閑筆》等，然率多散佚，僅存《珠巢存課》及散篇若干。《珠巢存課》兩卷當屬課藝之作，所録皆詩賦。上卷有賦十四篇；下卷皆五言古詩，計七十六首。周氏於製詞最爲專精，有《金梁夢月詞》二卷，《懷夢詞》一卷，《鴻雪詞》二卷，《退菴詞》一卷，合爲《心日齋詞集》。其詞瓣香北宋，格調渾融深厚。其中《金梁夢月詞》作於嘉慶十八年（一八一三）至嘉慶二十五年（一八二〇），其時在京師任職，常與同僚友人唱和，多抒發閑情逸趣。道光元年（一八二一），之琦出京。道光六年（一八二六），調浙江按察員。道光九年（一八二九），其妻沈氏病逝於浙江，此後一年多，周氏寫下大量悼亡詞，結爲《懷夢詞》。周之琦自道光元年（一八二一）外任後輾轉各地爲官，調任遷徙途中，或歸京停留之時，曾創作大量詞章，集爲《鴻雪詞》，凡一百三十九首。道光二十六年（一八四六），病乞返鄉，頤養天年之際，仍不輟詞作，有《退菴詞》六十八首。嚴迪昌先生《清詞史》指出：『周之琦早期《金梁夢月詞》影響較大，大抵爲閑情之作。中年悼亡，則引納蘭性德爲同調，加之間關南北，頗多旅途羈愁和山水記述詞，情較真切。晚歲遭受亂世，始深感慨，哀生憫世之音漸多。』綜觀周之琦諸詞，以悼亡、送别、唱和、咏物、思鄉懷人最爲矚目。

周之琦亦爲詞選家，輯有《十六家詞》、《飲水詞附劉公旉初詞》，合爲《心日齋詞選》，惜《飲水詞》未付剞劂氏。今有《心日齋十六家詞録》二卷，所録詞人自唐五代至元，卷上爲温庭筠、李煜、韋莊、李珣、孫光憲、晏幾道、秦觀、賀鑄、周邦彦、姜夔，卷下爲史達祖、吴文英、王沂孫、蔣捷、張炎、張翥，共十六家，三百九十七首。詞前附有詞人小傳，部分詞後有評注，集末有周氏跋語，以十六首絶句分論所選詞人。另有抄本《晚香室詞録》八卷傳世，署名金粱夢月外史，選録唐、五代、宋、元詞，凡六百五十首，涉及一百二十一位詞人及無名氏之作。其中選詞十首以上者有温庭筠、韋莊、李珣、晏幾道、張先、秦觀、賀鑄、周邦彦、姜夔、史達祖、吴文英、王沂孫、張炎、蔣捷、元好問、張翥，無名氏十五首。該詞選體例與《十六家詞録》類似，詞前有詞人小傳，有些詞後附有輯評及周氏按語。該集輯評材料較豐，涉及仇仁、周密、黄昇、倪元瓚、孫巨源、黄庭堅、陳質齋、程叔徹、晁補之、蘇轍、陸游、周煇、周紫芝、强煥、沈伯時、王性之、陳藏一、趙子固、張炎、尹唯曉、鄧牧心、張孟浩等衆多人物，以及《古今詞話》、《北夢瑣言》、《能改齋漫録》、《耆舊續聞》、《道山清話》、《詞林紀事》、《苕溪漁隱叢話》、《藝苑雌黄》、《樂府紀聞》、《復齋漫録》、《詞話》、《歸潛志》、《詞品》、《歸田詩話》、《揮麈録》、《鶴林玉露》、《墨莊漫録》、《朝野遺記》、《貴耳集》、《硯北雜志》、《癸辛雜識》、《蘆浦筆記》等多種著作。周氏按語則多爲討論音韻、格律之論，可見其音韻造詣及詞學態度。

周之琦一生經歷乾隆、嘉慶、道光、咸豐、同治數朝，尤其嘉、道年間，不僅進身仕途，而且是該時段較爲重要的一位詞人。丁紹儀《聽秋聲館詞話》、郭則澐《清詞玉屑》、譚獻《篋中詞》、蔣敦復《芬陀利室詞話》、謝章鋌《賭棋山莊詞話》、李慈銘《越縵堂讀書記》、程恩澤《程侍郎遺集》、劉嗣綰《尚絅堂集》、朱孝臧《彊村語業》等諸多名家著作中，皆對周之琦及其詞集、詞作予以高度評價。

考周氏現存著述，既有已刊行的《珠巢存課》、《心日齋詞集》、《心日齋十六家詞録》，亦有以抄本形式保存下來的《晚香室詞録》，此外，還有《稺圭府君年譜》中所録之詩文、奏摺、書信，以及《北涇草堂集序》等見於他人集中的零散之作。本集力圖對現存周之琦相關文獻進行全面輯録整理，其中《金粱夢月詞》、《懷夢詞》以國家圖書館所藏李慈銘批跋杭州愛日軒陸貞一仿寫并刊之善本爲底本，兼以清刻本《心日齋詞集》爲參校本；《鴻雪詞》、《退菴詞》直接以清刻本《心日齋詞集》爲底本；《珠巢存課》以《清代詩文集彙編》影印本作爲底本；《心日齋十六家詞録》、《晚香室詞録》雖爲詞選，但所選詞人、詞作及評注、按語亦可體現周氏之詞學思想，因此將二選詞目及周氏所評詞作及評語、按語囊入集中。《心日齋十六家詞録》以國圖所藏刻本爲底本，該本有『道光二十四年甲辰冬十一月既望華亭張祥河謹識於桂林鳳竹樓』之題辭；《晚香室詞録》以國圖所藏抄本爲底本；《北涇草堂集序》録自清道光三年（一八二三）劍南室所刻

《北涇草堂集》；《清故江西信豐縣知縣小谷武君墓志銘》録自清道光刻本武穆淳撰《桃江日記二卷·名宦録一卷》；《穉圭府君年譜》以國圖所藏同治間（一八六二—一八七四）祥符周氏刻本爲底本。本文集整理儘可能尊重底本原貌，常見異體字按出版要求予以統一。

目録

金粱夢月詞　卷上

金梁夢月詞　卷下

懷夢詞

鴻雪詞　卷上

鴻雪詞　卷下

退菴詞

珠巢存課　上

珠巢存課　下

附録一

附録二

金梁夢月詞　卷上

壬申至丙子

四字令

吟香綺櫳。傳詩翠筒。玉梅纔識春容。釀春光未濃。　虹梁半空。魚波萬重。舊時月色相逢。話家山夢中。

阮郎歸（二調）

昨宵同賦冶春詞。芳襟暗共期。今朝却是送春時。紅螺懶更持。　來又恨，去還思。凄凉花一枝。哀箏彈損遠山眉。此情金雁知。

又

朝來春色媚檐牙。晴暉散曙霞。晚來秋影到窗紗。新眉試月華。　羅帳倚，繡簾斜。催歸夢未差。紅燈開作可憐花。今宵真到家。

青玉案

西山顔色仍依舊。只添了、眉痕皺。小院珠簾垂永晝。吟箋半摺，畫闌孤倚，長憶分襟後。閑中記曲拈紅豆。風雨還驚夜來驟。曾問南園芳事否。鶯如人懶，花如人醉，春也如人瘦。

一剪梅

春水和李賓石

一鏡烟痕望裏收。咫尺回橋，緑軟香柔。有人扶上木蘭舟。載了春心，蕩了春愁。　冶葉傳情恨未休。照影嬋娟，那處妝樓。小紅闌外是西洲，今日東風，明日東流。

蝶戀花（三調）

門外垂楊千萬縷。不繫春光，只繫春愁住。文杏巢空雙燕去。紫簫聲裏屏山暮。　恨別江郎渾懶賦。一抹烟痕，舊約無尋處。五里東風三里雨。蘼蕪吹冷天涯路。

又

送芙初南歸二解

簾底斜陽紅一綫。怕近黄昏，不放銀鈎卷。燭影西堂看又短。金尊只訝宵來淺。　賦罷離情魂欲斷。砧杵誰家，唤起征人怨。冷到秋心秋不管。芙蓉却在江南岸。

又

往日題襟同客邸。一樹垂楊，兩兩吟匏寄。小巷城南三五里。等閑化作盈盈水。　天上秋雲吹易碎。送得君歸，却問歸何計。燕子樓臺斜日裏。江南也是消魂地。

瑞鶴仙

屠琴隖舊寓米市胡同雙藤老屋，諸同志時時觴咏其間，距今三載矣。嘉慶壬申春杪，琴隖真州書來，重話疇曩，因賦此闋。爾時同集者：劉芙初、董琴南、朱勳楣、謝向亭、錢衎石、賀耦庚、琴隖及余爲八人，皆戊辰同年友也

素天分雁軫。話夢影揚州，月痕初暈。情波寄蘭訊。又魚箋手擘〔一〕，麝煤心印。琴歌興引。且

漫説、游踪未准。但匆匆、側帽吟來，輸與舊時青鬢。　還問。雙藤在否，絡架扶墻，幾番紅褪。交枝翠隱。蒼蘚路，有誰認。怕幽禽忘了，花魂清瘦，却道栖香正穩。倚黄昏、闌角尖風，峭寒自忍。

【校記】

〔一〕手擘，《心日齋詞集》作『唾濕』。

一枝春

白芍藥

婪尾杯深，殿群芳、付與伶俜花影。嬌姿澹埽，不許綺羅人并。薔薇卧晚，記曾共、曲闌閑凭。空自把、情淚偷含，夢入瑣窗烟冷。　湔裙素波低映。漸韶華過却，將離折贈。東風倦眼，到得粉融酥凝。濃春未了，問誰見、玉奴妝靚。還更怕、殘月揚州，杜鵑唤醒。

西湖月

題《孤山放鶴圖》

巢居不鎖仙心，弄遠影褊褼，絳霄風穩。素裳縞袂，澄湖十里，翠峰千仞。圓吭清響遞，更兩兩、瑶笙松吹引。儘戀著、嶺畔梅花，肯説玉京飛近。　軟紅我尚淹留，嘆蕙帳塵空，怨懷誰訊。故園秋矣，褵褷瘦翮，不堪重認。芝田歸有路，但倦羽、商量期未准。枉回首、夢裏青山，白雲無盡。

陌上花

七夕

雙星寄語紅羅，亭上舊香誰采。麗句南唐，吹冷半空仙籟。當時恨與東流去，容易朱顔催改。慶長生唱出，鳳簫一曲，悶持羅帶。　話前因、夢裏填橋烏鵲，那見纖雲飛蓋。片石支機，還是聘錢難貸。占絲鈿合空相約，孤負西樓人待。但清秋、認取梧桐深院，賦情猶在。

念奴嬌

陶然亭懷芙初

江亭送客[一]，話西風、一笛清游曾記。已是離愁消未盡，禁得危闌重倚。别浦凝陰，回塘弄晚，摇漾滄洲意。前番衰柳，向人還又憔悴。　長恨千里關山，南雲不見，見蒼烟無際。帽影緇塵江上路，多分霜絲難理。潮落秋生，水凉夢遠，休唤眠鷗起。相思何許，白蘋紅蓼鄉裏。

【校記】

〔一〕江亭送客，《心日齋詞集》作「翠斂亭畔」。

解連環（二調）

雪意

畫檐岑寂。送寥空倦眼，亂鴉飛急。護凍雲、戲玉猶慳，任翦取鳳翎，不成拋擲。睡起痴龍，但小試、殘年風色。照銀燈點點，絮粉淚痕，何處相識。　幽尋灞橋路隔。對薰爐篆縷，清夢難覓。做幾番、酒醒天寒，喚山寺夜鐘，水樓長笛。萬里蒼茫，倩誰問、飛瓊消息。折梅花、故人故里，寄愁未得。

又

癸酉秋奉使并門，行次恒山驛，晋、豫分道處也。太行山翠，紛來邀客，隔河南望，鄉思黯然，賦寄伯兄次珩

驛塵三輔。向郵亭繫馬，晚鐘敲雨。看荒垣、幾日清秋，恰疏柳當門，鎮牽離緒〔一〕。半枕黃粱〔二〕，問短夢、今宵何處。任吟箋唾濕〔三〕，畫燭淚深，歸思難賦。　滹沱去程記否。料重尋

往迹，爪印非故。儘思量、南走邯鄲，盼漳水銅臺，舊鄉雲樹。喚客山靈，又相約、明朝西去。寄愁心、雁飛雁落，夜長自語。〔四〕

【校記】

〔一〕鎮，《心日齋詞集》作『暗』。

〔二〕黄粱，《心日齋詞集》作『浮生』。

〔三〕唾濕，《心日齋詞集》作『香冷』。

〔四〕《心日齋詞集》該詞後有：『詞中荒字、當字、思字、銅字皆用平，嫌與美成、夢窗詞相反。同年劉芙初則謂白石、竹山、玉田《解連環》詞於此等處平仄初不盡拘，勸余存之，然知音者，不免以落腔為笑也。』

金縷曲（二調）

芙初殘臘抵京，况味寂寥，次韻賦贈

玉斝春風暖。儘宵深、爐香飄盡，燭花燒短。店月橋霜經行處，縷縷夢魂誰管。向竹裏、今番重款。別淚青衫痕猶凝，料琵琶、聽徹歌聲軟。閑細數，雁程緩。　征塵寫入江南怨。自沈吟、紫簫非舊，翠衾空展。燕麥元都無人問，况是素弦聲斷。更休訴、京華游倦。鷗鷺江湖還漂泊，甚閑雲、容易隨舒卷。回首處，晉陵遠。

又

夜坐疊前韻

畫鴨香心暖。倚黃昏、歲殘時序，漏長檠短。官閣梅花開猶未，吹破一枝羌管。念獨夜、清尊誰款。彈指春光天街近，漸東風、揚得紅塵軟。吟擁鼻，數聲緩。　金梁此夕啼鴉怨。黯消凝、舊山圖畫，不堪重展。烟夢凄迷無尋處，多事彩雲吹斷。算顧曲、心情都倦。喚起青鸞歸飛去，看樊樓、十二珠簾卷。千里外，寄愁遠。

三姝媚

櫻桃

垂檐紅半彈。漸餳簫吹殘，荼蘼開過。乍啓唇朱，趁小腰蠻舞，玉顏初破。禁苑偷銜，憐蘸羽、鶯黃微涴。記憶妝樓，閑折嬌春，粉香千朵。　還對珍叢婀娜。問露液承盤，爲誰輕墮。翠籠分携，送錦韉歸去〔一〕，悶拈珠顆。寄遠年年，將恨與、鮫綃俱裹。怕說杯停婪尾，繁陰夢鎖。

【校記】

〔一〕錦韉，《心日齋詞集》作『錦鞍』。

聲聲慢（二調）

偕邵季若自窰臺步至江亭，菰蒲蕭蕭，殊有濠濮間意

鈎藤礙屐，帶草牽衣，循途恰轉回塘。鏡曲幽尋，疏磬漸引雲房。翛然半郊半郭，浣塵纓、慣咏滄浪。聽醉語，只山僧一笑，識我清狂。　回首前游幾日，又西風吹换，石冷苔荒。倦柳依依，猶戀澹薄秋光。沙鷗漫留後約，怕重來、老却斜陽。歸未得，但憑高、還睨舊鄉。

又

晨起踏雪詣向亭

街長帽側，徑滑笻扶，斜風乍見飛綿。款竹門深，還更一笑相看。朝來玉樓凍合，怪尖叉、瘦聳吟肩。閑趣好，但塵襟泥酒，醉墨塗箋。　容易烟雲過也，甚鴻泥爪印，倦旅依然。冷落詩囊，誰念歲晚長安。冰霜待尋伴侶，只孤琴消得清寒。似夢裏，又梅花、開了故山。

好事近（四調）

輿中雜書所見得四闋

杭葦岸纔登，行入亂峰層碧。十里平沙淺渚，又渡頭人立。　笋將摇夢上輕舟，舟尾浪花濕。恰好烏篷小小，載一肩秋色。自獲鹿至井陘，日三四問渡。

又

詩句夕陽山，扇底故人曾説。好是固關西去，看萬山紅葉。　翠蛟潭上認題名，屐齒爲君折。驀地蘚花濃處，出一雙胡蝶。陳受笙畫扇贈行，題詩有『好山都在固關西』之句。

又

峻坂怯肩輿，引綆兩行猶弱。幾日牽船岸上，只蒲帆難著。　一聲碧月大堤頭，舊夢定誰托。何似春風天半，挽秋千紅索。入太行道中，輿前以索挽之。

又

引手摘星辰，雲氣撲衣如濕。前望翠屏無路，忽天門中闢。　等閑鷄犬下方聽，人住半山側。行踏千家檐宇，看炊烟斜出。南天門尤陡峻，人多鑿窑而居。

丁香結

雙柏堂偶述，用周美成韻

屋角烟疏，井闌人寂，纖影月蛾低隕。嘆流光輕迅。玩素景、路指苔階蒼潤。倦懷曾見否，新寒試、袖薄更忍。天涯凝想，粉淚定逐爐香飄盡。　秋引。正暗葉吟商，夢覺南雲雁陣。鈿尺閑拋，紋衾静倚，一燈初暈。憑寄歸羽信息，送喜箋盈寸。聯莢屏清咏，猶及霜紅未損。

踏莎行

勸客清尊，催詩畫鼓。酒痕不管衣襟污。玉笙誰與唱消魂，醉中只想瞢騰去。　綺席頻邀，高軒慣駐。閑來却覓栖鴉語。城頭一角晋陽山，怪他青到無人處。

浪淘沙（二調）

擬游晋祠不果

雉堞幾憑闌。拄笏空看。叢祠依舊鎖雲關。如此嵐光渾不識，羞渡桑乾。　　碧玉瀉潺湲。流水生寒。一聲凉雁最無端。桐葉西風多少恨，留與青山。

又

秋蟬和衎石

凉思又銅盤。琴外聲殘。一庭愁碧鎮相憐。冷入秋心飛不去，衰柳年年。　　何處説荒寒。落葉長安。西風休更倚闌干。弱羽翛翛真似我，鬢影羞看。

南樓令

歸次壽陽驛，霜氣寒甚

候館閉殘釭。凄凄夜已霜。擁青綾、一昔雲凉。多事西風吹恨去，隨冷月、度回廊。　　秋夢惱疏狂。征衣惜舊香。有閑心、休著思量。憔悴銀屏山幾叠，渾不耐、漏聲長。

醜奴兒慢

九月十九日望都縣城外書事

輕塵倦馬，酒醒今宵何處。最愁説瓊簫、花外半壁儲胥。恨入初程，劍歌聲悄壯心孤。圍棋乘興，遲回命屐，一著先輸。　鼓吹未閑，凄凉官燭，憔悴軍符。更誰向、平原飛騎，笑挽雕弧。廢壘秋笳，怨吟曾到帳中無。傷心休問，遼空唳鶴，殘月鳴狐。

高陽臺（三調）

客有談衛源近事者，感賦此調

鳩羽鶩媒，龙音感帨，匆匆芳訊偷傳。一紙相思，怨紅啼濕銀箋。連波別有牽魂處，甚回文、倦眼曾看。枉猜他，珠腕閑題，粉淚輕彈。　無情河水東流去，打空城寂寞，螢火飛殘。埋玉誰家，秦簫吹冷荒烟。人間多少傷心事，誤南柯、淺醉酣眠。又争知，孔雀徘徊，還到郎邊。

又

仙露庵，宋宫人餞汪水雲處

白雁聲殘，青蛾淚盡，燕臺別路重分。供奉琴歌，不堪彈入離尊。興亡夢短黄冠老，掩金觴、翠袖含顰。嘆西湖，卅六離宫，何處長門。　當年環珮空歸去，任花幡戀雨，佛火愁人。剩水殘山，依然鈴語黄昏。紅兜那覓南朝寺，話滄桑、舊額猶存。泣銅仙，承露盤傾，一樣消魂。

又

長椿寺明田妃畫像慈聖李后像并藏寺中

葉落秋槐，花零素柰，驚鴻省識啼妝。月影揚州，禁他燕館清霜。九蓮寂寞閑房共，黯殘僧、黄帊司香。儘關心，小閣承乾，前度昭陽。　霓裳未破哀蟬誄，指環妃葬地，金碗銀床。天壽幽宫，珠旒翻托明璫。相從好奏西陵伎，比人間、椒殿春長。漫魂歸，一幢芝龕，冷話興亡。

玉漏遲

耦庚席上賦葛仙米

紺珠塵未埽。緑鸜銜後〔一〕，黛螺痕小〔二〕。一捻圓勻，春出玉山香稻。雋味青精漫擬，待糝入、羹湯還好。春又早。紅鹽碧醖〔三〕，者時情抱。　相看句漏雲封，只乞米長安，甑塵閑笑。旅食年年，依舊石田荒了。儘把丹砂寄與，怕夢裏、黄粱人老。鄉信杳。知他雁鴻多少。聞豫中苦飢。

【校記】

〔一〕緑鸜銜後，《心日齋詞集》作『幺禽啄後』。

〔二〕黛螺，《心日齋詞集》作『碧螺』。

〔三〕碧醖，《心日齋詞集》作『緑酒』。

喜遷鶯

過米市胡同作

翻階紅藥。尚作意弄晴，雕闌西角。金谷春迷，蕪城天遠，都把俊游抛却。悶思去年花發，愁惹今年花落。燕飛盡，問悠悠何處，橋邊朱雀。　疏箔還更啓，閑拂暗塵，夢短憑誰覺。蠟淚黏螢，衣香化蝶，不記那回行樂。舊歡斷魂人往，新侶探芳人約。賞心事，又從頭聽取，柔奴弦索。

月華清（三調）

賦得團扇復團扇

小影兜香，圓規倚月，未秋已自惆悵。憔悴回看，幾日乍縈蛛網。記同心、有約相攜，問半面、爲誰羞障。烏巷。負僧彌玉潤，繡籢偎傍。　戲蝶游踪暗想。枉鏡彩重重，細描宫樣。宛轉聲中，禁得倩魂摇揚。掩花容、新恨仍迷，聽絮語、舊情難忘。低唱。付秦淮渡口，那時雙槳。

又

初夏

燕乳飛遲，蠶眠香老，一番棼尾吟後。怕檢羅衫，還怯曉寒襟袖。蘸簾影、緑蔭方重，尋履迹、艷陽難又。孤負。聽鸝鸖花外，那回携手。　伴侣停針話久。但强啓窗紗，悶添晴晝。梔子同心，忍見素紈描就。悔抛却、吹絮光陰，任閑到、熟梅時候。依舊。試榴紅裙衩，爲伊消瘦。

又

丙子六月七日晨，詣玉泉山。凍雨初歇，車行積潦中，宛如舴艋。小詩呈李芝齡前輩：『十頃玻璃坐渺然，天光如水水如烟。閑情更語淮陰客，要借君家鴨觜船。』『一騎銜波徑轉遥，半灣秋映玉虹腰。石闌干外垂絲柳，知是江南第幾橋。』『露珠紺影上衣紗，扇底凉痕一倍加。迤邐湖光吟不斷，風香消受萬荷花。』并成此解

短策吟烟，驕驄踐渌，柔波十里如翦。一舸誰携，恰好徑隨花轉。乍唤侣、垂柳門邊，更覓路、曲闌橋畔。消遣。向菱灣蓼溆，等閑尋遍。　況是澄湖漲滿。傍岸觜沙唇，鏡奩初展。銀漢盈盈，可許浣紗人見。帶空翠、半角山孤，蘸秋影、數重天遠。歸晚。正冰綃索句，玉鞭須緩。

絳都春

緑陰

烟絲邃館。乍約住翠雲，回廊遮遍。做暝弄晴，沾惹離愁愁無限。凄香滯粉閑凝眄。更誰識、殘紅幽怨。杜鵑何許，匆匆儘把，艷陽催晚。　空戀。簪花俊賞，是幾度鏡裏〔一〕，朱顏偷换。問取倩魂，那信飛鶯吹還轉。啼妝枉隔春風面。剩黛色、眉痕猶見。悄然青子枝頭，恨長夢短。

【校記】

〔一〕是幾度鏡裏，《心日齋詞集》作『泥人處暗裏』。

瓏璁玉（二調）

都人夏日賣冰者，以兩銅盞相戛作響。漁洋詩所謂『櫻桃已過茶香減，銅碗聲聲喚賣冰』者也

蓉闕櫻殘，早添得、韻事京華。玻璃沁碗，喚來紫陌雙叉。妙手玎璫弄巧，勝肩頭鼓打，小擔聲嘩。停車。裁油雲、隔住玉沙。　暗想槐薰倦午，正窗閑雪藕，鼎怯煎茶。碎響玲瓏，問驚回、好夢誰家。屏間珠喉輕和，有多少、鈴圓磬徹，低唱消他。晚香冷，伴清吟、深巷賣花。兒童賣晚香玉，聲亦可聽。

又

瓦噴壺

清暑簾陰，晚風送、枕簟瀟瀟。陶家製出，買春不是詩巢。幾陣階前遞響，早千絲玉濺，一白珠跳。涼宵。還相催、金井桔槔。　未擬官哥樣好，但瓶長較頸，鼓細量腰。貯腹泉甘，尚虧他、淺潤堂坳。壺公仙踪曾托，更休把、冰清心迹，瓦合輕嘲。雨來也，埽煩襟、如意漫敲。

望海潮

送勳楣出守瓊州

銀瀧飛蓋，油幢濺雪，春風乍到南天。閩嶠句題君時取道福州，羊城路指，羅浮青入雙鬟。烟靄護旌旃，早滄溟咫尺〔一〕，催渡樓船。竹馬人來，幾聲銅鼓唱喧闐。吟心卧閣清閑。正桄榔未老，胡蝶猶仙。蜑雨弄晴，蠻花醉曉，珊瑚十萬瓊田。一酌試廉泉。問深沈合浦〔二〕，可有珠還〔三〕。埽盡樓臺蜃氣，吹笛海門山。

【校記】

〔一〕早，《心日齋詞集》作『看』。

〔二〕問，《心日齋詞集》作『想』。

〔三〕可，《心日齋詞集》作『早』。

瑣窗寒

紫泉孝廉李賓石，余再從姊婿也。病樹不春，曇花遽萎，煢煢嫠緯，其可哀已

聽雨沽春，題花卜夜，勝游曾幾。書傳雁羽，有約玉簫同倚。踏松陰、依然斷腸，素弦一昔牙琴

碎。過招提倦旅，當時燈暈，尚飄紅穗。　誰寄。相思意。但絮影埋香，酒痕吹水。秋墳怨語，凄入女嬃砧裹。話傷心、孤雛未將，紙錢那覓空燕壘。判今生、塵面西風，爲君持淚洗。

齊天樂（六調）

寒雲

泬寥千里寒空色，誰教玉龍輕占。望裏仍飛，愁邊又聚，不許梨花香泛。陽臺恨斂。漫提起巫峰，那回春感。夢雨蒼涼，楚腰羞向近來減。　探梅曾約舊崦，鶴衣尋徑處，幽賞空念〔一〕。澹欲黏天，濃應釀雪，贏得今番凄黯。山螺翠掩。更隱約疏林，墨痕低染。界破冥濛，冷鴉三四點。

又〔二〕

寒月

廣寒已是消魂地，西風況禁凄惻。鷲嶺初升，鴛樓乍映，依約圓冰飛出。澄輝似昔。只酒罷春溶，夢孤秋碧。漫憶前身，水精簾下又今夕。　青天重訴怨抑。素蟾流影外，難寄消息。悄倚娥妝，閑抛羿藥，一杵元霜空惜。瑶笙夜寂。鬥青女嬋娟，誤他孀魄。淚點金波，任教菱鏡濕。

又

寒燈

瑣窗閑絮釵蟲語，盈盈倩魂無定。盞側星孤，盤敧豆小，争忍挑來還暈。瑶街漏緊。待添了銅荷，玉膏猶凝。夜飲誰家，九蓮花底唤春醒。

蘭房幽意自省。背人茸帳倚，金鴨都燼。半翦難勝，雙心暗怯，長盼天涯芳信。歡期未准。任碧悴紅迷，怨蛾相映。繡被霜濃，一枝空照影。

又

寒柝

暮天吹角譙門斷，凄音乍聞飄渺。響接砧疏，傳隨箭急，還帶提鈴聲小。嚴城静悄。伴清漏銅壺，幾番昏曉。逝水年華，爲誰消領舊懷抱。

空街敲恨未了。鐵衣來往處，霜信偏早。鷺堠迷烟，鷄籌唤月，那更春光不到。離情暗惱。問挑盡殘燈，送愁多少。帳底驚魂，夜長人易老。

又

寒鴉

晚霜天外歸飛急，淒淒噤寒無語。水驛檣稀，河堤樹老，羞説垂楊終古。酸風聽取，問積霰平林，舊巢安否。黯澹叢祠，陣雲吹送楚江暮。　蘇臺前事暗數。醉歌人未散，銀箭催曙。叫月聲孤，棲烟夢冷，重憶昭陽何處。蕭條倦羽。悵子夜啼殘，白頭還苦。鬢影相看，玉顏空淚雨。

又〔二〕

寒雀

故枝驚説平林盡，霜天幾回漂泊。畫舫烟迷，朱橋日暮，多少荒凉村落。空倉去却，嘆廷尉門前，哭飢誰托。化蛤餘生，水雲何處夢難著。　枋榆重問舊約。燕泥凋粉壁，一樣蕭索。廢壘閑尋，疏梅乍放，且喜幽香堪啅。雕檐半角，更休憶華堂，那時行樂。翠羽清啼，近來風信惡。

【校記】

〔一〕賞，《心日齋詞集》作『境』。

〔二〕《心日齋詞集》無此首。

〔三〕《心日齋詞集》無此首。

新雁過妝樓（二調）

琴硯是賓石所贈

暈墨凝香。詩魂化、猶依片玉琳琅。半規蕉葉，涼信暗翦秋霜。淚眼研愁書懶寄，更無夢約紫泉莊。黯情傷。廣平似石，特地回腸。　紅絲當時共炙，借錦箋鏤筆，寫怨宫商。斷紋何許，年少慣倚疏狂。而今賞音漫索，但目送西風歸雁行。相思處，在翠蟾鉛水，盈盈一方。

又

冰簪

漏咽銅籤。飛瓊過、瑶笄誤落雕檐。峭風寒翦，新意幻出纖纖。鏤雪鐫霜簾影下，鏡臺未怯曉晴占。溜痕添。悄移鳳蠟，珠顆教銜。　犀椎敲來尚惜，襯綺疏翠幌，碧潤偷拈。弄妝呵手，春恨暗觸晶奩。鬟雲更誰試插，但著指防他清淚淹。芳魂去，待化成嬌玉，花香一篸。

訴衷情（二調）

芳徑。人静。簾外影。曉朦朧。花信早。顛倒。任春工。鶯語隔房櫳。匆匆。晝樓今夜風。是殘紅。

又

錦幔。斜卷。春意懶。篆香微。人去後。楊柳。又如絲。無語對花枝。依依。小園胡蝶兒。恨來時。

思佳客（五調）

檢點嬌紅瘦幾分。含情重問可憐春。誰教南浦愁中絮，却化西樓夢裏雲。吟翠管，步香塵。小闌花影易黄昏。從來怕見初弦月，才學蛾眉便學顰。

又

帕上新題間舊題。苦無佳句比紅兒。生憐桃萼初開日，那信楊花有定時。人悄悄，晝遲遲。

殷勤好夢托蛛絲。繡幃金鴨薰香坐，説與春寒總未知。

又

寂寞湘簾下玉鈎。一春清景似殘秋。粉消蕙帳情空寄，花褪蘭釭恨未休。銀鑿落，鈿箜篌。歡場那更問朱樓。雙蛾已是生來淺，禁得西窗此夜愁。

又

夢語惺忪記未真。起來還倚退紅茵。緑腰枉自翻新曲，藍尾誰能惜好春。金翦歇，玉爐薰。懶將纖手試寒温。人間無著相思處，剩檢羅衣看淚痕。

又

德勝門外，兩間房茶肆，題壁一詩，自叙漂泊，楚楚可憐，款署雲間小倩，不知何許人也。賦小詞紀之，并邀芝齡前輩同作

塵壁憑誰護絳紗。西風凉處見秋花。知音渺渺憐人世，薄命依依念歲華。吟蕙草，怨匏瓜。吴淞飛絮又天涯。一春夢雨傷心事，休問江南燕子家。

尉遲杯〔一〕

歡娱事。甚著眼都作凄凉字。無聊漫寫雲箋，却把春情唤起〔二〕。紅牙妙譜。也儘許、歌喉按新製。又争知、鳳牒重看，俊游空付流水。　餘香醉拍征衫。憐刀翦、并州蟰網長繫。冷落花名，人誰識珠，淚裹烏闌半紙。如今縱、天河倒瀉。料難望、銀鈎墨暈洗。但從他、試語初鶯，自尋墻外桃李。

【校記】

〔一〕《心日齋詞集》有序曰：『何仙槎前輩席上作。仙槎大為擊節。此醉語耳，不自知其辭之所以然。』

〔二〕却把春情唤起，《心日齋詞集》作『那復前塵猶記』。

夢横塘

『荷葉似雲香不斷』，白石句，以慢詞寫之

液池擎艷，渌沼含馨，濕雲飛滿凉翠。千葉香心，蕩三十六灣秋意。倚蓋天長，浣衣人杳，卷波無際。認珠盤冷浸，一抹横塘，重重碧、重重水。　嫣紅半落誰憐，但參差遠影，還醮吟袂。鷺送鷗迎，料未許、夕陰吹碎。喚小艇、青奮摇夢，待覓風痕過烟尾。甚日開門，藕花多處，約詞仙同醉。『藕花多處別開門』亦白石句。

江城梅花引

一雙銀蒜暮丁冬，是東風。是西風。吹得疏疏，凉雨打梧桐。沈水半消金鴨冷，人不見，夢依依、唤玉驄。　玉驄。玉驄。無路通。步霜紅。霜更濃。過也過也，過不了、咫尺簾櫳。依舊相思，圍住畫闌中。推枕起來還欲睡，樓角外，又蕭條、聽斷鴻。

菩薩蠻（八調）

竹梧重叠交窗影。水紋簟卷冰花冷。燈穗墮空烟。夢回秋可憐。　玉階人不見。絡緯啼成怨。銀漢信沈沈。碧雲深更深。

又

門前簾幕垂垂護。出門待索銀蟾語。圓影可憐低。曉風吹又西。　十三弦上意。箏柱還摇曳。聽到别情無。一聲金雁孤。

又

映門衰柳無顔色。長條一夜西風急。人倚小紅樓。闌干天際愁。　愁來天又暮。艇子衝波去。打槳問鴛鴦。鴛鴦秋夢長。

又

朱闌半亞涼波净〔一〕。回風緑蘸烟蕪影。烟外幾人家。天涯即水涯。　蓮衣寒惻惻。蕙帶搴無力。到此合魂消。冷香黏畫橋。

又

輕羅一翦情懷重〔二〕。海棠冷落西川夢。掩映幾枝斜。瘦痕秋在花。　蒼苔餘繾綣。屐迹閑尋遍。無處問東風。亂鴉殘照中。

又

金觴玉箸江淹句〔三〕。當年南浦愁人處。衰草戀斜暉。王孫歸不歸。　淒淒秋社語。梁燕仍羈旅。倦尾路雙叉。烏衣何處家。

又

芙蓉城上花憔悴〔四〕。紫泉月冷重門閉。門外夜烏啼。傷心聞搗衣。　團團争忍見。畫箑愁無限。何處去年人。酒痕沾淚痕。

又

春城買盡麻姑酒〔五〕。醉來繫馬城邊柳〔六〕。漂泊十年閑。離情山上山。　秣陵書懶寄。舊約空彈指。泉路斷腸時。人間誰復知。

【校記】

〔一〕朱闌半亞，《心日齋詞集》作『曲闌低亞』。

〔二〕輕羅一翦，《心日齋詞集》作『玉簪浥露』。

〔三〕金觴玉箸，《心日齋詞集》作『夕爐晨佩』。

〔四〕芙蓉城上，《心日齋詞集》作『玉樓雲散』。

〔五〕春城，《心日齋詞集》作『草橋』。

〔六〕城，《心日齋詞集》作『橋』。

洞仙歌

賓石曩主鍾仰山侍講家最久，偶訪舊館，愴然黄壚之思。用玉田《觀花外集有感》韻

燕歸何處，過烏衣門第。一帶輕烟隔秋水。嘆衫痕、暈酒琴語弦詩，三十載，塵世賞音無此。吟魂猶在否，幾葉雲箋，澹墨重尋舊題字。夢蝶不歸來、鏡裏芙蓉，翦霜影、一枝紅碎。有鄰笛、依依故人心，問蠟炬、成灰夜臺知未。

相見歡（二調）

爐香冷了金猊。鏡臺携。不信生來長見，翠眉低。　春夢斷。畫闌畔。舊情迷。剛是曉鴉啼後，子規啼。

又

一絲秋入雕梁。燕雙雙。驀地庭梧已做，十分涼。　楚竹簟。越羅扇。漫思量。咫尺畫闌西畔，是斜陽。

清平樂

憶梅

尋尋覓覓。竹外人孤立。砑粉銀箋題又濕。冷却翠禽消息。　舊時芳訊依然。而今幽恨年年。一笛綺窗歸夢，故山無奈春寒。

揚州慢

琴鄔抵京，數日未謀面也。及知其來則已奉諱南去，賦此代柬

銀管拈愁，玉箋封淚，十年人老藤花。趁飛鳧小影，又斂翼京華。認當日、題名醉墨，翠陰深處，重拂窗紗。話風流、群屐多時，香散蜂衙。　舊游過眼，漫低回、身世摶沙。嘆候館凄燈，歸艎倦枕，殘夢誰家。喚起二分明月，蕪城怨、寫入啼鴉。但潮生潮落，秋聲容易天涯。

憶舊游

題畫

向生綃托興，縹緲襟期，刊落塵緣。異境無人到，望瑤岑矗笋，玉井開蓮。冷光半濕幽翠，烟影散

虚壇。想萬壑松風，珠庭近接，渺矣高寒。　靈源。竟何許，有幾片桃花，流出雲間。漫説丹邱隔，便移家好住，誰耐清閑。石床自寫琴意，空外揖群仙。待月白千峰，相携跨鶴天際看。

天香

水仙花

水艷吟香，花情眷夢，湘皋記共游冶。盞側塗金，簪横削玉，霧帶碧痕低亞。通詞試托，問甚日、仙魂初化。翠羽明珠不見，依然冷雲凝夜。　銀缸舊愁自寫。倚冰篘、薄寒吹麝。一掬茜窗清淚，粉妝慵卸。還恐春風唤起，又暗憶、扁舟古祠下。素襪無聲，凌波去也。

緑意

冬蕉

墻陰翠擢。記緑天深處，題翰曾約。黯黯吟魂，惻惻寒宵，禁他瘦倚欄角。多生已苦秋窗雨，况夢影、霜華凋落。儘故人、書葉留看，早是怨懷難托。　誰倩瑶函寄語，寸箋料未許，春信偷覺。一束相思，可奈伶俜，慣與西風梳掠。緘愁緘恨還緘淚，任蠟樣、芳心抛却。待雪殘、重結清游，好覓輞川池閣。

摸魚子

長至前夕，偕芙初、琴南飲衎石齋中偶述

浣冰毫、擘箋題句，宵分絳蠟重翦。玉珂風外閑身在，恰趁翠尊寒淺。梅信緩。問半萼、吹香瘦影供誰眷。天涯念遠。但蘭佩浮湘向亭，桐圭訪古耦庚，長記故人面。 新聲倚，換羽移宮難慣。旗亭按拍都倦。宣南坊裏聯吟處，只有盍簪堪戀。塵夢短。算買得、鶯鄰何必論鄉縣。荷衣倘換。駕一葉沙棠，吴根越角，要結鷺鷗伴。

金梁夢月詞　卷下

丁丑至辛巳

夢芙蓉

集賢院有舊井，清澈可鑒。余往來兩年中，未見有挹取者，豈以地多陂澤，無事汲深耶

芳游迷艷綺。認頹垣古甃，蔓蘿交曳。畫闌回首，零落舊題字。斷魂烟雨裏。緑珠門小應閉。半角西山，知顰蛾怨曉，曾否黛痕洗。　好句屯田漫擬。一酌清泠，識曲今誰是。鬢絲風影，人與露桃悴。素波渾不起。鹿盧修綆空繫。夢隔仙源，但銀瓶信杳，難問絳河水。

摸魚子（七調）

讀元遺山《芳華怨》樂府漫題

黯消魂、故宫遺事，金源舊恨重數。鵾鷄弦上芳名認，一片冷雲吹雨。都尉府。憶阿海、香閨近接東華路。承恩未許。但破鏡光中，小車油壁〔一〕，還送燕歸去。　娃兒曲，枉了巫峰朝暮。銀紅休按花譜。花開花落天難問，莫爲緑鬟深訴。君記取。只幾日、青城寂寞春無主。人間最苦。算杜宇聲聲，摩訶院裏，纔是斷腸處。

又

去歲，長至夜飲衎石齋中，余有《浣冰毫》之作，今一載矣。琴南、衎石皆以憂去，天寒多雪，索居鮮歡，復次舊韻成闋，并索芙初同賦

送歸人、去帆兩兩，平蕪千里如翦。分襟憶到題襟日，又早蠟梅香淺。魚素緩。空領略、淮河津口魂雙眷。八月得衎石天津書，十月得琴南袁浦書。天長水遠。怕星飯填愁，塵衫涴淚，難認舊時面。

東華客，十日閉門都慣。相如今更游倦。鴛湖鶴市空中想，翻是他鄉情戀。吟興短。漫贏得、秋來夢不離江縣。吹葭節换。試問訊劉郎，深杯雪屋，燈影剩誰伴。

又

和潘吾亭同年再疊前韻

倚香篝、小樓聽雨，春衫誰與裁翦。潞河橋下波千尺，比似别情還淺。腰帶緩。更海燕、傳書碎語增凄眷。瓊枝恨遠。恁夜舫牽衣，垂髫斷影，長隔鏡中面。君時有金瓠之戚。

城南路，烏帽黄塵行慣。新詩水部吟倦。西湖西子頻牽夢，未信朝簪猶戀〔二〕。生計短。只地上、栽花那是君家縣。思鄉酒换。剩玉雪佳兒，芸編問字，燈火紙窗伴。

又

戊寅三月二十一日，宿香山三山庵。次日，循庵後小徑登龍王堂，眺覽久之，喬松百尺，泉聲泠泠，然東墻玉蘭二株，已半謝矣

野橋西、霽嵐千疊，攀蘿待訪深隱。鐘魚記否曾來處，一衲故吾堪認。蓮漏緊。任小夢、眠雲也覺岩栖穩。芒鞋曉趁。道咫尺龍堂，山靈唤客，一徑入秋蚓。還惆悵，早是瓊苞香褪。瑤臺空墮珠粉。看花眼冷春明路，花裏翠禽知恨。泉更引。照鏡底、青螺懶説仙源近。催歸未忍。料倚杖哦松，題箋選石，後約總無準。

又

暮春遍游近郊諸蘭若，覺生寺大鐘、萬壽寺白皮松尤勝賞也

散幽襟、近郊春晚，香臺游屐争試。半幡風外招尋慣，吟思塔鈴遥墜。陰滿地，望不斷、霜皮雪幹松烟翠。鐘樓倦倚。待磨洗前朝，鯨魚篆刻，梵夾幾行字。僧寮話，花影竹房深閉。落花更埽階砌。杏壇管領春風帚，我亦官閑如此。清磬裏。渾未識、禪心宦味都相似。誅茆便擬。指蒼蔔林西，斜陽一綫，山在冷雲背。

又

疊前韻爲衎石賦雁影庵，時將移居玉河橋

卜幽居、石橋西堍，衡茆蔣徑催翦。匆匆過影還留影，恰照玉河清淺。箏柱緩。倚繡閣、雙聲一例神仙眷。香心寄遠。比舊日褊襹，羅浮粉翅，長印鏡瀾面君舊居曰太常仙蝶所止齋。隨緣好〔三〕，傳舍年來栖慣。何愁素羽飛倦〔四〕。分明桑下曾三宿〔五〕，也似碧潭痕戀〔六〕。歸夢短〔七〕。又誰道、等閑衾枕非鄉縣。賓漁譜換。算小字吟秋〔八〕，凉音喚侶，我亦水雲伴。

又

衎石遷居未果，重拈前韻爲雁影庵問

認巢痕、一枝初定，禁他客燕雙翦。玉河最好嬉晴淥，偏是詩人緣淺。新句緩。枉付與、春波橋下鷗情眷。會心未遠。且回首吾廬，江亭咫尺，繞舍水三面。君知否。雁影澄潭留慣。銜蘆到此應倦。菰蒲葉葉幽尋近，料也雪泥還戀。塵袂短。又何必、衡雲定覓湘南縣。歸飛羽換。但寄意潘郎，箋傳素翼，莫忘舊吟伴吾亭時將乞歸。

【校記】

〔一〕破鏡光中，小車油壁，《心日齋詞集》作『褪粉妝殘，迎秋扇薄』。

〔二〕朝簪，《心日齋詞集》作『軟紅』。

〔三〕隨緣好，《心日齋詞集》作『城南宅』。

〔四〕何愁，《心日齋詞集》作『多應』。

〔五〕分明，《心日齋詞集》作『云何』。

〔六〕也似碧潭痕戀，《心日齋詞集》作『翻恐俗緣生戀』。

〔七〕歸夢，《心日齋詞集》作『秋夢』。

〔八〕吟秋，《心日齋詞集》作『題箋』。

望湘人

石黼庭同年以畫蘭索題，戲拈此調

記幽坊喚酒，佳節試燈，翠屏新曲曾顧。冶葉柔情，媚香妙譜。小影華年偷訴。皓腕清襟，楚騷遺韻，仙裳休妒。正石家、金谷留看，底事花隨春去。　愁思江南路阻。嘆凌波步遠，襪塵難駐。問解佩吴宫，可似夢雲湘汝。靈根種恨，風條傳語。那識題箋心苦。不忍見、一紙芳魂，化作横塘烟雨。

澡蘭香（二調）

重午用夢窗韻

閑情鬥草，雅戲牽鈎，節序被人唤覺。銀瀾蕩槳，鏡曲分箋，長是夢游空約。盼飛鳧、音信難憑，相思榴紅破萼。小篁凉痕，困倚汀蒲洲蒻。　重話河橋往事，細葛風前，暗消吟魄。塵梁去燕，彩箑招蠅，枉却紺紗帷幕。試蘭湯、新浴還慵，誰伴芳尊共酌。但認取、艾葉朱符，餘香襟角。

又

蝶繭和小雲韻

羅浮舊侶，仙迹曾栖，一翦洞雲溜碧。花迷試夢，橘蠹淹秋，恰好舞衣藏得。問匆匆、粉怨香愁，情絲因誰暗織。壁鏡分明，可念春來消息。　看取團圓様巧，中有柔奴，玉腰纖魄。翾飛小影，閲到枯形，密緒尚憐攲側。付蘭閨，掺手親繅，却恐蠶娘未識。剩幾片、芳草宫斜，羅裙空憶。

高陽臺（三調）

《七姬權厝志》，吴巢松編修屬題。七姬皆淮張時左丞潘元紹側室，志爲張來儀文，宋仲温書，平江貝氏千墨庵重刻

黄葉風多，青苔篆蝕，殘碑尚認啼痕。怨魄歸來，愁他蛺蝶羅裙。一弦一柱哀琴語，打群鶯、枝上消魂。最無端，玉骨凄凉，娟袂難分。　娃宫誰問傷心史，只潘花小字，猶紀貞珉。妙墨重鐫，依然金碗千春。埋香那覓三興土，掩鸐蛾、灰冷齊雲。但從今，墓草年年，休長情根。

又

用碧山韻答衎石《潞河舟次》之作，兼懷琴南

帆角欹烟，船脣墜葉，一番凉雨澌澌。惜别山容，城尖仍倚愁眉。潘河門掩珠巢冷，問紫騮、可記當時。鎮無聊，醉醒厭厭，還倒金卮。　燈窗待寫懷人句〔一〕，寄垂虹南北，兩地相思。縞夜清霜，夢魂依舊來遲。來時定折寒梅贈，道此情、惟有花知。但凄然，鬢影緇塵，青鏡成絲。

又

鵲語偷傳，烏栖暗警，宵分又駐鸞車。七載重看，秋期彈指無差。瑶階擁帚知何事，勸鳳翎、休掃閑花。話仙都，小劫匆匆，愁裏年華。巫雲漫逐西風去，聽黄鷄怨曲，往事空嗟。酒冷芳尊，可堪殘醉消他。盈盈儘隔牽牛渚，問情波、流恨誰家。但思量，咫尺銀灣，不是天涯。

【校記】

〔一〕待，《心日齋詞集》作『幾』。

滿庭芳

遼后洗妝樓

眠柳梳烟，荒池洗月，翠簾不卷春愁。暗塵珠絡，芳艷未全休。飛燕新詞漫擬，簪花格、墨妙誰偷。憑欄處，靴金帕玉，腸斷舊風流。凝眸。佳麗地，脂函鏡匣，鄉冷温柔。但捺鉢當時，諫草還留。可惜琵琶調苦，回心院、枉費綢繆。焚椒恨，天書練影，三十六宫秋。

綺羅香（二調）

車帷

繡幕圍香，文裀藉玉，一夕屏星催换。怯試秋心，恰好夢深寒淺。認罽密、犀押匀排，愛絨唾、蝶衣新翦。問流蘇、四角低垂，越娥綢住定誰見。　驕驄佳約未準，剛是蝦鬚替却，圓晶雙綰。雲母輕盈，藏得幾分春怨。似相看、帳裏花枝，漫暗憶、鏡中人面。盼愔愔、油壁歸來，畫簾風外卷。

又

香篝

蕙炷藏春，湘筠借暖，曾説秦宫遺製。金屋携來，有約鏡邊簾底。描一幅、象箋疏花，護幾片、鵲爐沈水。向烟絲、認取檀痕，斷魂誰與篆心字。　蘭釭紅穗未減，想見都梁乍爇，銀屏無睡。犀蝶雙雙，解了又還重倚。好商量、坐久添衣，自消領、夜闌偎被。儘從他、畫鴨燒殘，繡幃慵更啓。

瑣窗寒（三調）

風窗

翠箔欺寒〔一〕，瓊鈎挂月〔二〕，一番風緊。疏櫺半掩，隔斷滿階秋影。蘸銀箋、油花暗滋，午妝粉指新留印。怕重來燕子，小門深閉，舊巢難認。　方鏡。頗黎襯。更玉墜低懸，獸鐶相并。朱繩細綰，比似井闌斜引。玳梁深、輕籠篆烟，繡幃窺處還易暝。未愁他、畫燭屏前，下簾紅袖冷。

又

衎石贈詩云：『相思纔隔幾重垣，蹇騎誰知日過門。去每匆匆歸又懶，不曾入座領清言。』『散衙容易夕陽斜，燈火詩書興豈賒。日日晤君君未覺，忍寒高影自黄花。』『巷南巷北雪未消，七十五步憐迢遥原注君語余云昨訪君，計行七十五步。。小詩抵作寒宵話，黏壁長應慰寂寥。』賦此奉答君，時復將卜居玉河橋。故後半及之

埽葉門深，銜泥巷淺，雪殘猶凝。清言佇久，依約夕陰吹暝。怪銜參、催歸太遲，忍寒負却黄花等。對藤枝絡架，晚來還是，凍禽聲静。　萍梗。終無定。正話到城南，者番鄰并。河橋舊約，又説玉虹腰冷。占新巢、誰家畫梁，笑人忙劇春燕影。問何年、三塔吟鶯，唤教鄉夢醒。

又

集賢院連雨

潤逼窗紗，涼侵簟竹，頓添憔悴。將徐又緊，做出幾分秋意。對銀屏、幽懷暗牽，素衾清夢誰料理。最憐他此日，紋疏静掩，夾衣初試。　空指。前游地。任罥石苔滋，井闌愁倚。回波漲晚，翠點一池萍碎。帶蒼烟、歸鴉倦飛，暝陰未破雲更起。但虚空、泠蕩柔絲，遠天都是水。

【校記】

〔一〕欺，《心日齋詞集》作『收』。

〔二〕挂，《心日齋詞集》作『捲』。

采桑子（三調）

兄子汝笏娶婦張氏，同年潤夫農部女。結褵三日，婦忽感疾，旬餘竟逝，時丁丑七月十三日也。汝笏將其遺蜕歸里，爲賦《懊惱詞》三首送之

人間誰是消魂者，昨日鸞琴。今日霜砧。三日離愁海樣深。　鬱金香冷知何處，悵望春陰。領略秋心。緑蠟前頭淚不禁。

又

十三數到哀箏柱，憔悴牽牛。鵲駕難留。銀漢橋邊一夜愁。從今怕説黄姑渡，短夢悠悠。舊事回頭。但見秋光莫上樓。

又

紙灰飛遍關山路，山也重重。水也重重。滴盡珍珠酒不濃。雙栖漫譜雕梁曲，花也匆匆。月也匆匆。燕子歸來似夢中。

喜遷鶯令（二調）

緑飛綿，紅退蕚。芳景故凄迷。不堪花信到將離。剛是斷腸時。金雁箏，鈿雀扇。争似舊時曾見。情絲牽斷夢魂中。枉自費東風。

又

夢纏綿，魂怨抑。前事漫思量。朱樓高處見垂楊。那信是他鄉。鶯自憐，花自惜。此意甚人知得。縷金鸂鶒繡羅襦。曾有淚痕無。

風蝶令（二調）

唾碧凝痕重，流黄照影遲。姮娥依舊弄清輝。我自不曾真見、月圓時。　蝶戀前宵粉，蛛牽後夜絲。酒邊心事問伊誰。除下鏡光鐙影、少人知。

又

琴語回瑶軫，簾波暗玉鈎。芳心一寸鎮難留。消得三分病、與七分愁。　藥裹拋仍在，苔箋卷未收。薄寒無賴倚羅裯。可是禁愁禁病、又禁秋。

浣溪紗（十二調）

誰築閑園倚近坰。小山叢木帶回汀。等閑水石費經營。　珍館幾時迷舊迹，綺樓無地著春情。蛛絲塵網可憐生。

又

紺瓦雕甍想像間。薄陰吹冷土花斑。幾人指點舊平泉。　橋水暗敲珠錯落，岩雲低映玉孱顏。當時祇認是家山。

又

竹石三分水二分。水邊蜂蝶易消魂。不堪重憶舊時春。　可有青苔黏畫屧，似聞芳草鬥羅裙。丁香花謝不關門。

又

護玉籠香翠閣幽。名花對影看梳頭。此中人説是迷樓。　夾幕暗通箏阮語，重簾分管燕鶯愁。紫雲何處恨悠悠。

又

車馬如雲待漏遲。未明天已玉驄嘶。緑波橋上漫依依。　過眼綺羅猶昨日，傷心冠蓋似當時。無因説與白鷗知。

又

鞭影匆匆指落霞。輕衾涼簟定誰家。不辭小立倚汀沙。　但有藤蘿皆映帶，更無藻荇不橫斜。生憐消瘦到秋花。

又

扇底風痕弄夕涼。酒醒人試藕絲裳。新蟾鈎樣照橫塘。　蟬雀有時還獨語，鳧鷖何必定同行。澮烟清夢怕思量。

又

白鶴憑誰信手招。銀瀾對影轉無聊。閟來何計覓雙橈。　秋思可堪人寂寂，仙源依舊路迢迢。微波原自不通潮。

又

瀉地銀河到海遲。橫波脉脉信來稀。夢回吟得水鄉詞。　繁塔又添垂釣處，夷門恰有喚船時。斷腸風景定誰知。

又

帶水何必説故鄉。隋堤秋色夜傳觴。可堪衰柳玩清霜。　仙手有人抛月斧，通眉無句覓詩囊。禁他冶葉不凄凉。

又

冰雪河梁不見春。欲迴星漢問迷津。此中何限未招魂。　尚有燕鶯争暖樹，可憐蜂蟻是微塵。等閑天氣判寒温。

又

倦眼凄迷望轉賒。悔將夢語托星槎。春明門外似天涯。　烏鯽書成還易滅，青鸞信好未應差。一年春事又桃花。

鵲橋仙

龍鬚席

桃枝遜滑，藤根讓潔，八尺風漪鋪水。象床誰與問遺簪，有幾點、瑶池清淚龍鬚草一名王母簪。冰絲細裊，花紋巧織。還似鮫宫新製。任人舒卷總無心，不化作、凄凉雲氣。

三姝媚（三調）

海淀集賢院有水石花柳之勝，余歲或數十信宿。戊寅春暮，獨游池畔，寓物賦情，弁陽翁所謂薄酒孤吟者也

交枝紅在眼。蕩簾波香深，鏡瀾痕淺。費盡春工，占勝游惟許，等閑鶯燕。步屧廊回，盈退粉、蛛絲偷罥。小影竛竮，冷到梨雲，便成秋苑。　容易題襟催散。又酒逐花迷，夢將天遠。繫馬垂楊，但翠眉還識，舊時人面。暗數韶華，空笑我、櫻桃三見。剩有盈盈胡蝶，西窗弄晚。

又

馬湘蘭小硯爲程春海同年賦〔一〕

蟾蜍清淚灑。暈脂痕猶新，粉香初砑〔二〕。翠斫妝樓，想鏡中眉樣，半蛾偷借〔三〕。鬥葉閑情，偕象管、鸞箋消夜。悄灸紅絲，沈水濃薰，棗花簾下。　仿佛冰姿妍雅背鐫小像。恰手撚蘭枝，練裙歌罷。舊匣空尋，甚石橋新月，尚矜聲價。過眼雲烟，〔四〕隨夢影、銅臺飄瓦。認取南朝遺墨〔五〕，青溪恨惹。

又

己卯中秋

澄輝看漸展。數圓期禁他，絳霄人盼。盼到良宵，又露華啼濕，一規珠汗。鏡彩分明，憶路隔、銀橋曾見。竟夕相思，青嶂魂迷，玉樓吟倦。　何處霓裳歌按。但藥杵聲停，粉奩妝換。困倚天香，賦舊情爭被，曉風吹斷。破斧誰攜，空暗結、吴郎秋怨。望裏山河小影，輪孤夢短。

【校記】

〔一〕小硯，《心日齋詞集》作『眉子硯』。

〔二〕香，《心日齋詞集》作『光』。

〔三〕想鏡中眉樣，半蛾偷借，《心日齋詞集》作『比石橋新月，自矜聲價』。

〔四〕舊匣空尋，甚石橋新月，尚矜聲價。過眼雲烟，《心日齋詞集》作『槿艷無多，問墜鞭人去，秀蛾誰畫。往事含顰』。

〔五〕南朝遺墨，《心日齋詞集》作『南都遺迹』。

催雪

衎石抵京，招同吾亭水部、陳友石農部、錢味根孝廉，消寒小集。同雲如幕，雪意垂垂，坐客各有新句，余亦繼聲

簾罨重陰，燈暈半花，密坐貪依屏背。話冷宦心情，竹深門閉。客似寒鴉瘦影，慣倦羽、相偎銀雲底。琴邊試問，清宵款語，冶游知未。燕市。十年矣。是幾度分襟，幾番搴袂。又朔雪，關山歲華如此。儘覓紅螺換酒，釀不到、鱗鱗鴛鴦水。料只有、藤角吟箋，猶認月波題字。

丁香結

燈花和衎石

窺幕蛾輕，綴窗螢小，烟影玉荷低襯。是幾番風信。恰喚起、細朵盈盈紅暈。似華還似萼，妝臺倚、笑靨未穩。無端三點，兩點慣向綃幃偷印。

憑認。比蟢子垂絲，好夢飛來定準。麝炷分香，魚膏蘸碧，暗催春近。良夜鴛枕睡覺，早與傳芳訊，重叮嚀佳約，休待縈腰瘦損。〔一〕

【校記】

〔一〕下闋：『憑認。比蟢子垂絲，好夢飛來定準。麝炷分香，魚膏蘸碧，暗催春近。良夜鴛枕睡覺，早與傳芳訊，重叮嚀佳約，休待縈腰瘦損。』《心日齋詞集》作：『芳訊。比鈿盒占絲，料得歡期漸近。借暖根扶，含津蒂著，暗牽方寸。良夜鴛枕睡覺，絮語空傳恨。憑釵蟲飛去，説與春來瘦損。』

瑶花

吾亭偶談汴中春覺菜之美，余不嘗此味亦十載矣

雪殘近陌，壓擔泥香，記腰鐮親覓。鮮芽破冷，新翠翦、幾縷冰痕猶濕。厨娘好語，道一信、花風先識。伴罽袍、公子樽前，恰認稚春顔色。

銅街餞臘頻番，枉十度春來，芳訊長寂。愁春未

醒，惟是有、海燕曾傳消息。庾郎清瘦，况雋味、鄉園空隔。但五辛、盤底年年，夢繞玉津萋碧。

真珠簾

春影

艷陽畫出三春景。漾空濛，幾縷春魂猶凝。摇曳絮飛時，弄瑣窗烟冷。一桁輕絲吹不斷，被燕翦、捎來難定。幽境。儘看朱成碧，玉闌閑凭。　何處。笑倚娉婷。有娥池省識，東風妝靚。半面倩誰描，更柳遮花映。偷眼蜻蜓窺未足，似鏡裏燈前曾并。人静。奈簾波、緩蕩碧雲催暝。

瑞龍吟

擬周美成

吟香路。重認淚點娟筠，唾痕芳樹。依然咫尺天涯，斷魂絮影，知他甚處。信音伫。　還是墜蛛塵網，半捎窗户。無聊强摺紅箋，醉來試倩，流鶯寄語。　惆悵雕闌猶在，晚花羞眄，垂楊慵舞。應想舊時堂前，巢燕非故。琴心贈別，顛倒閑詞句。何曾見、珠幃夜悄，銀屏微步。佩解人歸去。帕羅尚綰，愁絲怨緒。簾底波千縷。空負我、西窗秋衾凉雨。話殘夢裏，一燈誰絮。

念奴嬌

己卯五月十四日，集賢院池上憶壬申、丙子與琴南兩度游此，用白石韻

荷池載酒〔一〕，話閑雲，曾約同舟仙侶。一葉浮香人不見，還對冷紅無數。此際江南，娟筠小簟，坐穩橫塘雨。相思賦就，畫屏多少新句。　笑我塵鬢絲絲，回瀾照影，花裏頻來去。半枕圓波，鷗外夢、空到沙汀烟浦。釣綫垂風，吟轆倚月，誰解留人住。微茫雉堞，柳邊愁認歸路。

【校記】

〔一〕荷池載酒，《心日齋詞集》作『萬荷深處』。

惜秋華

耦庚繼室鄭宜人哀辭

賦筆催妝，映宮袍、秀色鸞釵相倚。春枕正酣，驚心杜鵑啼起。前番淚濕湘筠，賴夢好、揚州重締。嫣香，更匆匆、褪却蕃厘仙蕊。　怊悵畫屏底。嘆明珠乍剖，枉懸嬌帨。鏡臺近、繡褓認，幾回凝睇。人閑過眼空花，但錦裀、倩魂猶繫。愁悴。問他年、左芬知未。

金盞子

彩筆休拈，錦字慵題，病餘無力。又墜葉吟秋，疏櫺外、閑了翠雲消息。懶聽桂苑啼烏，引瓊簫淒惻。西風淚、花冷素蟾，偏是廣寒人隻。　倦燕忽如客，待歸去、蒼烟暗故國。沈沈繡簾易隔，宵來夢、比似曲屏還窄。看取小扇塵生，嗟空箱抛擲。消魂處、愁縷恨絲，機聲催織。梅溪、夢窗、竹山、碧山皆有《金盞子》詞，而調各不同，此按花外譜爲之。

金縷曲

次日見吾亭詞，倚調和之

桂苑栖芳訊。黯消魂、亭亭鏡影，做成眉暈。碧海青天依然在，偏是圓規難認。漫重溯、春前幽恨。兩度傷心秋更苦，料嫦娥、淚也金波隕。千里夢，幾曾準。　清游但説良宵近。望嬋娟、瑶臺笛裏，舊情休問。羽蓋霓旌經行處，天路閑愁無盡。待傳語、纖阿紆軫。露脚斜飛銀兔悄，絳霄長、誰寄人間信。燈炷落，漏聲緊。

應天長

鶯花近甸，鴻雪去程，依稀夢境堪覓。記否那回携手，汀波戀餘碧。垂虹影，還自直，有幾許、倩魂消得。畫眉冷，走馬人來，鷗鷺曾識。　回念别離時，陌上香泥，羅帶爲誰拭。怕説繡韉行處，鞭絲墮秋色。前踪認，如過翼。儘唤起、暮愁千尺。斷橋外，細雨懨懨，重問村驛。

陌上花

題《仙山圖》

神山望裏分明，幻出玉樓珠樹。碧晃金迷，攬取幾多姚冶。仙源近接長生路，仿佛紫蘭人下。眷游情不是，閬風元圃，等閑圖畫。　漫相看、夢影雕甍倚處，月斧雲斤無價。鳳管吹空，一曲綺筵歌罷。天錢辛苦誰贏得，却向黄姑親借。但沈吟、怕説冰夷飛蓋，翠瀾生也。

解連環（二調）

九日登香山北麓宋普慶禪師塔院

晚秋西郭。趁車塵路隔，勝游初約。步静窈、幾折雲林，早嶺接梵宫，澗横經閣。片碣招尋，道舍利、當年曾托。嘆滄桑過眼，古井斷垣，還見歸鶴。　風鈴甚時喚覺。話南朝舊事，幾度花落。向定裏、佳節重看，又積蘚暗封，柳邊門鑰。未冷禪心，爲白雁、飛來愁著。任匆匆、載詩載酒，翠屏半角。

又

和片玉韻

寸箋休托。訴幽襟忍見，賦情綿邈。耐晝永、閑拂蛛塵，但錦羽夢孤，翠綃緣薄。似水春陰，總化作、殘秋蕭索。對厭厭病枕，悶損鏡妝，誰寄靈藥。　芳尊自開下若。帶顰蛾酒暈，猶倚闌角。枉盼斷、淮上青山，渺天際黛痕，等閑迷却。浪迹依然，把柳絮、看成桃萼。勸清游、半晴半雨，趁花未落。

浪淘沙慢

梓桑路、沙屯廢館，浪擁荒驛。空約傳書素翼。鄉心萬縷似織。任極望南雲天咫尺。遠山外、烟影難覓。斷夢倚斜陽黯無語，虚堂自愁入。　凄憶。漲痕舊隱拋擲。傍岸柳依依，凝眸處、淚雨都暗滴。嗟歲晏哀鴻，零亂誰宅。繡衣畫戟。知甚時驄馬，相逢人迹。菱鏡光銷腰圍窄。年華晚、坐看箭激。料應比、湍波流更疾。恨歸去、不附星查，十二載，塵衫冷透長安陌。

慶春宫

去臘衎石贈水仙數本，花事既畢，久置墻角雪窗，偶一檢視，抽葉已寸許矣。用碧山韻成咏

瑶瑟春愁，銅盤鉛淚，寸緘冷護殘雪。冰縷方凝，塵封初啓，玉簪小翠堪捻。襪羅歸去，鎮回想、飛瓊話别。相思天上，鵝管凄凉，爲伊吹徹。　漢皋佩杳誰憐。翦葉移根，幾番凄絶。悄夢禁寒，微波寫影，應是香心猶結。曲屏吟繞，怪詩屐、宵來漸折。仙魂凝盼，出水亭亭，半眉新月。

東風第一枝（二調）

十二月廿一日立春，時快雪三日矣

帖翦宜春，詩吟餞臘，重陰偏滯檐角。篆烟金鴨仍含，艷情翠禽未覺。韶華唤醒，似夢裏、東君曾約。甚曉來、賞柳評花，還是凍雲迷著。　風乍起、彩幡易落。寒更峭、麝篝漫却。俊游擬拂銀韉，倩魂尚偎繡幕。天邊絮粉，且休問、陽梢紅萼。待畫鼓、敲出雙聲，聽取試燈妝閣。

又

辛巳人日，齋宿翰苑，燭花璨然。爲拈此解

眼纈迷烟，唇朱綴蠟，依稀光透簾幕。乍疑錦羽銜來，未許紺紗障却。嬌春稚蕊，有歸院、金蓮人約。向夜闌、小簇疏紅，恰認半簪梅萼。『官梅幾許，紅萼未宜簪』，白石翁人日詞語也。試照影、一枝暗托。待破冷、數椒尚弱。任他芳信天街，二十四番喚覺。陽和未準，但背倚、銀屏斜角。儘化作、粉翅雙蛾，飛趁玉堂鈴索。

更漏子（二調）

庚辰元夕同陳小雲一解

錦街燈，燈市雪。還是消魂時節。羅幌底，繡屏中。春寒四面風。　蘭釭灺。春明話。一十二回元夜。今昔恨，去來時。去年人未知。

又

酒邊心，心上事。信杳故園千里。心易醉，酒難醒。夜闌燈暈生。　欣相見。愁相盼。明月今宵恨滿。君鏡水，我金梁。夢來誰短長。

芳草渡

朝非雨，暮非雲。雲如絮，雨如塵。百花時節閉重門。花有約，春有恨，最愁人。　訴春怨。春又半。裊裊晴絲一綫。憐春瘦，爲花顰。花一片。飄得斷。是春魂。

好事近

紙鳶

片羽又青雲，摇揚半天春色。莫羡兒童牽引，怕東風無力。　微茫纖綆繫虚空，遠影定誰識。偏是緑楊烟外，有流鶯窺得。

絳都春

秦敦夫前輩出所藏冒辟疆姬人金玥美人蕉畫册索詞

風光幾信。儘描出雉皋，當年花韻。自翦翠綃，點筆曾看欹蟬鬢。碧腴乍展痕猶嫩。似人影、單衫紅襯。染香亭上，憑誰遞與，畫欄芳訊。　吟穩。蕉窗秀句，問名字、尚見金明玉潤。素月半規，小篆盈盈芳心印。螺青寫葉春來恨。認水繪、凄凉眉暈。任教重覓秦淮，舊時艷粉。

荷葉杯（二調）

忘了梅花憔悴。鄉思。休更托微波。翠禽枝上好音多。無奈客愁何。　聞道章臺人去。飛絮。風影太天斜。亂紅門徑鬧蜂衙。門外是誰家。

又

釀得春光如醉。清淚。無賴濕愁紅。爲誰香閣掩芙蓉。山枕倚重重。　迤邐清明時候。依舊。烟雨暗芳辰。曉窗天色近黄昏。同是夢中人。

南鄉子（二調）

宜子孫洗

璧月巧摹形。土暈銅花別樣青。硯北何人頻拂拭，輕輕。滌盡霜毫句未成。　小篆認分明。芳草宜男偶將名。一例螽斯聞好語，盈盈。水拍銀盤弄化生。

又

和小雲立秋之作

扇影尚依依。秋到梧桐第幾枝。天上西風憑問訊，來遲。且爲清陰立少時。　筠管强裁詩。可有微凉入鬢絲。昨日情懷今夕夢，尋思。悶裏閑中各自知。

玲瓏四犯

虎邱春泛圖爲張初白題

烟柳回塘，揚畫槳聲中，籢翠低展。客與香迷，一舸鏡瀾徐轉。鶯語燕語難分，但醉倚、好花人面。數舊游彭蠡上聲舟繫，忘了小姑偷眼。　四愁平子吴歈遣。漫沈吟、玉樓歌按。越娥佩響從歸去，春共橫波遠。空付媚粉暗塵，蕩冶葉、倡條零亂。問半眉山色，船唇篷背，黛痕誰見。

喜遷鶯（二調）

珠巢街新居，古藤交枝，冷翠欲滴，詞以賞之。余在都門，凡四移居矣

六街塵外。喚蠟屐問春，春應還待。娥月迎門，娟枝窺户，吟破一庭蒼靄。簟紋乍移苔點，闌角

斜牽蘿帶。寄情處，倚新聲多幸，鶯鄰堪買（衎石居最近）。空怪。槐巷裏，燈暈夢回，早是圓陰改。客與琴孤，家如舟泛，秋影幾絲同載。試將凍蜂催醒，有約濃花須再。倦游宴，念雙藤舊侶，題襟誰在。

又

崇效寺看牡丹，時余外轉西川，脂車有日矣

祇園春霽，借春艷釀成，天然羅綺。鈴語微聞，衣香初染，幾度竹房聯袂。瑞蟬又兼金蝶，一樣新來梳洗。話京洛、任尋芳年少，胭脂留醉。　凝睇。經院悄，疏箔翠油，誰與相料理。花雨輕沾，珠林低護，還是玉闌愁倚。靚妝漢宮空賞，歸夢瑤臺仍寄。露華冷，贈東風但有，相思紅淚。

六醜

早春晴暖，落鐙後，風雪凄然。藤蔓欺寒，花事殊寂寂也

喚幽禽夢醒，問急響、花鈴誰掣。試晴扇香，香心如倦蝶。弱翅猶怯。暗想西園事，鏡中孤影，嘆好春難折。凄風夜半吹還徹。細糝游塵，斜迎舞雪。長條凍添冰纈，又因循錯過，燈市佳節。寒宵情切，按清歌乍闋。待向朱闌底，尋步屧。而今怕理吟篋，任紅遲露萼，綠拋烟莢。探芳

景、俊游空説。都則把、艷冶年光付與，恨眉啼睫。金觴御，已是愁結。那更堪、聽取銀雲外，孀娥吊月。

一枝春

珂里新晴，試清游、過却愔愔坊陌。歡期暗數，艷景易成陳迹。旗亭唤酒，倩評跋、好春顔色。吟遍了，紫曲塵香，惟是燕鶯曾識。　幽蘭素芬堪摘。怕東風、認作尋常標格。琴心倦倚，夢裏水波空碧。何人寄語，但花外玉簫知得。重看取、小字銀鈎，冷綃翠拭。

瑞鶴仙

四月六日出都，小憩蘆溝橋，偶述

柳絲征袂綰。試錦羽初程，玉驄猶戀。銅街佩聲遠。向天邊回首，故人如面。藤陰翠晚。但怪得、琴樽夢短。有游蜂、知我心期，剛是褪紅曾見。　還看。珠巢題字，墨暈初乾，酒痕微泫。晴雲乍展，春已在，驛橋畔。問柔波一樣，仙源流下，爲底人間較淺。要重尋、京色塵香，素襟漫浣。

懷夢詞

青山濕遍

道光己丑夏五，余有騎省之戚，偶效納蘭容若詞爲此，雖非宋賢遺譜，音節有可述者

瑶簪墮也，誰知此恨，只在今生。怕説香心易折，又争堪、燼落殘燈。憶兼旬、病枕慣瞢騰。看宵來、一樣懨懨睡，尚猜他、夢去還醒。淚急翻嫌錯莫，魂消直恐分明。　回首并禽栖處，書帷鏡檻，憐我憐卿。暫别常憂道遠，况凄然、泉路深扃。有銀箋、愁寫瘗花銘。漫商量、身在情長在，縱無身、那便忘情。最苦梅霖夜怨，虚窗遞入秋聲。

西湖月

高巳生爲余作尺牘云：賤日牛衣之淚，尚剩潸痕；春風鵑血之枝，竟摧病果。讀竟輒唤奈何

雙魚訴盡愁腸，又誅筆贏來。謝莊新句。爲君振觸，殘春夢影，少年心緒。何戡今好在，問記否、牽蘿人最苦。但剩得、錦瑟哀辭，題到淚珠圓處。　相看紫誥匆匆，反輸與鴻妻，白頭荆布。

槿花開也，韶光一剎，等閑朝暮。長貧長有恨，更忍聽、冤禽枝上語。儘消受、燕寢凝香，舊情空負。

玉漏遲

重示巳生

舊弦催怨軫。十年前事，翠凋紅隕。幻影分明，憶得鏡籢香潤。當日啼鶯夢遠，更此日、啼鵑聲近。愁緒引。與君原是，一般長恨。　　繡帷仿佛塵凝，嘆錦字誰傳，彩鸞芳信。病枕叮嚀，有約再生重認。待説韋郎絮果，又怕見、潘郎絲鬢。清淚忍。安排半衾眠穩。

沁園春（四調）

題亡室沈淑人遺照

描出傷心，月悴烟憔，迴腸怎支。憶香消玉腕，愁停針綫，病淹珠唾，怯試槍旗。命薄難留，魂柔易斷，當日歡場已早知。良工筆，爲傳神個裏，欲下還遲。　　離箱粉縞空思。剩倩影、幽房一幪攜。看湘蘭婀娜，重拈恨蕊，吴綃宛轉，未了情絲。緩緩花開，真真酒暖，環珮歸來可有期。無眠夜，禮金仙繡像，記否年時。

又

雨夜叠前韻

如此清宵，雨雨風風，更長自支。想雲波漲曉，寒侵素襪，花魂泣夜，怨入靈旗。閬苑烟凉，瑶臺玉瘦，莫道人間總不知。淋鈴苦，悵燈前坐久，帳裏來遲。　相逢待訴相思。但跨鶴、仙山袖便携。奈杭州衫色，空沾酒暈，河陽帽影，尚戀愁絲。絳蠟雙心，紅霞一口，君問歸期未有期。知何日，是香盟證處，好夢圓時。

又

沈三華齡自常熟買舟來問姊病，人天悵隔，悒怏遂歸，賦此爲别

歸也凄然，迤邐垂虹，孤帆夜深。問匆匆草草，伊人何許，生生死死，此恨焉任。盧橘年華，黄梅節物，但著思量總不禁。離筵曲，有檀郎怨笛，婺女荒砧。　嗚珂舊里重尋。漫忘却、東陽費苦吟。嘆樓頭跨鳳，難追彤管，門前立鵠，猶滯青衿。往事誰提，先芬好念，月姊當時一片心。還知否，自春明話别，盼到而今。

又

重贈沈三弟

彈指秋來，已矣荀香，蘭房罷薰。悵官齋寄榻，三春藥裹，貧家賃廡，廿載飈輪。翟茀空埋〔一〕，牛衣宛在，至竟黔婁是恨人。重回首，話淒涼舊事，夢去無痕。　依然華屋生存。恰近隔、山邱只一塵。看流光過眼，何今何古，摶沙放手，誰幻誰真。末路榮華，他鄉骨肉，自閉重泉杳不聞。傷心語，但人生到此，天道休論。

【校記】

〔一〕翟茀，《心日齋詞集》作『象服』。

陌上花

往歲在都中，曾有七夕之咏，余與南唐李重光同以是日生，樂府小令又嘗瓣香李氏曩詞，實寓竊比之意，而語多怨，抑似爲傷逝而發者，此豈讖邪？纖雲弄巧，觸撥舊懷，重拈前韻

燒槽斷後來遲，醉舞麗情空采。舊譜新聲，同是夢中虛籟。誄詞淒絶家山破，何止雕闌春改。趁

星期慣見，蕙爐烟影，絳河斜帶。　黯銀屏、未冷西風吹處，怨入蓉裳荷蓋。半玦漬痕，却倚翠眉先貸。憑肩已自傷心煞，那復而今能待。問黄姑、看取穿針樓下，袖羅誰在。

月下笛

晨出錢唐門，乘小舟沿緣至蘇公祠

野艇摇烟，生衣蘸渌，鏡波圓折。湖菱翠貼。最苦新凉猶怯。話離愁、鬅仙未知，雨花露蕊凄步屧。漸嬌雲墮砌，芳魂冉冉，暗窺窗月。　柔鄉戀否，枉薦菊泉荒，冷香棲蝶。三生净業，試與長眠人説。算年來、紅塵倦游，好山畫裏緣再結。黯消凝，又早蘆灣，夢落秋半雪。

浣溪紗（四調）

七月十二日移沈淑人遺櫬，於蘇公祠却歸，過寶祐橋，回望孤山，黯然久之

路近西陵易愴神。一袈裟地許平分。玉棺好伴魏城君。　風月有緣成錯莫，湖山如夢斷知聞。燭灰香冷自温存。

又

題吴興奚虚白所藏《溪樓延月圖》，湯君雨生筆也。樓爲鮑氏故居，厲樊榭徵君迎月上於此

話到歡場倍黯然。湖雲溪樹碧于烟。不堪雙槳憶從前。　無語可憐秋易瘦，有情那得月長圓。傷心何必杜樊川。

又

玉茗香名識面遲。爲誰傳出畫中詩。白蘋紅蓼繫人思。　翠被可禁虚後夜，疏簾真復見明姿。無因寫到返魂時。

又

紙上依稀見淚痕。等閑振觸到黄門。殯宫芳草又斜曛。　詞客樓頭空憶夢，水仙祠畔各消魂。斷橋西去更無人。

桂殿秋

生死路，去來身。一杯還酹畫中春。人間大有忘情處，長日懨懨我共君。

柳梢青（三調）

夢了華胥。屏閑翡翠，佩杳珊瑚。野徑雙灣，秋祠十笏，門掩菰蒲。汴河衰柳啼烏。嘆舊業、梁園半蕪。瘞玉梅根，眠香桂蕊，好個西湖。

又

唤侶鷗鳧。者番贏得，塵外嬉娱。越女開籢，黄妃禮塔，纖袂風扶。段家橋畔幽居。但想像、明璫翠襦。峰約仙眉，波平佛面，好個西湖。

又

酒債詩逋。三年蠟屐，一篴蘋漁。風景依然，橋將魂斷，山擬人孤。烟波渺渺愁余。且休問、今吾故吾。萍梗家鄉，梅花眷屬，好個西湖。

翠樓吟

篋冷脂函，窗閑粉拂，簾鈎静摇霏霧。金飈鏘翠竹，是誰在虚廊微步。芳踪偷溯。認暖玉攲床，横波窺户。依然誤，翦刀聲裏，唤人鸚鵡。　　幾度。風外吟香，攬斷魂飄落，一簾花絮。嬌啼驚夢覺，碎珊枕愁紅千縷。釵蟲垂處。盼曉月吹來，仙裙留住。離情訴。錦屏深掩，不教飛去。

花心動〔一〕

芳信冬閨粉梅梢，年時倦懷曾托。絮雪乍飄，葭管閑吹，剛是病腰如削。畫中疏影人同悴，但長日、秦簾偎著。倒纖指，因循誤了，試燈妝閣。　　九九光陰似昨。空小筆花枝，泥他屏角。麝炷淚淹，猩點脂融，孤負曉窗梳掠。釃寒消盡春心死，枉冰蕊，描成紅萼。杏香冷，低回燕鶯舊約。

【校記】

〔一〕該詞調下，《心日齋詞集》有序「壁間去冬消寒圖小幅，妝臺遺迹也，感賦」。

夢芙蓉

蘇祠水榭晚荷，用夢窗韻

方塘餘恨綺。借微波占住，水仙鄉里。畫船雙槳，來去錦雲外，鬧紅秋易醉。多情穩護鴛被。正好幽栖嗟，冰蜍霧掩，香冷又驚起。指點回闌近底。佳約重尋，那處湘臯佩。露珠嬌臉，依舊淚痕洗。鏡瀾空晚翠。吴歈誰解人意。困倚殘妝，但盈盈望遠，腸斷影娥水。影娥川在常熟之虞山。

霜葉飛

佛天空訴。姑恩曲，青閨遺恨重譜。幾回箴管聽鷄鳴，傍翠屏微步。怪一榻、纏綿絮語。催歸頻指西來路。向夜月幽房，早卸却、銜珠臂飾，慘黛偷聚。人静繡幕低垂，纖裳手挽，暗怯猩點濡縷。枉將心事祝靈香，奈返魂無據。看掩抑啼妝最苦，人間真有痴兒女。染淚痕、闌干外，認取明年，杜鵑紅處。記長男婦刲臂事婦沈氏，余妻弟峻甫大使女也。

倒犯

中元

漏點、聽嚴城漸移，翠林烟裊。香花縹緲。圓鈴唱、夢魂驚覺。瑶臺上步、秋影綃衣歸來好。嘆鷲嶺尖風，月冷空相照。饌伊蒲、幾人到。　簫鼓畫船，黯黯湖堤，迴腸還自繞。路轉背雉堞，兔華落，羊燈悄。念宋玉、愁多少。待殷勤、題箋傳遠道。奈舊約參差，一夜蘭盆倒。紙錢飛去了。

金菊對芙蓉

山渌栖烟，城陰卧水，半湖冷畫秋容。奈湖波清淺，不似愁濃。多情風信天邊下，問故人、何處芳踪。佩聲依約，知他見否，月桂香中。　追念往事朦朧。早齊紈淚颭，并翦塵封。過虚堂悄悄，履迹誰同。思君只有蘭衾夢，但夢來、未抵相逢。向無眠夜，金徽怨曲，彈與疏蛩。

洞仙歌

聖因寺僧饋食

齋厨食品，乍分來蓮座。小舫清芬浪花破。嘆留賓事往，解菜心孤，渾不管，幾日芳卮塵鎖。

宣南人好在，緩款玫砧，雋味頻煩玉纖和。一箸冷吴羹、雀瞳鱸亭，但悶裏、秋光虚過。問書信、麻姑近誰傳，料脯擘仙麟，未應忘我。

金縷曲

湖上得王婿沆書

倦枕荒祠托。展苔箋、羊車叔寶，寄情綿邈。讀罷西泠烟波冷，頓爾衣寬带索。忍重溯、芳儀鐘郝。白柰簪霜驚秋早，惹吴娘、淚爲天孫落。人去也，曉風惡。　前期簫鳳悲京洛。最堪憐、嬌花稚蕊，等閑飄泊。麥飯棠梨城南寺，一樣優曇夢覺。更休問、中年哀樂。地久天長無時盡，判傷心、與汝今生各。鸞鑒影，儘抛却。

清平樂

曲瓊風細。寂寞簾垂地。消得西堂烟一穗。隨分閑眠淺醉。　象床羅簟關情。梧桐葉葉秋聲。還向人間惆悵，不知幾日浮生。

二郎神

以亡室所禮水月大士像施聖因寺

紺紗幔卷，尚拂面、穗烟輕揚。記錦軸薰香，圓儀窺粉，不許蛛絲罥網。丈室天花成何事，但做盡、人間惆悵。憐玉骨漸消，金經猶誦，雪衣空葬。　凝想。西湖去後，月輪無恙。問幻劫匆匆，相思鉛水，可似銅仙露掌。夕磬聽殘，曉鐘敲罷，誰見妙蓮曾放。霜鏡展、剩有凌波翠履，夜深來往。

花犯

杭署古梅數株，已看花三度矣，頃有桂藩之移，買舟將發，樹若有情，當爲我悵惘也

古墻陰，苔枝卧晚，年華迅彈指。倦懷誰寄。憐伴我多情，姑射仙袂。鑒池畫舫尋常繫。珠塵印步綺〔一〕。任領略、一庭香雪，闌干花外倚。　而今問春去何之，無端又灑上，天涯別淚。春去遠，空贏得、翠禽憔悴。停橈待、倩魂未醒，人事與、韶光俱逝水。付半枕、玉蟾霜影，羅浮清夢裏。署有鑒池及小畫舫齋。

【校記】

〔一〕印，《心日齋詞集》作「隨」。

慶春宮

余將去杭，屬安之弟率兒子送淑人匶歸里前夕宿湖上作

虛閣留仙，孤檠銜夢，舊歡忍問槐柯。寥落羈魂，踟躇遥夜，半輪初泛金波。未圓先缺，最愁見、亭亭素娥。殘霞吹盡，南北高峰，依約雙螺。　秋衾信宿烟蘿。已蜕吴蠶，猶戀修蛾。天際含顰，雲中飛佩，更堪此日離歌。砌蛩吟苦，替人唤、樽前奈何。相憐無計，看取青衫，泣下誰多。

多麗

八月十三日北新關道中

古錢唐，翻成此日凄凉。薤歌中、灰飛紙蝶，褊襎吹上牙檣。峭帆風、迎來柳翣，離筵語、遞入椒漿。緑蠟凝愁，素帷搴怨，更無人影到船窗。嘆吾谷、舊山雲樹，歸計苦參商。經行過、女墳湖水，淚灑吴閶。　問從今、關河萬里，可堪重著思量。鮑家詩、繁臺夜雨，江淹恨、嶺嶠秋霜。西去啼烏，南征哀雁，斷魂容易便分行。願留取、鏡盟釵約，心字各焚香。塵緣了，與君携手，片

月金梁。

祝英臺近（十調）

綰蘭襟，褰蕙帶，春事問湘畹。一葉帆收，寒信落燈淺。怪他宴罷遨頭，杯停棼尾，纔穩宿、玳梁雙燕。夢緣短。彈指廿七年華，匆匆去如箭。依約前歡，人共楚雲遠。仲姬小字親題，金相玉潤，怎忘得、那回初見。

又

裊朱絲，纏翠縷，巧篆儷花葉。結就同心，釵股鬢蟬貼。自從弄玉簫吹，經旬雙笑，早一朵、榴紅堪折。扇紋摺。因甚露井銀瓶，餘芬易消歇。翦燭深更，影事懶重説。最憐雨潤梅黄，禳羅歸去，又剛是、澡蘭時節。

又

典荆釵，搜蓋篋，排悶苦無計。袖薄欺寒，修竹暮長倚。便教紅炧蘭釭，相憐相惜。暖不到、籠鴛秋被。桂香裏。親解半臂吴綾，迴身爲郎繫。染柳宫袍，珍重總輸爾。舊箱金縷空存，此情記否，枉贏得、一襟清淚。

又

舞長沙，迴短袖，清節一錢剩。黄竹箱攜，絮雪貯秋影。定知挽鹿偕歸，篔屏學繡，恰映月、囊螢相稱。　素心耿。無奈翠履銀璫，青閨倦持贈。女伴偷看，椎髻齒空冷。更禁嫌到籠鸚，吠來仙犬，生做就、茜窗人病。

又

掖垣深，鄉信阻，宫漏幾昏曉。緩緩行雲，天際忽飛到。兩年怨緑啼紅，銜悲飲恨，算客邸、何曾知道。　語聲悄。還認再世相逢，愁多減歡笑。炊玉光陰，但説鳳城好。爲伊閑整湘裙，重量腰衩，更持比、舊時寬了。

又

掩金觴，横玉箸，生怕别離又。聽到驪駒，還是絮飛驟。慣消車轂牽魂，鞭絲摇夢，對殘月、曉風楊柳。　斷腸後。憑問此度分襟，重泉尚知否。飄瞥靈衣，天半枉回首。早知槿豔無多，便應日日，向紙閣、蘆簾厮守。

又

舞山香，翻水調，檀板爲誰拍。小譜親題，曾倩畫眉筆。幾回月上雕闌，停針倦繡，閑聽我、梅邊吹笛。

粉奩側。當日藤角裁箋，脂痕尚沾濕。紅豆重拈，樂事總陳迹。待憑曲裹哀蟬，仙山飛去，替説與、酒醒今夕。

又

劍江雲，犀浦雨，長日藥爐近。侍疾維摩，燈背峭寒忍。夜闌細檢刀圭，偷祈瓦卦，都不是、等閑情分。

蜀鵑恨。顛倒瓶鉢依然，人先散花隕。瞥眼榮枯，天意杳難問。那回準擬相如，茂陵遺草，待訪取、遠山眉暈。

又

雀鐶孤，鸞鏡冷，心事竟誰托。乞與檀奴，跳脱手親著。淚痕點點斑斑，憑君認取，想猶記、并肩曾約。

信音邈。還是翠袖分携，圓規鑄成錯。釵合盟言，縹緲碧天閣。任教贈恨羊權，腕闌雙繫，闌不住、江南花落。

又

净慈香，靈隱願，瘦骨不勝把。梅蕊消寒，看到藥闌卸。可憐娥月西頹，清光就缺，又紫玉、烟痕驚化。病深也。那更窈窕縈懷，瓊瑰漬羅帕。幾日相迎，雙影素鸞跨。竟床長簟凄凉，孤眠剩我，反輪爾、夜臺情話。長女阿箋適蒲城王氏，逾歲夭歿，淑人聞信傷悼，病益不支。

最高樓

微吟罷，我亦去錢唐。宦海路茫茫。春寒容易吴蠶死，秋風依舊越禽忙。酒鱗邊，燈影背，細思量。且莫説、長安蘿補屋。更莫憶、長沙人倚玉。塵世事，總堪傷。孤衾不暖殘年夢，征衣空叠舊時香。算前途，須忍淚，過瀟湘。

十拍子

重過湖上

缺月閑尋昨夢，圓波錯認吾鄉。萬點漚珠參佛果，一瞬天花作道場。清鐘聲未忘。錦鵠浮生忍托，哀蟬冷句重商。見説殘秋如過客，從此高樓傍夕陽。歸人歸路長。

十六字令（三調）

天。畢竟無情只自圓。誰傳語，花月要相憐。

又

天。多事蟾鉤要上弦。從何缺，只爲有團圓。

又

天。慣把情緣作幻緣。無人會，生死苦纏綿。

鴻雪詞　卷上

臨江仙

一架藤陰留不得，珠巢無處尋踪。繡衣著了抗塵容。向來殊落落，此別轉匆匆。　十載長安多勝侶，頻番酒緑燈紅。而今心事更誰同。秋懷紈扇月，春夢玉珂風。

瑞鶴仙

憶京寓藤花作

曉寒欺繡幕。過啼鳩光陰，離愁蕭索。新詞寄歸鶴。奈書傳閬苑，信音遼邈。纖枝翠絡。料此際、垂垂綻蕚。儘飄零、客燕天涯，長憶紫茸檐角。　蘭杓。浮紅泛緑，摘艷吟香，與花同酌。華胥夢覺。賞心事，忍抛却。想閑庭多少，游蜂戲蝶，未肯襟期漫托。但年年、吹冷東風，自開自落。

永遇樂（三調）

成都武侯祠

天設岩疆，井蛙亡後，形勝誰據。半壁經營，兩朝開濟，再世生伊吕。炎靈邈矣，謳思未沫，長誦大名千古。任辛毗、軍門仗節，笑他畏蜀如虎。　星芒驟落，降箋草草，拱手河山輸與。鄴下稱尊，江東并列，史筆吾無取。錦官城外，雲車風馬，想像翠華來處。憑君看、荒陵咫尺，尚留漢土。

又

成都貢院僞蜀故宫也，壬午從事秋闈作

棘院風清，桂輪香滿，仙馭初駐。射策人來，翹材館啓，舊是朝天路。南軒史筆，東陽詩草主試張君岳崧、沈君魏皆，恰在紫雲深處。話興亡、煎茶漏永，待添畫燭重賦。　王顛孟蹶，輕塵短晷，夢影相看何許。城上芙蓉，宫中花蕊，不管人西顧。宣華小苑，摩訶芳徑，多少斷垣荒礎。今猶幸、文昌朗耀，粉廊快睹。

又

風雪渡江宿九江通遠驛

退鷁風顛，呿鯨浪涌，帆葉掀舞。宦海沈浮，迷津指點，漫唱公無渡。凉秋暗雨，殘冬密雪，荏苒歲華成故。想山中、匡君笑客，往來浪迹良苦。　郵亭夢裏，烟波東望，忍見寒潮生處。簾幕輕陰，琴歌歡意，聊共燈脣語。悠悠絮影，依依蘭膳，且喜早梅香吐。歸期近、庭前定有，鵲聲報午。

木蘭花慢

支機石

筭輿尋勝賞，訝神物、寄烟寰。想槎客携歸，星娥贈與，仙骨珊珊。斕斑。艷稱蜀錦，問七襄、何似五雲端。幻迹誰云可轉，靈心好在無言。　禪關。尚識孱顏。清露濕、翠屏閑。但悵望吹笙，遲迴弄杼，夢冷銀灣。相看。絳霄路迴，嘆紅塵、淪謫幾時還。回首珠宫玉宇，凄凉天上人間。

陌上花

薛濤井

高唐夢後朝雲，留下楚臺遺韻。一曲琴心，容易翠翹偷近。玉蟬金雀嬉游處。千古風流無盡。賦閑情況有，巴箋十色，待題幽恨。　向迴闌、更倚瓶沈信杳，且喜銀床堪認。照影嬋娟，誰似埽眉人俊。枇杷花落閑門閉，冶思空傳蘭訊。錦江春、付與樓陰修竹，幾堆香粉。

玉漏遲（三調）

夜話尹竹農同年署齋

夜寒蓮漏悄。紋疏静掩，銅荷低照。迅羽光陰，心事漫傳青鳥。夢裏長安片月，更愁裏、天涯芳草。還自惱。雲窗霧閣，庾塵誰埽。　何處喚酒銀釭，聽小管清聲，素弦凄調。艷冶追尋，争似寸箋吟好。計日東風破冷，又相對、春山一笑。芳信早。梅花幾枝開了。

又

秋夜對月偶憶少陵『斫却月中桂，清光應更多』之語，因寫其意

碧空圓鏡展。無端幻出，交柯零亂。望裏陰陰，占却廣寒庭院。自倚閻浮樹影，怎禁得、吴郎偷眼。塵霧卷。丁丁玉斧，等閑飄散。　遥睇露脚斜飛，似墜葉霜林，峭風輕翦。唤作天香，終是藥娥愁見。記否王孫去久，且歸咏、淮南秋怨。清漏轉。霓裳舊歌重按。

又

高巳生、錢充泉、王遠聞同舟，相送信宿別去嚴陵道中却寄

片帆人萬里。琴歌興在，仍搴吟袂。過雨秋容，侵曉越娥妝洗。漫擬西湖鏡影，也休認、南屏烟翠。還信未。桐江一路，好山如此。　三載慣約清游，嘆飲渌題花，頓成前事。醉拍征衫，空惜酒痕紅漬。舊壘芹泥换盡，更誰識、歸舟天際。蘭棹倚。魂消畫眉聲裏。

霜葉飛

伯兄之戚已更歲矣，笏侄自粵歸汴，由汴來蜀，泫然賦此

素冠銜涕。重相見，傷心塵面憔悴。去年輕趁片帆風，送箭波長逝。甚浹月、珠江戾止。無端啼濕春鵑淚。但愛日庭前，且幸得、孤雛侍側，馨膳聊慰。　追念妙墨淵雲，香名早飲，共説平步千里。盛筵燒尾只須臾，奈鏡蓉空萎。嘆寂寂鄉園夢裏，郊祁忍更論前事。聽雁聲、哀弦外，隻影天涯，斷魂誰倚。

祝英臺近

浣花祠以陸放翁配食少陵，往歲，程春海侍講持衡游此，謂當以韋端己易放翁，因陸非流寓，而韋以浣花名集也。乙酉初春，偕吴梅梁學使，尹竹農、桂燕山兩觀察，問梅草堂，偶憶春海語，率成此解

選佳辰，携俊侣，重問草堂路。紅萼無言，春色已如許。相看蘿幌低垂，蕙烟輕揚，忽省憶、皇華人語。　浣花句。同是淪落天涯，應教侍尊俎。團扇家家，不少瓣香處。須令翠羽聲中，寒泉一盞，但遥指、城南韋杜。

鷓鴣天

綿州道中

五見櫻桃夢欲闌。蠶叢容易片雲還。飛鳧已覺天衢近，歸騎安知蜀道難。　涼意浹，露痕乾。不辭侵曉跨征鞍。輕衫小扇綿州路，瓦鼓聽歌豆子山。

夜半樂

夜趨劍關，中途大雷雨侵，晨始抵宿處

暮天畏景將下，輕陰城郭，催喚雕鞍去。到萬笏尖峰，晚涼佳處。瓌雲漸展，狂飇驟發，片時丹嶂冥迷，絳河傾注。更迎面、砰轟震雷鼓。　暗中磴道曲折，蟻磨驚旋，馬蹄愁誤。怕小小、籃輿山靈留住。亂流趨壑，崩厓轉石，一肩穩載吟魂，等閑偷度。曉鐘外、羊腸忍回顧。　卧想今夕，犯險虛勞，快心終阻。行不得、空慚鷓鴣語。耐炎曦、休恨汗濕齊紈縷。還僂指、幾日消煩暑。邵平瓜買青門路。

天香

留侯祠在紫柏山下，泉皆穿地而出，盤花旋竹，泠泠有聲，秦棧中佳境也

石鏄跳珠，墻陰漱玉，虛堂半枕湍瀨。倦客栖遲，征途熱惱，頓覺凉生襟帶。螺鬟秀倚，想上有、餐霞人在。幾陣天風細響，吹將鳳笙仙籟。　留封舊游未改。寄冥鴻、渺然塵外。來往赤松栖處，片雲無礙。好約他年借榻。待盡啓、軒窗面蒼靄。萬叠烟嵐，芝英試采。

高陽臺（三調）

漢茂陵

宛馬吟愁，粤鶏啼恨，流虹休問猗蘭。丹鼎龍歸，一邱空指蒼烟。蒲輪正好賢良聚，奈褰裳、海上仙山。甚蓬萊，誤了阿房，重誤甘泉。　神君帳裏知何語，但返魂香燼，枉賦哀蟬。五柞鵑聲，負他桃熟千年。誰論朱鳥窗中事，剩初明、淚灑通天。最難禁，玉碗凄凉，宛在人間。

又

平定州妒女祠事與劉伯玉妻妒婦津相類，戲拈此解

偕隱曾傳，潛淵妄托，休猜綿上娉婷。十笏荒祠，凝塵誰埽朱欞。春松秋菊東阿賦，問宓妃、甚事干卿。枉思量，羅襪凌波，翠羽揚靈。　千年夢雨空飄瓦，怪胥濤遺恨，歷劫難平。唤渡蛾眉，等閑風浪還生。茂宏九錫徒相笑，怕短轅、到此須驚。賽村巫，一勺椒漿，好薦鶬鶊。

又

灞河阻漲

雪浪翻空，銀濤拍岸，柳陰不解蘭舟。顧影驕驄，幾回踠足臨流。倦懷桑下貪三宿，况關心、麗玉箜篌。慰離情，一水盈盈，多幸天留。　尋詩待赴旗亭約，奈黄梅暗雨，懶試清游。香潤紅綃，從看紈扇都收。消魂橋上西風早，怕明朝、吹换涼秋。望京華，芳草天涯，何處高樓。

月華清（二調）

驪山温泉

椒殿含春，蘭湯試暖，華清鸞馭曾迓。一掬鴛波，還見粉雲吹麝。倚丹臺、金屋裝成，漱靈液、仙源流下。羅帊。待凝脂浄拭，翠蛾重畫。　妙舞霓裳未罷。甚咫尺延秋，夜烏啼乍。水上黄蚪，容易倩魂驚化。訪前塵、香澤仍留，訴長恨、哀湍空瀉。愁惹。付宫花紅處，白頭閑話。

又

題成蘭生太守西湖鏡影圖照

空翠分烟，秋痕蘸水，蘆灣篷背低亞。照影盟心，恰好鏡瀾堪借。向迴汀、驀地尋來，倚柔艫、悄然歌罷。吟社。唤香山玉局，紫鸞飛下。　我亦幽懷暗寫。聽靈苑清鐘，舊歡都謝。修竹祠荒，争得澹妝人迓。待安排、畫鷁閑身，儘消領、泠鷗情話。休暇。奈文書遮眼，漏沈遥夜。

探芳信（二調）

茶䗶敷水驛，香山詩所謂『上得籃輿未能去，春風敷水店門前』者也

曉鶯喚。似陌上柔桑，秦箏彈怨。想畫樓初日，芳魂定餘戀。素波不照嬋娟影，遺恨天涯遠。遣羈愁、艷質難留，好山還見。　依約翠眉展。尚仿佛城南，那時人面。秀倚東風，露華映、黛痕淺。玉蓮花色春如笑，任著峭頭看。店門前、怪底籃輿去緩。

又

都門友朋之樂，無異疇昔。而五年來，劉芙初、宫辛楣、錢金粟、謝向亭四同年已先後下世，黍夢光陰可哀也已

絳霄近。借寸晷餘閑，游踪重認。向紫雲深處，陶然翠觴引。上清判袂仙緣在，尚有餐芝分。倚篔屏、酒暈香凝，月輪心印。　歡極淚還忍。念舊侶星稀，逝波空迅。夢冷江花，但贏得、夜臺恨。百年身世浮漚影，懶更箋天問。楚魂招、枉付牙琴怨軫。

夏初臨

雨行蒲州道中有憶

潤裛鞭絲，冷侵衣袂，條山吹雨冥冥。纔過梅黄，千林點滴秋聲。客懷已是淒清。况征途、流潦縱横。風陵回首，蓮峰翠鬟，猶隱雲屏。　飛蓬自去，倚竹仍留，小窗絮語，燈火青熒。荷花桂子，人間何處西泠。短堠長亭。數郵籤、聽徹蘭更。淚痕凝。錢江到時，看取吴綾。

望海潮

韓信嶺

行山迴合，汾河縈帶，遺基尚説韓侯。衰柳將壇，閑花戰壘，千年姓字長留。陽夏事悠悠。嘆黥彭一例，鐘室埋愁。震主功高，鼎分空憶蒯通謀。　征途訪古停輈。望靈風天半，英氣凌秋。傳檄片言，藏弓末路，榮枯總付東流。祠宇倚津樓。想巫弦社鼓，夜夜神游。看取長陵斷碣，誰與酹荒邱。陳豨封陽夏侯，見高惠功臣表。

還京樂

丙戌小住都門，匆匆脂轄，悵然有作

鳳城路，習見依依巷陌如故里。趁絮泥消盡，任教日訪，琴尊歡事。望舊巢天際。金蓮對燭光生蕊。禁漏短，争許袖惹，蓬萊雲氣。　向槐堂裏。又朋簪清話，依然樹色浮空，人影在地。芳踪夢蝶重尋，幸秦源、暗通塵世。倚征鞍、嗟倦羽飛回，游驄唤起。好屬盧溝月，須令佳會常繼。

揚州慢

維揚晚泊

白紵人歸，玉簫聲换，短篷誰按紅牙。漸邗溝月影，又透入窗紗。聽一杵、清鐘唤夢，鬢絲禪榻，休問烟花。正羇愁、撩亂可堪，尊酒消他。　錦帆在否，算垂楊、曾見繁華。嘆畫鷁春波，流螢故苑，何處人家。殿脚翠螺抛盡，西風外、冷落宫斜。話興亡遺事，傷心空付栖鴉。

念奴嬌

舟過吴門，賀偶庚方伯邀同吴藹人學士、董琴南太守小集白公祠。因詣藹人所居在虎邱山塘，極游觀之勝，余欲結鄰而未能，賦此寄興

翠尊芳約，盡西清、當日鳴珂仙侶。五載分張今更合，宛爾柯亭聯步。語燕催程，閑鷗唤客，便好拿舟去。湖樓遥指，小欄紅濕疏雨。　堪羨昆閬歸來，横塘卜築，妙得滄浪趣。稚柳嬌鶯門巷接，最是金閶佳處。波軟風柔，酒濃歌脆，凖擬從君住。明朝相望，片帆空隔烟浦。

夜合花

藹人有看花之約，余乘風便已解維矣

洛水明珠，巫峰仙佩，未如越綱千絲。緑慳顧曲，輸君暖玉偷携。青纜解，畫船移。怪津亭、折柬來遲。向虹橋去，簫吹夜月，誰唱新詞。　西湖西子歸時。長記緗裙染翰，羅帊題詩。吟香試茗，依然悶倚空卮。紅袖冷，翠眉低。甚好風、偏妒芳期。倩盧家燕，閑將此恨，説與教知。藹人屬意者歸自杭州，携餉新茗，藹人集蘇句『若把西湖比西子，由來佳茗似佳人』，書聯贈之。

二郎神

晚泊吴江，風景清曠，燈下漫填此闋，却寄吴、董、賀三同年

亂鴉送日，傍暮靄、片帆初卸。正小閣銜杯，紋窗翦燭，好句雲箋共寫。暗裏吴波催人去，早夢落、松陵橋下。憐酒暈未消，吟邊猶記，夜闌情話。　瀟灑。楓江騁望，水天如畫。認素襪明璫，詞仙游處，還見秋容澹雅。葭浦烟凉，蓼汀風細，娥月漸窺篷罅。憑過雁、爲説寒山此際，晚鐘敲罷。

月中桂

吴淞舟中

思渺吴天，坐空明翠篏，穩泛秋色。柔波蕩晚，漸白蘋風細，輕寒吹入。小紅今在否。記夜舫、新歌按拍。迤邐垂虹路，清蕭雅韻，鷗鷺定曾識。　沉吟季鷹當日。戀蒓鱸味好，歸棹重覓。溪山畫裏，算綿屏深處，何人消得。扣舷招隱士，倩相送、長橋過客。黯黯南雲去，宵來爲君鄉夢積。

巫山一段雲

西湖花神廟僅餘塑像二側，倚敗壁間，而神采奕奕如生，命僧移置樓下并紀以詞

夢雨荒祠暗，穠華往事空。小樓珍重避西風。好與護芳容。　春色應無價，情緣儻再逢。欲求粉本貌驚鴻。看取曲欄中。

眼兒媚（二調）

南朝駐蹕愛杭州。直爲聖湖留。十三門外，十三樓畔，占盡風流。　一聲白雁繁華去，往事總悠悠。劉家娘子，楊家妹子，無限春愁。

又

小船平底曲闌干。人在畫圖間。雨湖也好，晴湖也好，消得身閑。　净慈靈隱三天竺，重叠獻珠幡。千燈萬佛，蓮臺高處，長是無言。

惜紅衣

訪姜白石葬處

漢渚羈愁，苕溪浪迹，野雲誰識。舊説西塍，吟魂寄幽宅。斜陽蔓草，空悵望、春風詞筆。淒憶。香暗影疏，掩梅花仙魄。　漂零楚客，抔土長留，湖山恣游歷。繁華夢去，故國已無覓。好屬小紅珠淚，莫向冷楓啼濕。怕洞簫清怨，吹咽六陵秋色。

一落索

山色空濛初過雨。畫船幾許。倚闌人影不分明，兩槳掠、柔波去。　回首六橋烟樹。依依日暮。更教誰與覓詞仙，蕩一點、春心處。

夜游宫

偕董琴南、費新橋兩同年泛舟西湖，時琴南赴雲南任，新橋亦將入都

一棹停雲乍合。況勝賞、韶春時節。有約逋梅須共折。鶴巢邊，冷清清，千片雪。　緑醑蘭言接。勝尺素、遥傳天末。去燕來鴻休悵别。指心期，但相看，湖上月。

歸國謡（二調）

仙境阻。洞口桃花風又雨。可惜阮郎游處。看花無伴侶。　幾日翠陰庭户。留春春不住。零亂十三筝柱。懶聽金雁語。

又

殘夢續。浪蕊浮花看未足。容易曉鴉聲促。淚痕銷絳燭。　缸面酒鱗吹緑。醉來歌一曲。何事近窗修竹。不教丹鳳宿。

轉應曲

無寐。無寐。賺得愁人如醉。夜深珠箔誰開。悵望青鸞未來。來未。來未。心在紫蘭香裏。

臨江仙慢

潘吾亭同年以上海觀察乞歸，余贈以詩有『世人嗜官味，味盡同一止。侯鯖不淹箸，翛然君遠矣』之句，吾亭謂不著題，戲括此解漱石枕流計，湖光綠處，山翠濃時。庚塵外、從教静掩柴扉。幽栖。爲門前柳，籬邊菊，賦得歸期。江南路，儘蒓鱸勸客，竹馬牽衣。還思。探梅舊崦，終勝東閣追隨。便尋常、猿鶴料也忘機。相攜。話鄂君被，湘娥瑟，怨抑誰知。孤山去，且春陰就夢，冷語尋詩。余嘗晨過巢居閣，偶得『翠禽冷語春未覺，元鶴亂飛山自孤』二語，君亟稱之。

唐多令

垂虹舟夜

汀柳晚蕭蕭。烟波十四橋。溯西風、一葉舟摇。秋意也如人意苦，渾瘦盡、玉虹腰。　淚點黦冰綃。香心冷翠翹。怨芳魂、楚些難招。長簟竟床燈燼落，誰念我，可憐宵。

聲聲慢（二調）

己丑重過吴門，藹人墓已宿草，撫今感昔，且傷新橋之逝，舟夜漫譜此曲，儻付雙鬟按拍，必當淚落連珠也

汀蒲换色，岸柳欺寒，征帆又落吴閶。僂指萍蹤，西泠草草三霜。翩然夢回半枕，把歡游、付與斜陽。紫霄遠、想霓裳咏罷，月斧攜將。　幾度傷懷舊雨，况鄰人怨笛，吹冷錢江。兩地離愁，知

他仙珮何方。蓉城倩誰寄語，道塵寰、有客相望。雁去也，秣陵書、一例斷腸。

又

偶檢舊篋，得劉芙初詞箋有云『更天際闌干，斷無人處，撩上幾絲柳』，爲之參嘆

香殘鏤管，淚浥瓊箋，無端夢醒槐柯。少別千年，匆匆歲月飛梭。柳絲斷魂在否，漫淒凉、擁鼻吟哦。凝望久，只闌干天際，遥隔雲波。　憶昔東華游倦，幾留歡絳蠟，買醉紅螺。恨入騷辭，依然蘭畹愁多。而今玉樓賦就，比人間哀樂如何。子夜曲，但揮弦、彈作怨歌。

碧牡丹

自錫山却返武林，朋輩招邀，勉留十日，勞歌未已，重賦短章

乍送輕帆去。却趁迴波住。小別經旬，早是秋光催暮。醉擷霜英，憐斷紅非故。傷心江上尊俎。　瘴鄉路。黯黯情味苦。歡場可堪追溯。怨緑眉峰，應念天涯風絮。甚日重來，尋唾絨窗户。一痕清淚彈處。

應天長

章江雨泊

緑波南浦離情賦。争信生離情未苦。玉飄烟，風泊絮。纔是世間腸斷處。粉箋書，羅襪步，目送武林人去。消受鬢絲千縷。短篷眠夜雨。

解珮令

分宜中山矼戲作

蘆溪翹望。萍鄉翹望。但宜春、已如天上。陸地舟行，全不用、蒲帆蘭槳。儘船舷、石棱相抗。林巒無恙。書堂無恙。累篙師、殷勤指向。幾首青詞，便做得、丁家鶴相。哂鈐山、十年清況。

喜遷鶯

全州迤南古松夾道，連屬百餘里，蒼雲滿天，元鶴欲下，此行爲不負矣

灕江行近。訝涼傘萬重，陰連無盡。黛色浮空，樛枝拂地，幽賞驛程徐引。悄然翠烟霏處，乍覺

塵襟清潤。晚風峭，恍鸞吟吹下，瑶天笙韻。 曾問。來雁否，衡岳片雲，不許南飛趁。何意征人，身輕一羽，却向玉簪留印。望中五釵承蓋，定有仙靈栖穩。上元字，但眠蠶誰寄，悠悠芳訊。

千秋歲引

玉冷空枝，香殘褪蕚。尺素緘情隔天角。西樓未忘掩扇語，東郊枉負湔裙約。畫堂春，緑窗月，儘抛却。依舊寫愁銀翰弱。 依舊忍寒羅衾薄。錦瑟塵弦恨誰托。青陵怨長從化蝶，丹山夢遠無歸鶴。任悠悠，小欄外，楊花落。

更漏子（二調）

憶前歡，思往事。一穗玉爐烟細。羅幕下，繡簾垂，春寒能幾時。 春欲暮。愁仍住。眼冷故鄉何處。憑夢去，寄書回，衡陽無雁來。

又

趁墟來，歸峒去。幾陣緑榕絲雨。敲社鼓，唱巫歌。陰風生薜蘿。 行不得。炎方客。江上越禽聲急。雲慘淡，樹模糊。征帆天外孤。

天仙子（六調）

屋角紅蕉花未吐。南風吹過飛鸞去。桄榔陰裏重行行，山棗路。黄沙渡。莫信澤家烟外語。飛鸞，橋名。

又

涷雨宵分聲不定。湘源漲起波千頃。扁舟泛泛水中梟，斜又整。烏竿影。直過零陵人未醒。

又

一曲浯溪凉翠滴。維舟更訪前賢宅。窊尊石鏡儘留連，休去覓。涪翁筆。點點雲根蒼蘚積。

又

前歲南行冬日好。望衡九面清湘繞。輕舟下瀨又今年，烟浪渺。麻陽舟名小。七十二峰如過鳥。

又

怪底朝來檣燕喜。盈川相遇盈盈水。一甌茶罷便分携，情未已。行還止。終勝天涯書一紙。舟遇楊竹圃廉訪。

又

淥口逆流流漸澀。水車車水無涓滴。一車纔過一車來，沙岸逼。風輪激。跬步萍川天樣隔。

水調歌頭

滕王閣

彭蠡匯東澤，章貢繞西城。江湖左右襟帶，高閣峙崚嶒。佩玉清歌散後，畫棟朝雲開處，小隊駐雙旌。帝子渺何許，長嘯倚青冥。　神奇事，風借力，快揚舲。綿津當日題字，墨彩尚飛騰。不見才人江上，空有沙鷗別浦。一舸待尋盟。冷眼落霞外，天水碧無情。閣上楹聯『依然極浦，遥山想見閣中帝子；安得長風，巨浪送來江上才人』，宋牧仲先生句也。

踏莎行

癸巳秋仲建昌縣道中

驛騎勤催，郵籤緩遞。横波阻住青絲轡。沙邊唤得橛頭船，勞人恰好閑身寄。　卧柳霜凋，野棠風細。燕歸無復營巢地。傷心休問去年時，盈盈水是哀鴻淚。

定風波（二調）

潛山驛寄答佟艾生方伯

揚鞭絲，幾陣西風，人烟小市吹暝。古驛延秋，虚堂款客，暫得羈魂定。翠雲深，玉沙净。恰好灊廬秀眉映。幽興。負松喬舊約，携琴蘿徑。　素襟漫整。任緇塵、黯澹殘痕凝。向銀箋，拂處寒香袖裹，歲晚心期訂。倚清吟，背窗影。縹暈燈摇半花冷。還省。一聲新雁、江南誰聽。

又

宿州行館再得艾生書却寄

瘴雲陰，卯飲杯停，驪歌柳岸催發。冷落孤踪，凄迷影事，夢杳莊生蝶。庾樓風，皖江楫。帶水盈盈限秦越。情切。到而今翻羨，羈禽天末。　翠箋半摺。向郵亭、兩度音徽接。正相思，吟苦來鴻片羽，飄墮空廊葉。妙香凝，古歡結。洛誦蘭言總心折。行篋。一編常對，澄懷秋月。

瑣窗寒

賦得『依依墟里烟』，途中書所見也

澹拂樓陰，輕籠木末，暗催秋暮。將開又合，只傍夕陽村墅。任長空、片雲自飛，等閑肯逐西風去。向水亭山館，千絲摇揚，爲誰留住。　何處。鄉園路。但斷梗飄蓬，易牽離緒。年光過眼，消得幾番炊黍。賦郊居、塵鞅未閑，耦耕舊約人在否。忍相看、數點霜楓，冷紅鴉外舞。

滿江紅（五調）

重過粉坊琉璃街故居

屋角高槐，閑問訊、宣南坊陌。記此地、琴尊跌宕，幾年栖息。半刺相忘磨滅後，一家正好團欒日。任旁人、錯比子雲居，喧塵隔。　離聚苦，無終極。生死恨，難抛擲。但天台重到，淒凉岑寂。芳草廊空蝴蝶化，茜紗窗冷蠨蛸織。嘆烏衣、巷口燕歸來，今成客。

又

都中戲答人問

萬古雲霄，問一羽、何人當得。但隨分、南州承乏，油幢畫戟。假節文從炎漢仿，借緋句亦香山覓。儘翩翩、斜壓帽檐敧，螭坳立。　曾待漏，金門夕。曾視草，鑾坡側。却翻疑定遠，功成投筆。麋鹿方慚簪紱繫，貂蟬那自兜鍪出。是虎賁、還是蔡中郎，君須識。

又

吴竹泉同年欲以戊辰同譜繪爲一圖，命其侄季文農部將畫師來爲余寫照而不似，戲拈此詞寄視竹泉，當爲捧腹也

小別廬山，惜真面、忘携粉本。費半日、東塗西抹，徒供一哂。有客同來吴季子，平生最識周公瑾。儘從旁、指示頰三毫，心難印。　嘶騎發，裝池進。踪迹遠，鬚眉近。怕丹青見慣，因疑成信。他日重飛天上舄，諸君但索圖中駿。却翻猜、扇外放翁誰，驚相問。

又

過新城縣，買得白粱米，憶亡友李賓石孝廉同寓地藏庵舊事感賦賓石，新城人

一磬僧房，記月下、人來款竹。還遠致、秋塍珠寶，累累盈斛。紅豆分拈花裏句，胡麻共飽山中粥。更無須、乞米似平原，書成幅。　蒿里唱，當年曲。萍梗繫，誰家屋。望子猷門徑，凄涼心目。過眼雲烟朋輩少，打頭風雪官程促。問勞勞、塵夢定何時，黄粱熟。

又

途中與客説家鄉肉

旅食匆匆，話前事、齒芬猶結。忘不了、衙齋近局，消寒時節。饋歲相攜春釀早，佐餐雅稱冬春潔。未輸他、松火玉纖薰，桐嚴楫。　吾舊里，樊江涉，今小築，夷門接。甚杭州風味，尊前貪説。三載身慚東道主，片帆夢冷西湖月。但溪山、好處即家鄉，休分别。

感皇恩（二調）

王莊阻雪二闋

滕六太顛狂，搓綿攬絮。帀月霏霏困歸羽。泥深没踝，已是津梁迷誤。候人還爲説，冰横路。
茅屋短垣，荒村且住。潑水衾裯釅寒護。瞢騰一枕，只見玉龍飛舞。斷魂尋不到，章門渡。

又

留滯意如何，天公休問。慣遣飛霙上愁鬢。望雲心事，争得落霞紅趁。遠游應爲我，縈方寸。
玉戲未閑，珠杓空迅。餞臘杯傳歲將盡。魚沈雁杳，料是清寒難忍。旅窗誰與遞，春來信。

珠簾卷

東堂畔，曉風吹。輕胭澹粉迷離。垂柳摇摇無緒，閑扶墻外枝。　遠路春光畹晚，殘宵夢語依稀。争唱渡頭桃葉，渾不解，寄相思。

漢宫春

藥洲訪石圖，爲翁二銘學使題

花藥澄湖，乍英光舊迹，輝映庭隅。天教化工在手，璧合星樞。蓮亭志喜，勝蘇齋、殘拓臨摹大興翁閣學在粤時僅獲拓本。憑證取、題名掌上，當年陳九仙書。　邂逅章門持節，幾留賓下榻，訪古停輿。新携换鵝妙墨，一笑披圖。山陰繭紙，比炎洲、片石何如。羡使者、憐才似此，人間誰嘆遺珠。君昨按試信州，購得右軍墨迹數十字。

鴻雪詞　卷下

絳都春

擬吴夢窗

鴛針繡倦。又珊枕夢回，青禽低喚。喚起絮雲，咫尺天涯愁無限。迴廊步屧成新怨。況別母、啼妝猶戀。斷腸空指，靈芸帊上，淚痕紅泫。　凝眄。盈盈帶水，片帆趁、燕影風柔波軟。佩解漢皋，那信花開歸來緩。圓冰寫翠秋容換。認娥月、西窗人面。紫簫吹入吴歈，桂香夜暖。

喜遷鶯（五調）

紅梅

羅浮仙侶。也閑趁好春，脂痕勻注。艷魄還丹，冰肌暈酒，依約絳唇初吐。翠禽爲誰啼醒，却向朱門留住。問名字，記吹簫低唱，松陵前度。　偷覷。窗外影，嗛雪萬重，夢冷來時路。倚竹新妝，巡檐淺笑，不管縞衣人妒。十分出塵香韻，一例凡花輸與。擬標格，算人間只有，秦郎詞句。『淮海詞如紅梅作花，能以韻勝。』樓敬思語也。

又

紅袖添香夜讀圖爲王蓉洲孝廉題。蓉洲余僚婿，今皆作玉溪生久矣

蘭釭紅綻。更偎倚畫中，春風人面。釵影横窗，書聲出屋，恰和小鶯低囀。篆紋蕙爐輕裊，冶思梨雲相亂。可人語，問芸編何似，柔鄉堪戀。　眉案。還記取，簫鳳謝庭，一例神仙眷。好夢難留，漬痕宛在，憔悴玉京重見。絳河舊情空溯，珠樹才名争羨。稱心事，待濃薰秘省，宫袍催换。

又

陶梘薌同年爲覓教場胡同宅，丁香二株可愛，急欲移居而不得，賦此解嘲

頻番胥宇。似春燕乍來，偷窺簾户。萍梗孤踪，蘭言一諾，剛被玳梁留住。廣庭十弓猶欠，瓊萼雙身先睹。勝情引，小書堂恰在，花陰深處。　空誤。前度客，三匝故枝，欲去仍回顧。事逐烟凉，人如舟繫，偏托石尤風阻。幾時素塵閑埽，著我琴尊容與。粉香裹，試清吟好約，柴桑仙侣。

又

三官廟海棠，高花簇錦，陰如槐幄，或言是當陽董文恭師手植

春情寥寞。又緩款信風，吹開仙萼。柳外鞭摇，城隅路轉，閑赴紫綿芳約。宿酲太真初醒，悄倚瑶臺珠箔。泥人處，弄嬌姿還勝，翻階紅藥。　犀杓。休更舉，重溯夢華，酒味渾忘却。一日歡游，百年遺恨，誰會此時哀樂。舊山富春空冷，餘蔭香林猶托。便歸好，怕西州清淚，彈將花落。

又

同人小集螺墩，花事已過矣，賦此以續李重光《恨來遲》曲

晴烟吹絮。對嘉樹秀筠，闌干閑拊。屐齒香痕，裙腰草色，多事曉鶯争訴。好花倩魂空往，佳約芳期終阻。鳳弦曲，但臨觴休按，紅鹽新譜。　南浦。離恨遠，清淺半灣，不是仙源路。流水三生，碧雲千里，錦字懶傳幽素。黯然一江風浪，歸棹還催人去。楚天暝，想輕寒已到，馴鷗眠處。

浣溪紗

乙未冬偶過北蘭寺

舊隱西陂迹已陳。尚留詩屋寄雲門。梵鐘聲裏幾晨昏。　物外山含無盡意，定中僧笑儻來人。烟波何處問迷津。

鷓鴣天（四調）

臘雪春霖報歲豐。等閑歡意少人同。湘簾燕子雙雙翦，别院桃花陣陣風。　浮蟻落，唱玲瓏。臨歧不惜醉顏紅。摶沙聚散尋常事，只當相逢是夢中。

又

江國陰陰水拍堤。五年三見澤鴻飛。可堪社鼓嬉春日，却是征衫上路時。　人不見，夢還疑。此情争得片雲知。從容坐嘯吾何敢，看取吴霜鬢幾絲。

又

琵琶亭

一曲琵琶酒半酣。當時何苦淚痕淹。生來泛梗原無著，聽徹哀絲亦未嫌。　人欲去，句重拈。清詞閑寫望江南。憐他老大商人婦，只唱新聲昔昔鹽。

又

慚愧雲亭半載留。又銜恩命向炎州。遄征有幸騎官馬，樂事無因戀爽鳩。　尋故步，話離愁。觚棱天半夢悠悠。十年前後三持節，蒿蔚餘生已白頭。

謁金門（二調）

未至楓香十餘里山水，驟發借宿村舍

行不得。何處笠篌喚客。坼岸崩沙天易黑。荒村聊寄迹。　此際蘭釭頻剔。夢裏關山閑覓。瓮牖繩樞環堵室。鳳樓人未識。

又

愁脉脉。還是飄蓬踪迹。水遠山長音信隔。秋衾殘夢積。　燕子欲飛無力。何處人家坊陌。如此光陰如此客。相思留不得。

惜分飛

烟外游絲風裏絮。幾日分飛又聚。西笑長安路，故人杳隔雲深處。　樂事潘輿天付與。還向楓香喚渡。今夜舒城住。夢魂已過江南去。

大酺

輿行蘄黄山中，紆迴深秀，大似蜀道風景，江楚少陸行者，特爲拈此

又玉沙清，瑶林映，佳景欣逢山驛。行行青不斷，訝修眉天際，黛痕如拭。棧閣曾經，巫峰恍遇，應有幽禽相識。萍踪依然在，但愁拈客鬢，歲華非昔。況吟屐重尋，宋賢芳躅，倍添凄惻。　鷄鳴還暗惜。最惆悵、烟縷詞人筆。儘殿上、新歌傳唱，諫疏長留，總銷沈、茂陵宣室。異代襟情接，憑夢約、竹樓今夕。到黄鶴、征塵息。仙侣何處，嵐氣沾衣猶濕。望中翠雲咫尺。

西河

夏口咏古

江上路，蹊田往事重溯。婆娑舊是握椒人，夢迷鷺羽。霸圖天授復何言，羈魂長隔鄉土。孔儀罪、誰更數，覥顔尚繫簪組。公卿戲袒諫書存，殞身最苦。等閑忠佞判升沈，空令遺恨千古。少西禍水自媚嫵，又桑中、尨帨偷許，一舸悄然歸去，耐凄凉、剩有桃花，祠宇飄落春紅，愁無語。

玉蝴蝶（二調）

鄂署在胭脂山半，最後小樓尤高，下視江漢交流，如在襟鳥間

賦得送春詩了，一邱一壑，且住爲佳。燕寢依然，何况秀倚丹霞。午陰深、餘芳戀蝶，空翠濕、曲徑盤蝸。儘消他、滄波東去，冷照西斜。天涯。憑高忍見，風帆沙鳥，烟柳晴花。望眼低迷，可容飛夢到京華。楚山孤、休吟香草，仙路遠、懶憶胡麻。惱林鴉，小闌干外，歌管誰家。

又

含暉堂偶述

乍雨乍晴天氣，烟綃霧縠，織就春光。送暖簫聲，吟思暗繞迴廊。紫茸茸、階翻嫩蘂，青裊裊、砌引初篁。試新妝、傳紅寫翠，人在蘭房。　思量。南州此日，琴閑玉軫，杯冷瓊漿。似翦風斜，小桃花外燕飛忙。判消除、綺羅殘夢，重檢點、襟袖餘香。意難忘，舊藏鴉處，一樹垂楊。

留客住（三調）

歲暮留朱旭輪明經

君休去，看騣騣、年光如箭，轉眼桃符紅入，繡簾朱户。不是江城冷寂，定勝鄉縣，但恐川途無盡，臘候將殘，迎春棹歌空賦。　請君住，算楚水吳波，誰非萍絮。歸也消魂，玉戲終妨烟艫。此地風亭月榭，秀筠芳樹。去好何似留更好，且吟趁、早梅翠羽啼處。

又

再贈旭輪

留春令，借新詞、將人留下，宛爾韶春消息，與人偕訂。一片蒲帆卷雪，待去還住，賴有歌翻清夜，曲按迴波，牙琴素心堪證。小闌凭。問緩款東風，憑誰題贈。春好仍遲，却要人將春等。且看金泥帖換，味辛盤飣。翠管佳句吟未了，把新燕、早鶯喚起香徑。

又

往年都門與吾亭賦春覺菜，衎石以未諳此味，不肯下筆。今客汴中再逢餞，臘計已飽嘗，戲成此解，以代逋券

東風菜，嘆多時、拋殘鄉味，枉了隋堤春色，繡畦相待。欲問樊樓淺酌，舊夢何處，剩有承筐新翠，壓擔餘寒，相思市橋吟賣。賞心再。負綺語潘郎，春明詞債。纖手青絲，莫任年華催改。此際晶鹽一箸，賦才無礙。句好應寄南雁影，指鶯脰、水邊按譜人在。吾亭僑居嘉禾。

桂枝香

署中叢桂數十株，交柯接蔭，百年物也。今秋著花尤盛，詞以賞之

虚廊縱目，又露濕晚秋，庭院如沐。還見雲根秀倚，霧綃凝緑。西風不管青腰守，任吹開、萬枝金粟。客衣塵冷，依稀猶染，小山餘馥。　念傅舍、光陰轉轂。尚吟玩珠英，情寄三宿。一例茵憑，自許賞心人獨。天香正好披襟處，更佳音仙蕊初擢。故國此際，霓裳應聽，廣寒新曲。是日聞汝筠鄉試捷音。

洞仙歌

李石梧觀察以梧笙館聯吟圖卷索題，小病久置案頭，及石梧悼亡，始成此闋

春風梧苑，慣柔毫閑弄。況有蘭閨玉人共。向金臺、鬥韻珠海分箋，全不數，當日秦娥簫鳳。　梁園飛絮早，緑繡空囊，豈意韶華遽相送。銀字掩孤嚬、一卷哀辭，嘆我已、潘絲霜重。算香散、蘅蕪十年餘，又振觸、西湖那時殘夢。

南鄉子

吴子晉乞題蘆雁圖，即送襄陽之游。余以嘉慶乙丑館於洛陽縣署，子晉、季文兄弟皆從余學。今季文下世，圖爲憶弟而作

孤影又南翔。歲晏何心問稻粱。卵色天低秋水闊，茫茫。忍説他鄉勝故鄉。　燈火記書窗。錦樣修翎正著行。三十五年纔一夢，凄凉。却向襄陽話洛陽。

朝中措

自題山水小景

吴綃尺幅寫幽襟。寸碧倚瑶岑。地僻更無人問，山虚不在雲深。　圓波澄鏡，方流折玉，佳趣堪尋。一穗白蘋烟影，等閑凉到秋心。

齊天樂（三調）

過金梁橋

十年一覺春明夢，魚梁尚留殘照。片月牽魂，新詞按譜，爲爾羈懷縈繞。塵襟浄埽。儘曲記流

珠，句拈香草。倦枕低回，旅窗紅暈一燈小。　荒灣依舊斷板，素蟾涼影外，幽境重到。岸柳輕陰，烟莎澹碧。幾日西風吹老。歸來自好。只袖底銀箋，賞音人少。付與清吟，晚蟬秋樹杪。

又

閏九誦芬圖爲吴紅生閣讀題。紅生尊甫薌亭先生官楚日，曾於便面繪閏重陽雅集圖，賦詩倡和。紅生昆仲壬辰九秋遇閏，述其事也

武昌官柳依依處，詩翁舊游曾説。嘯侣身閑，哦秋句好，未信風流消歇。桐陰翠叠。爲重續前盟，乍添新葉。扇底清芬，賦情應許漢臯接。　香名傳遍畫省，况金昆墨妙，吟社同結。事往題襟，人來落帽，肯負萸紅時節。披圖意愜。見一角螺雲，半灣蘆雪。又觸相思，剡溪今夜月。令兄崧少今出守越中。

又

櫻桃，和張詩舲方伯

珍叢分得安陵種，垂檐幾絲風裊。翠裸懸餘，筠籠贈處，量取圓珠多少。羈魂暗繞。問寒食東田，甚時重到。此日嘗新，轉蓬空自繫愁抱。　柴車雙洎路引，指繁星密綴，千樹紅小。薦筍

光陰，秉蕳節物，長憶家園春好。韶華誤了。但錦字書沈，玉簪人老。夢裏松楸，近年誰爲埽。櫻桃以吾鄉鄢陵爲最，余家先壠在焉。雙洎，水名。

好事近（三調）

冷落七陵烟，秋在玉津園側。三載金梁月底，住天涯羈客。侯家岡樹望中迷，來去總銜恤。忍説瀟瀟風雨，作他鄉寒食。

又

招隱故人書，孤負錦箋盈篋。拈出中仙詞句，但擁門黄葉。玉觴無味已多時，懷抱向誰説。惆悵燕鶯聲裏，賦曉風殘月。

又

一棹柳園津，還擬汴堤游歷。珍重陌頭烟縷，付登樓人憶。秋花驛路尚多情，塵外似相識。錯向淒紅冷蕊，認春風顔色。

巫山一段雲

庚子秋仲麇延道中

野色侵衣袂，秋痕惱鬢絲。碧雲無盡鳥飛遲。心事定誰知。　憶別空餘夢，言歸未有期。斜陽冉冉柳依依。長記出門時。

漢宮春（二調）

湯陰岳鄂王祠

已矣金牌，嘆黄龍痛飲，此志終乖。誰令雨河盡弃，并弃江淮。機危禍慘，問蒼蒼、何意生才。空慟惜，風波獄底，英魂毅魄長埋。　當日精忠賜字，幸小朝氣振，康構心開。長驅背嵬勁旅，敵焰應摧。權奸賣國，任中原、板蕩興哀。僥幸煞、强鄰酗酒，免教膾落飛來。

又

鄴下

漳水名都，被濁流淘盡，霸業當塗。銅臺那時片瓦，一例榛蕪。苴茅建國，逞雄心、炎運將徂。渾未省、當歌對酒，人生朝露無殊。　還是閨房眷戀，笑分香賣履，遺令區區。知他畫眉未畢，鬼妾誰娛。殘魂餒矣，更何人、上食朝晡。君不見、西陵廢壠，年年衰柳啼烏。

剔銀燈

磁州數十里間，清流夾道，蒲稻彌望，北轅所僅見也

一路緇塵惱客。恰有磁州今日。滑笏圓波，迴環淺淥，仿佛舊游曾歷。勞勞行役。只此處、煩襟消得。　芳草誰家蘭澤。想像漁莊鷗國。柳影緣堤，菰香吹水，點出倪迂小筆。輕舟儻覓，勝吟倚、一鞭秋色。

氐州第一

泥塗困憊，道旁金山寺僧廬甚潔，因就宿焉。寺在趙州南二十里

斜日山銜，高岸路阻，愁看漲潦千頃。暮色冥迷，修途困頓，争得羸驂再整。彈指青蓮，乍現出、招提幽境。遠客心孤，虛寮夜寂，妙香淒冷。　對語枯禪渾未省。梵吟外、自尋清咏。細字銀箋，秋燈翦處，説倦游萍梗。卷羅雲、窗送曉，沾泥絮、依然不定。壁上重題，任長留、空花小影。

天香

太僕寺署在東城根，積水迷漫，清曠可悦。間日一詣茶話外，寂然無事，足當仕隱之目矣，邀斌梅舫同賦

衰柳攲烟，虚堂面郭，微波照影清泚。路隔平沙，門横淺渌，大好寄鷗閑地。參差雉堞，送暝色、凉生襟袂。只少西山拄笏，分他絳霄雲氣。　　餐霞勝游漫擬。但招携、玉珂蘭契。一榻六街塵外，簟紋如水。商略庭陰半畝。要秀竹、疏槐翠相倚。待約明年，春禽唤起。

埽花游

鐵仁山總憲招游城西某氏園

粉垣帶郭，是舊日朱門，賞心佳處。翠箋唤侣。借閑園半角，勝游星聚。倦客幽尋，過眼韶華試數。悄回顧。問選石蒔花，人更何許。　　蘭錡今在否。但艷槿漚珠，暗隨春去。燕歸自語。嘆高樓似昔，杏梁誰主。卧柳攲橋，總被群鷗占取。小山句。爲王孫、桂叢吟苦。

慶清朝

晚登陶然亭寄懷衎石汴中

野水彎環，空烟澹薄，孤亭尚戀斜暉。游驄散後，幽尋塵外偏宜。暗想南湖雁影，翩然衝雪獨吟時。蕭閑境，冷懷高韻，襟抱誰知。　今我瘦藤倦倚，對女墻西畔，隱約山眉。虚廊墜葉，從前爪印都迷。换盡蘆灣細柳，一枝不借暝鴉栖。夷門路，悶拈新句，遥寄相思。雁影庵，衎石齋名。

望海潮

京寓對雪

重陰垂幕，長空卷絮，紛鋪萬頃瓊田。魚夢乍占，鯨波未息，南雲尚駐戎旃。風勁鐵衣單。想營屯千帳，清角吹寒。勝事園林，漫將尊酒賦華筵。　家家臘鼓騰歡。待功成洗甲，慶入新年。銀海浪平，天花陣舞，從教净埽蠻烟。一白虎門山。看欃槍夜落，旌旆春閑。料得紅旗送喜，早晚到長安。

探春慢（二調）

辛丑都門元夕二首

紫陌春回，禁城夜暖，瓊簫燈市吹起。漠漠烟痕，溶溶月色，掩映曲坊珠翠。嗟念文園老，漸羞趁、落梅穠李。玉荷滴盡蘭膏，不堪纖梗猶繫。　重溯槐街舊侶，曾幾度擘箋，同賦藍尾。二十年來，游仙一枕，消得光陰彈指。親友凋零甚，更休問、貞元朝士。笑語誰家，聽殘蓮漏聲裏。

又

彩筆愁拈，畫屏倦倚，良辰誰共游冶。小篆香消，微波簾卷，還又夕陽西下。曾説金錢買，信一刻、春宵無價。舊時月色依然，酒邊心事慵寫。　此際鄉城漏永，應埽盡碧雲，庭院瀟灑。暗卜油花，頻挑烟蕊，遥憶長安今夜。相對團欒影，儘腸斷、吴蘭詞杷。夢約教尋，從他燈穗紅灺。

惜秋華（二調）

偕許滇生少農、斌梅舫同卿，宿萬壽寺

秀挹庭陰，破烟霏、放出林間山影。茶話未闌，侵尋竹房催暝。相携半榻閑身，到世外、栖鴉纔定。清聽。又廊腰、暗落風邊涼磬。　前事枉重省。嘆衣珠無覓，鬢絲塵凝。新侶舊歡依然，素心堪證。看花待約芳期，問何日、翠嬀紅靚。松徑。且明朝、玉闌同凭。

又

嫛砧課讀圖爲王少鶴農部題

舊業青箱，誦先芬、幸托煢煢月姊。珠樹俊才，名成擣衣聲裏。冰綃細寫前塵，照燈影、柴門深閉。誰記。有元龍、省識當時情事。　宮錦艷珂里。是寒砧疊就，香羅文綺。霜杵淚、痕凄紅，尚沾摻指。扁舟畫省歸來，勝清沔、相望天際。迎侍。趁明年、一帆春水。清沔用姜白石事，元龍謂桂舫也。

燕歸梁

汲縣與家人别

烟柳淒迷夕照沈。離思難禁。無根風絮苦商參。歧路外、兩分心。　仲春相見殘春别，新悵望、更從今。竹鷄啼處瘴雲深。且休向、夢中尋。

宴清都（二調）

從弟耕腴俟我於管城，同行至許昌，辭歸里門，憮然有作

翠羽東風便。郵程隔，始知家近天遠。看雲念久，連床夢熟，快心重見。題襟怕説分襟，况舊隱、仍孤望眼。試問取、老圃閑花，橫枝暗葉誰剪。　匆匆半載京華，塵勞自省，羈思空亂。繁臺夜月，隋堤細柳，一番春换。相携步屧吟眺，勝路逐、衡湘去雁。待長成、新種丹榴，歸來未晚。

又

雨宿漢鎮，金殿珊侍御過我夜話

候館騑驂駐。苔岑合、夜闌前事重數。晨星半落，閑雲獨往，乍欣萍聚。長安片月回看，奈過眼、徒驚迅羽。枉羨憶、紫陌吟身，年華駟隙空度。　南來第一消魂，凄凉况指，江上鸚鵡。春暉寸草，秋風斷梗，此情誰語。陵陬絳萼餘恨，更忍問、循陔舊處。但與君、翦燭同聽，西窗暗雨。門下士今惟賈亮儕、張絅堂、徐松龕、周竹溪、趙印浦、崔東軒在仕籍，可謂晨星落落矣。

倦尋芳（二調）

渡汨羅

素波箭激，新漲奩平，舟艤烟浦。道在殘碑，題字不堪重撫。寂寂江天如夢寐，悠悠湘水無今古。悼貞魂，但懷沙事往，九歌淒苦。　憶澤畔、行吟憔悴，漁父難招，詹尹空訴。怨偶椒蘭，争念美人遲暮。魚腹長憐埋恨日，蛾眉豈有容身處。近端陽，聽迎神、數聲簫鼓。

又

衡陽阻雪

佩蘭怨曲，啼竹潸痕，魂斷何許。吊古人來，還是涷雲愁聚。倦雁稀迎前度客，昏鴉冷寄誰家樹。數歸程，但梨花夢隔，扣舷空阻。　念幾日、湘南留滯，窗暝栖烟，燈暗吹絮。望眼冥迷，不到夕陽紅處。拂檻徒誇群玉見，推篷忍看飛瓊舞。倚新詞，待催將、棹歌聲去。

詞成次日示桂舫，桂舫笑曰：『「倦雁」一聯，有殷仲文「顧庭槐而嘆」神理。』

阮郎歸

余以嘉慶癸亥就婚於長沙郡署，閲今三十九年。舊游重歷，距先室之歿一星終矣

片帆當日溯湘波。春光媚綺羅。一鞭今日再經過。騷辭怨女蘿。　雲黯澹，路盤陀。行行山更多。鷓鴣聲入越巫歌。征人可奈何。

澡蘭香

長沙重午用夢窗韻

秦簫舊侶，楚佩餘情，一枕蕣華夢覺。前踪好在，令節依然，枉説茜窗人約。裊釵符、續命無憑，魂消幽蘭半萼。采艾吟心，怨入離披汀蒻。　想像庭扉掩處，淚點湘筠，尚栖仙魄。花源棹檥，橘社書傳，忍問墜蛛塵幕。儘相看、露井銀瓶，誰摘梅黄勸酌。步倩影、月夜歸來，三芝欄角。

長沙郡署舊有三芝亭。

念奴嬌

湘衡間，淫雨積日，山水漲發，流潦載途，郵傳所經，半成巨浸，時復瓜皮一葉，以代征軺。漫成此詞，亦勞者之歌其事也

五湖空約，爲迷津、翻學鴟夷生計。釣艇漁舟頻喚取，替却駪駪征騎。蕙帶徐搴，蓀橈緩蕩，萬頃玻璃碎。青溪幾折，晚風吹夢無際。　當日跨鳳偕歸，玉尊雙飲，笑語篷窗倚。一緑鴛波依舊好，誰念羇禽身世。帝子貞筠，靈均香草，况是埋憂地。楚騷歌罷，水天何限愁思。

踏莎行

風勁小舟可危，倩鄉民導行山中三十餘里，暮宿衡岳道院

路阻横波，人來仙館。迷途巧借東風便。當時九面望湘帆，誰知靈境尋常見。　楚竹烟迷，越禽聲喚。榕湖計日征塵浣。舊游風景記分明，無因説與衡陽雁。

醉蓬萊

全州古松余嘗有詞紀之，十年再至，存者無幾，俯仰今昔，殆難爲懷

又衡雲過盡，咫尺湘源，舊游重到。望裏平林，怪翠烟如埽。鳳葉凋香，虬枝翦玉，任摧殘多少。一曲薰風，等閑翻入，怨琴淒調。　金谷杯傳，繡箋吟倚，帳燭檐花，祇供清嘯。大好靈蹤，付亂鴉殘照。物自無言，樹猶如此，更何人不老。兩度驂鸞，千年歸鶴，夢回空惱。

浪淘沙

題黄杏帘廣文灘江歸棹圖，即送還里

一棹許灣春。舊里情親。金萱花下彩衣新。空阻陡門三十六，無計留賓。　蕙帳隔吟身。鶴怨頻聞。北山原有去來雲。明日片帆江漢上，我亦歸人。

酒泉子（三調）

染黛天低。摇揚東風雲一縷。乍疑晴，還欲雨。兩迷離。　麝薰消盡羅衾薄。涼意襲人人未覺。紫徘徊，紅躑躅。喚春歸。

又

往事尋思。倦枕閑偎屏半掩。月明殘，燈燼暗。曉星移。采香慣向幽叢趁。怨粉愁紅誰與問。蝶無情，花有恨。各分飛。

又

緑暗紅稀。昨日東風今日客。繡簽空，珠履隔。昔游非。曲房幽徑無人處。却是閑花偏解語。白雲編，黄石墓。有誰知。

慶春時

早春簾户，良宵風月，懶近芳卮。凝珠蠟鳳，銜花彩燕，長憶少年時。寒梅香信，窗外幽夢誰知。苔箋自倚，蘭釭頻剔，留待曉鴉啼。

江城子

年來，同城僚屬自方伯、觀察以及桂林、臨桂守令相繼殂謝，南中氣候殊異，賈生所以賦鵩也，感嘆而作

嶺南西路夢悠悠。聽鑾謳。叫鈎輈。長向刺桐、花底賦離憂。勾漏丹砂無覓處，春易盡，水空流。　幾回丹旐送歸舟。憶同游。影仍留。一綫斜陽、猶戀竹棚頭。老去文淵重曳足，南雁外，怕登樓。

漁家傲

末疾艱於步履，疏請。開缺交篆後，書寄汝筠，時在丙午七月

六十五年嗟老矣。衰殘那更朝衫繫。人説歸來陶令擬。知也未。鄉園風景而今異。　浩劫連番瓜蔓水。嗷鴻中澤餘生寄。寒故凄凉書一紙。蓬户底。相看可有相憐計。

摸魚兒（二調）

索陳桂舫孝廉寫村居圖扇

古咸平、數椽小築，鄉村風物堪溯。柳堤槐巷尋常景，幽意也傳毫素。君儻許。爲點染、來青粉本甌香譜。閑雲貌取。更六枳籬邊，鄰翁三雨，倚杖話農圃。　郊居好，消受竹晨花午。漫嫌歸計遲暮。沉吟後約從君問，畫裏可能同住。清汴路。夢不到、緑榕紅豆銜杯處。低回俊侣。對幾摺疏筠，相思未抵，官閣翦燈語。

又

發桂林日再贈桂舫，時與之同舟而北

散蜂衙、著春無處，寥寥塵夢今醒。青羅碧玉依然好，簪組那容衰病。遲暮景。空愧負、嚶鳴麗句紛投贈。鷗盟未冷。待埽盡煩襟，携將勝友，攲枕棹歌聽。　殘冬日，漫説滄波路永。歲寒心事堪證。湘蘭楚竹遥相待，只要一帆風正。還自省。怕漢渚，隋堤容易分萍梗。停驂儻肯。爲點筆重描，金梁月底，新柳幾絲影。

玲瓏四犯

載雪開行，餘寒殊勁，呵凍作此。途中聞賀蔗農待御於數日前病歿，此吾三十年素心友也。雪阻不及一面，并以志恨

欲霽仍遲，蘸淡墨雲痕，低護輕靄。濕粉疏窗，恰是碎瓊堪愛。休笑凍粟皴肌，儘夢倚、玉林瑶界。伴冷吟、姑射仙影，多幸短篷同載。　賈生祠畔曾游處。想探芳、慶湖人在。早梅暗逗春消息，容易風光改。争奈怨入素琴，還淚灑、幽蘭弦外。嘆軟紅塵裏，茶香酒緑，此情難再。

望湘人

丙午除夕，泊舟洞庭湖鹿角，書所見

又嬉春畫鼓，迎歲繡幡，半湖燈舫相倚。響竹驚鴉，素波泛蟻。草草辛盤風味。六博酣歌，判教忘了，征途憔悴。任遠空、一抹烟痕，冷却君山眉翠。　乘興船窗更啓。待桃符句索，彩毫閑試。奈天角孤雲，尚隔故園千里。吟香舊館、玉箋誰寄。幾日新韶彈指。囑好夢、今夜先歸，看取梅花開未。

長相思

岳州元日

雙槳催程，半帆借泊，危樓高倚層雲。風光自好，暮景仍斜，禁他簫鼓千門。窗隙流塵。但屠蘇送老，醽醁凄魂。波泛碧鱗鱗。有天涯、詩句懷人。　念珠絡藏香，繡檀携枕，歸舟曾繫蘭津。曇花空外影，總飄然、殘夢無痕。欲話前因。應恨斂、湘娥翠顰。掩孤篷，休教字寫宜春。

西子妝慢

長江順流緩蕩，日可百餘里。舟人懶於摇櫓，稍值風逆，輒喜打戧，人隨篷脚俯仰，昏昏如病酒，北客尤苦之，然横翔非能速進也

帆角低垂，船舷側轉，借得横斜風勢。晝橈容易送輕航，問終朝、亂流何意。騎危漫擬。稱去聲倦客、閑眠偎被。蕩吟魂，笑雨雲翻覆，浮生如寄。　人間世。行止由天，鬥捷非吾事。巧心妍手任營營，但忘機、狎鷗久矣。烏竿志喜。看綄羽、飄摇北指。勸長年，好去攤錢浪裏。

驀山溪

漢口三宿，燈市喧闐，殊有春意

晴川黄鶴，與我周旋久。天外一帆風，破餘寒、輕裝來又。簫聲吹暖，剛是上元時，青嶂月，錦街燈，夜色明于晝。　劉郎重到，往事休回首。冷落舊巢痕，想依然、燕支紅透。桃花開早，何處媚芳春，迎過舫、送歸鞍，不及長亭柳。日再渡江，枉顧者武昌郡丞李君一人而已。

最高樓

黄塵裏，村墅半榛蕪。且幸見吾廬。春風拂面餘寒在，晨星僂指故交疏。問家中，猿與鶴，近何如。　也不爲、柴桑三徑菊。也不爲、淇園千畝竹。衰病體、愧簪裾。坐忘只合匡床倚，行吟仍怯短筇扶。且安心，重補讀，少時書。

退菴詞

醉花間

道光丁未二月朔，抵家作

一葉扁舟初著岸。荷衣今始換。慚負素餐詩，忍飽田家飯。　犁鋤身未慣。芻豆恩猶戀。玉京知近遠。隔河一十四郵亭，望東華，長在眼。

好事近

一榻寄吟身，燕子頻窺簾隙。欲問南村花柳，恨孤笻無力。　等閑窗外雨疏疏，幽徑蘚痕濕。忍對濃春烟景，說西風消息。

一萼紅

衎石同年贈杏花二枝，媵以妙詞，依調賦謝

浣征衣。嘆緇塵滿眼，無處認芳菲。隔巷遥傳，迎門一笑，還似閬苑初移。展方絮、新聲自譜，賞心事、餳白粥香時。枚館清愁，蠡湖歸夢，此意誰知。　曾是曲江開好，甚珍叢折取，怨別瓊枝。斐几藏春，銀瓶寄艷，深護金屋嬌姿。算猶勝、封姨暗翦，掩紅淚、輕逐燕鶯飛。舊日名園倚處，莫寄相思。

子夜歌

自辛巳至丁未，舟車南北，時有紀程之作。公牘餘閑，間亦弄筆，積久漸多，家居輯而存之，命曰鴻雪詞。廿七年宦迹，聊資尋夢云

剡溪箋、一編行記，荏苒歲華重省。寄情處、南船北馬，好句爲誰題贈。山館琴樽，河橋風月，那復傷萍梗。但相看、鴻爪餘痕，還是簡書，周道寸心堪證。　試僂指、天涯舊迹，幾度雨昏烟暝。岷葛吴蒓，蠻花郢雪，過影仍留影。儘含宫嚼徵，侵尋霜鬢吹冷。倦羽歸飛，片帆催卸，纔始吟魂定。按新聲、小拍紅牙，喚教夢醒。

慶春宫

題仇實甫漢宫春曉圖卷

野雉亡來，哀蟬吟後，漢宫别樣春光。玉樹周阿，金釭銜壁，粉雲浮動花香。舞裙留住，趁殿角、

西風未涼。班姬何許，空裂齊紈，掩袂情傷。　繁華過眼滄桑。沙麓元城，妖讖難防。傳詔紛馳，持弓闌入，做成文母禎祥。仲卿書奏，累長信、輕拋淚行。誰移炎祚，休說當時，禍水昭陽。

浣溪紗（十二調）

近市翛然晏子居。藥闌迴合槿籬疏。慣看烏雀下階除。　載酒斷無人問字，打門恰有吏催租。到家翻遣客懷孤。

又

花落花開鎮掩門。忘機不識繞街塵。寂無餘事稱閑身。　梁燕依然同逆旅，鄰鶯爭解喚鄉人。悔將心迹托歸雲。

又

舊侶分張喚奈何。涼秋無夢到烟蘿。獨弦彈斷不成歌。　眼底曹蜍生氣少，耳邊莊蝶寓言多。此情容易隔天河。

又

客有君房妙語言。揚州騎鶴興翩翩。傾身障簏總堪憐。情話漫尋潘騎省，清芬誰誦陸平原。悶思陳事一凄然。

又

酸棗河傾憶昔時。洪波吟得阮公詩。十年風景幾遷移。暗草螢飛倉史墓，陰廊鬼語信陵祠。等閑牲醴祀屠兒。

又

詞賦梁園久劫灰。游人還問孝王臺。多因帝子解憐才。咫尺僧寮環塔址，兩三村舍傍城隈。已無餘地館鄒枚。

又

軟繡天街舊有名。九君傳序費經營。至今猶説宋東京。一穗冷烟春錦閣，半灣流水翠芳亭。上河圖畫不勝情。

又

玉樹瓊枝感舊因。教坊歌罷暗傷神。不堪洗面藉潸痕。青蓋辭吴猶愴惻，華亭入洛尚酸辛。重瞳那作汴州民。

又

金字心經施上方。澄心遺迹付滄桑。累他嬪御祝空王。春水東流如夢寐，秋風西塔剩凄凉。一花垂淚佛前香。

又

三黜何勞賦謫居。芝蘭香冷寸心孤。鷄鳴草草歲云徂。勇退漫思綿上隱，生存休問茂陵書。紫垣還記舊人無。

又

樂府東都迥出塵。小山以後數清真。風流秦賀足消魂。　橋柱枉逢題字客，旗亭無復按歌人。懶邀明月認前身。

又

十載宣南夢裏家。珠巢彈指即天涯。可知宮樹不栖鴉。　一榻沈吟淇上竹，數枝憔悴洛陽花。冷笻閑倚望京華。

女冠子

霓旌珠箔。咫尺五雲樓閣。望參差。蓬島千齡藥，華陽十賚辭。　傳情金帶枕，倚醉玉交卮。不是鸚哥語，有誰知。

蝶戀花

禱雨靈壇烟篆細。甘露金瓶，幾滴耕夫淚。眠夢阿香醒也未。焦原渴望雷車至。　蜥蜴曾無窺管智。一紙官符，入瓮難迴避。繡閣丹砂需點臂。蟲蟲管甚閑公事。

減字木蘭花

凉棚

杉竿幾柱。細篾疏筠相綰住。小簟微凉。不許西樓到夕陽。　輕陰夏五。底事梅炎偏易雨。雨亦堪聽。畫舫江南憶此聲。

太常引

塵沙拂面阻清游。長日下簾鈎。誰倚鈿箜篌。儘彈出、新愁舊愁。　朋尊冷落，詩懷潦倒，排悶强登樓。風柳一枝秋。認當日、烟花汴州。

燭影摇紅

己酉元夕

三五良宵，乞漿且喜年逢酉。祇今無複萬枝燈，也自游驄驟。迤邐瑶街左右。鬧蛾兒、盈盈茜袖。玉梅香暖，爆竹烟深，聽殘蓮漏。　春日春盤，翠尊不用清歌侑。等閑留住月嬋娟，相伴啼鴉後。屈指韶光暗逗。盡安排、尋花問柳。鳳簫聲裏，願得年年，歡娱依舊。

鬥百草

荼蘼作花甚盛，詞以賞之

薄暖庭階，漸長天氣韶光老。閬苑移根，翠陰壓架，千朵粉雲細裊。認幽姿、恰净洗鉛華，天然娟妙。更嫩蕊含風，濃芬裛露，伴人清曉。　還是尋香蝶趁，摘艷蜂忙，那説一年花事了。梨夢酣餘，柳綿飄盡，宴飛英、芳尊自倒。淵明語，得稱心時固爲好。漫相惱。任西園、杜鵑喚早。

錦堂春慢

庚戌春仲，小住都門，適俞婿香屏在京候禮部試。三年之别，相見甚慰，惜余端歸在即，不及留待榜發，因填此解

葵藿孤生，菰蘆槁項，十年重踏京塵。幸天涯萍梗，握手情親。往事傾談未盡，清愁别袂仍分。算虹橋路迴，鶴蓋陰濃，難著閑身。　鏡蓉佳讖應準，但驪駒催唤，欲住無因。望切泥金好語，早寄衡門。射策君宜上第，看花我、愧陳人。問新鶯隊裏，舊曲誰知，山抹微雲。

曲游春

道旁短垣中，緋桃餘花數朵，妍媚可悦，如使移植都門，必當忙煞游春車矣

一水疏籬映，見小桃朱朵，墻角低亞。麗質天生，甚芳根偏寄，冷烟茅舍。休問量珠價。夢不到、玉樓瓊榭。儘露華、啼濕東風，肯學杏紅偷嫁。　妍雅。幽懷暗寫。似空谷佳人，塵外瀟灑。可惜啼鵑，唤仙山歸去，倩妝輕卸。嘶騎閑門下。更誰記、乞漿餘話。無奈燕麥元都，爲伊恨惹。

木蘭花慢

咏柏鄉店舍柳

怪當門細柳，見行客、似依依。記檀板徵歌，金尊唤酒，翠繞香圍。芳菲。舞腰倦倚，正三眠三起泥人時。消得天涯別恨，渭城一曲新詞。　凄其。花月舊情非。烟穗只低垂。嘆尋春年少，何人解憶，當日顰眉。禁持。峭風暗翦，便章臺瘦盡有誰知。指點黄昏院落，暝鴉飛上空枝。

徵招

今春匆遽赴都，衎石過我叙别，辭色慘然，有異疇昔，心竊訝之。未幾余歸，而君竟以病歿。素心人往誰與，數晨夕者悕矣

北山偶爾停雲出，匆匆暫分吟袂。話别未移時，早嚶鳴人逝。舊盟今剩幾。忍重溯、紫垣遺事。四十三年，澹烟清夢，暗飄燈穗。　弃置竟何心，江鄉路、難尋狎鷗閑地。千卷史公書，儘周南留滯。卜居辭漫擬。已零落、蕙纕蘭佩。廣陵散、一曲哀彈，嘆古音誰嗣。

雙雙燕

嘲燕

柳塘杏苑，認當日輕盈，漢宫姝麗。斜風一翦，弄影愛尋羅綺。久住芹泥舊壘，又貪説、烏衣門第。終朝絮語呢喃，那識投懷深意。　前事。吾廬曾寄。待小院開簾，更將春至。翩翩何許，慣向玉樓凝睇。王謝雕梁任倚，但秋社、光陰能幾。從他錦字傳箋，空惹故人清淚。

滿江紅

甚矣吾衰，七十載、光陰虛擲。曾幾度、春來秋去，曦輪已仄。脉脉徒懷塵外想，悠悠終是人間客。憶東塗、西抹少年時，嗟何及。

鷄與鶩，從争食。蚌與鷸，從誇力。但相看一笑，馬牛風隔。長慶詩筒餘昨夢，永和禊飲成陳迹。嘆曹劉、沈謝盡消亡，今誰識。

河傳（六調）

錦浦。佳處。浣花祠宇。梅柳成行。掃眉人去，還見金井叢篁。繞迴廊。

勝游争免天涯感。衣香減。羞説緇塵染。輸他仙侣，依舊蓮燭分光。賦長楊。

又

湖上。烟浪。摇摇畫槳。事逐春移。蘭閨扶病，心緒花落鵑啼。弄妝遲。

六橋風景成虛擲。青鸞翼。一去無消息。水仙鄉里，回首玉局荒祠。斷腸時。

又

滕閣。帆落。烟光澹泊。山色空濛。烏鹽一曲，新譜催唱玲瓏。醉魂中。落霞孤鶩年光換。蘋沙岸。寂寞閑鷗伴。庾塵不到，何事腰扇匆匆。障西風。

又

黄鶴。城郭。笛聲依約。吹盡寒梅。東君有意，還許輕燕飛來。繡簾開。個中心事沈吟久。曾知否。夢冷鴉啼後。萍漂一葉，閑倚江上樓臺。暫徘徊。

又

嶺外。誰在。湍流水帶。峭立山簪。家園春色，空倩幽夢重尋。瘴雲深。漫拈遷客傷心句。蠻江渡。幾見人歸去。秦郎已矣，留得子夜哀吟。古藤陰。

又

祝九宗伯柾過戲贈

十弓地小。遺吟情種得。尋常花草。吠影吠聲，那禁群兒相告。説平泉、無此好。　長安貴客心傾倒。來便窺園，寓目翻成笑。鳩拙一枝，誰向宫鶯傳報。誤煞人、秦吉了。

聲聲慢

唐宋人河傳調名各不相同，此用秦少游體。

風雨通宵，籬菊損敗，感嘆成咏

亭亭素艷，惻惻孤芳，禁他風雨摧殘。老圃秋容，争信晚節艱難。東籬慣招舊隱，記金英、簪鬢曾看。尋步屧，甚啼蛩壞壁，怨語更闌。　還是題糕人在，奈子安序冷，元亮吟慳。夢遠湘皋，誰念楚些哀彈。重陰望中未解，寄清愁、何處南山。松徑裏，願香心、同保歲寒。

漢宫春

汝筠率孫輩頻年督勇剿賊，今以韶關解圍，均獲遷秩。感恩述事，賦此寄筠

嶺上梅枝，送春風芳訊，直抵吾廬。陵江一軍獨進，净掃萑苻。鳴琴未幾，便承恩、五馬前驅。比當日、東山折屐，老懷欣幸奚殊。　恨恨潢池盗弄，奈衰齡蹇足，空守鄉閭。行間代余宣力，賴爾諸雛。角巾私第，待他年、鳩杖歸扶。還試問、元侯經訓，何如黄石公書。

甘草子

題畫三闋

歸去。一葉扁舟，却問歸何處。衰柳不成行，冷落蒹葭浦。　風利漫歌公無渡。便萍梗、有時須住。莫向南村素心侣。話五湖烟雨。柯丹邱風雨歸舟。

留春令

小山疏樹，墨痕輕染，幾重烟翠。石徑縈回一亭孤，倩傳出、幽人意。　仿佛前游如夢裏。尚漁舟閑繫。曲港斜通武陵溪，問曾見、桃花未。倪雲林溪亭山色。

卜算子

白石蘚紋滋，緑竹烟痕净。何似崇岡百尺梧，一碧凝秋影。　認是雅琴材，古調無人省。儘有高枝待鳳皇，惻惻天風冷。王孟端高梧竹石。

杏花天影

大雨後戲作

官衙潦水頻頻戽。似天半、銀河灌注。道南人在下流居句，最苦。小茅廬、避甚處。　門前路、迴汀枉渚。儘濡足、依然窘步。等閑思約故人來句，浪語，便無風、也斷渡。

卜算子慢

畫簾微雨，追往悼今，率成此解，時咸豐丁巳仲秋六日也

庭陰墜葉，樓外斷鴻，振觸武林前事。七載離鸞，夢冷蕙爐烟細。凝睇，枉思量月没教星替。奈過眼韶華，一瞬依然春到藍尾。　草草人間世。嘆兩度傷心，百年彈指。倚瑟雙聲，信杳碧城十二。愁悴。掩孤嚬、閑寫銀箋字。待喚取、仙山翠羽，怕深情難寄。

山花子

聞説張星本在天。何因解珮向人間。長記維舟南浦望，月娟娟。　短夢乍酣春枕畔，倩魂無定夜燈前。懊恨霓裳三十八，數華年。

謁金門（五調）

一葉落。寂寂西堂簾幕。桐樹心孤生意薄。非關風信惡。　後夜重尋夢約。褪盡燈花半萼。斗帳香囊垂四角。春情無處著。

又

裙衩窄。何意飛龍骨出。秋社光陰歸燕急。錦衾人似客。　未到中秋十日。月姊也應淒惻。宛轉玉鈎清露濕。欲圓圓不得。

又

鄉夢促。花草長洲路熟。還是烽烟驚比屋。心傷千里目。　幾日藍田采玉。幾日秦樓吹竹。

消得齊奴珠一斛。華年如轉燭。

又

妝鏡側。那見卷衣人立。撩眼亂紅春一色。爭教鶯語澀。　道是上清淪謫。誰問青鸞消息。帽底霜絲空自惜。玉簫難再得。

又

蘭畹曲。贏得淒凉滿幅。苦句今生吟已足。他生休更卜。　指點山邱華屋。迅羽輕塵相逐。蠟炬成灰鐘漏促。斷無殘夢續。

鶯啼序

用夢窗韻

鴛幃麝熏頓冷，忍重窺牖户。夢緣短、花落鵑啼，坐惜長簟催暮。弄紅豆、何人記曲，迴腸宛轉相思樹。甚蘭房、翻似離亭，淡烟飛絮。　屈指頻年，故里道梗，尚南天掩霧。話前事、娥月含嚬，眼穿江上魚素。耿無眠、深更漏咽，帊羅濕、愁絲千縷。枉丁寧，蓮舫同游，錦濕鴛鷺。

萍踪暗想，片葉天涯，幾回趁雁旅。鶴去遠、笛樓吹罷，夏口遄歸，又逐扁舟，陡河聽雨。鸞驂信杳，蜂衙香散，翩然春水凌波襪，唤歸禽、柳色甘棠渡。從看倚竹，牽蘿半萼青燈，澹泊肯厭鄉土。

安居自適，履迹閑園，待藝麻漚苎。奈幾載、悲笳傳恨，病骨攲床，浣淚單衫，退紅羞舞。中秋近也，靈丹無驗，優曇開好還易萎，動哀吟、華表誰家柱。他時青鳥飛回，鬢雪韋郎，倩魂記否。

愁倚闌令（二調）

憐花好，惜花殘。倚闌干。長向仇英圖畫裏，認家山。

年來瘦損朱顔。芳心冷，鸞鏡羞看。禁得杏梁雙燕子，說春寒。

又

鴛針歇，畫屏閑。病經年。可惜天孫雲錦樣，倩誰傳。

羅囊舊繡依然。無聊賴，塵壁空懸。爭忍看他珠絡索，翠連娟。

河滿子（三調）

栽得幽花數種，小庭雨膩烟濃。春自天台移到，人如閬苑相逢。今日人將春去，露珠啼啐香紅。

又

憶昔蒲觴飲後，驚心風鶴來時。多少朱門繡轂，匆匆絮影分飛。争似吾家絡秀，瑣窗閑賭圍棋。

又

雅戲閨中裁製，春工幻作春人。粉壁空留翦彩，玉墀已掩香塵。莫向紫姑説與，紅箋應也銷魂。

醉垂鞭

莫唱望江南。娃宫柳。沈吟久。烟外影鬖鬖。清霜知未堪。　魂歸應戀此。虚廊倚。舊香拈。悄拭藕絲衫。防他珠淚淹。

惜雙雙

梁燕依依成伴侣。誰遣把、離愁深訴。江海漫惜歸去。隔年春社還相遇。　獨有巫峰天外路。無計使、行雲留住。三點四點更鼓。畫簾聽盡瀟瀟雨。

水龍吟

丁巳冬仲，俞婿自南康返浙，道出汴城，信宿别去，悒怏累日，賦此以遣悶懷

病餘心事闌珊，英英潤玉欣來至。奚奴傳報，馬嘶門外，鵲喧檐際。茸帽衝寒，塵襟浣雪，頓寬離思。奈停觴語促，倚閭望久，欲留也、渾無計。　枉説燈花太喜。被春風、等閑吹碎。春如有約，人應依舊，關河千里。短燭心灰，歸鞍目送，斷魂潮尾。但摧頹一老，殷勤執手，灑臨歧淚。

石州慢

落花

欲雨還晴，春色正妍，游興方引。彩幡驀地飄摇，多事曉風吹緊。東君薄幸，空負燕約鶯期，無端輕送韶華盡。仙子玉峰來，又催迴蘭軫。　愁損。蜀箋題字，吴舫傳杯，少年青鬢。已是凄涼，那更翠凋紅隕。冬郎好句，留下千古傷心，人間易得芳時恨。忍見葬花人，掃苔階香粉。

摸魚兒

丁煦洲先生索題某司馬《湖莊福隱圖》

占幽居、六橋東畔，天然柳港花塢。書樓掩映窗三面，咫尺翠屏雲聚。携勝侣。算福地、仙鄉最好詩人住。吟情漫與。怕竹馬迎來，金魚挽定，未放使君去。　空中想，指點劉郎前度。盟鷗今在何許。卅年影事匆匆過，誰訪緑苔題句。清夢阻。更那得、片帆吹到江南路。披圖認取。但欄角聽鶯，船唇載鶴，尋我舊游處。

阮郎歸（二調）

緑雲鬟倚小桃枝。盈盈把袂時。玉簫吹作鳳雙飛。春光無盡期。　仙夢短，俗情迷。翩然一鶴歸。人民城郭是耶非。傷心丁令威。

又

東風吹冷碧桃花。塵心枉自嗟。合歡衾外即天涯。誰教歸興賒。　尋故步，趁丹霞。仙山路未差。願持鴉觜種胡麻。從今休憶家。

采桑子（三調）

暮笳吹送江南怨，遠信糢糊。噩夢踟躕。烽火連天照海虞。　舊家門館知何似，斷柳啼烏。破瓦奔狐。留得東陽子姓無。

又

檀郎歌管凄涼曲，嘆息清門。月冷烟昏。一霎昆明劫後塵。　世間何限傷心事，漫説真真。早歲離魂。免得思家積淚痕。

又

左芬書問經年斷，南雁飄零。又説吴興。日夜風傳唳鶴聲。　昔年避亂栖湖溇，烟水凄清。今日伶仃。可許荒灣寄此生。

更漏子

庚申歲杪，密雪經旬，中庭積厚四五尺，平生所未見也

篆烟沈，燈炷落。愁掩夜寒簾幕。天黯澹，路冥迷，征人何日歸。　喚春回，春未醒。誰念玉梅香冷。殘歲逼，暮雲深，休聽元鶴吟。

金縷曲

賣宅

燕子聞長嘆。甚匆匆、廿年安宅，夢緣能短。曾是琴尊游息地，苦被啼鶯催散。且休説、仙源深淺。洞口雲來迷處所，悔當時、只作尋常看。枉回首、畫欄畔。　嫣紅姹紫閑栽遍。到而今、亭臺易主，舊歡空戀。從此春風無路入，那見小桃人面。更誰與、金荃歌按。可惜好花如好婢，向人家、看賣牙郎絹。重爲汝、淚痕濺。

水調歌頭

辛酉三月廿七日，移居文殊寺巷，所謂蝸角蚊睫，又足相容者也巷以文殊名，然止有清真寺，并無文殊寺

往事過去聲駒隙，末路寄蝸廬。不知簞食瓢飲，陋巷較何如。小植紅桃緑柳，閑縛茅籬竹栅，幽夢蝶蘧蘧。朱紱者誰子，門外已迴車。　鄰侯井，徐穉榻，子雲居。翩然捨去聊可，著論擬潛夫。昔日天花彈指，今日緇塵滿眼，香界久榛蕪。我有數椽庇，猶足傲文殊。移居日，偶得小詩數首，附記於此：

舊宅移來柳一枝，連番膏雨助生機。可能身作桓宣武，看得腰支到十圍。

一株檉柳兩分身，移植南墻便隔鄰。根到重泉會相見，未應忘是一家春。

棠梨今後爲誰開，也許移根别院栽。盼得明年花信早，春風來似故人來。

狹巷蕭條隔市塵，泥塗往往欲摧輪。平津莫訝迴車早，此地曾無牧豕人。

膏環粔籹賀堂成，幾日新鄰便有情。誰説海鷗心迹異，兩無虞詐不須盟。

鷓鴣天

病中夢一人，鶴骨翛然，自稱王聖與，來問余疾，余方驚起，醒然已寤。平生傾倒中仙，或許把臂入林耶？率拈小詞記異

仙侶何因證舊歡。素屏凉影有無間。三生石泐情長在，半萼燈孤夜未闌。　蛩語寂，鶴聲閑。片雲從此謝塵寰。憑誰訪我栖真地，黄葉蕭蕭玉笥山。

珠巢存課　上

無逸圖賦以『宋廣平嘗手寫以獻』爲韻

懿唐室之賢臣，并姚崇而稱宋。體求治之殷懷，致防微之妙用。嘉謨無事於繁稱，往訓有資於博綜。寸忱勵翼，欽哉天位之艱；尺幅敷陳，宛爾民依之重。思衮衣之皇四國，借古準今；如金鑒之進千秋，寓規於頌。遐溯姬公，載陳忠讜，昭法戒於將來，考經程於既往。勉垂裳之化，道一風同；策負扆之勛，功崇業廣。躋隆二后，爲嗣王幾致咨嗟；資治一編，在後世尤宜景仰。於是璟也推求政本，祗竭肫誠，既旁稽乎載籍，期永保夫昇平。前事可師，何由備書於笏；紹聞有自，豈其止納於楹？繼房謀杜斷之餘，自攄忠藎；在吴帶曹衣而外，特善經營。乙覽敬呈，竊效涓流之助；辰猷入告，非誇藝事之精。其爲圖也，炳然析縷，粲若成章，采殷商之軼事，迪豐鎬之前光。寫艱難則天命自度，紀懷保則日昃不遑。貌田功則物態無遺襏襫，摹王度則天容不侈軒裳。溯當年，瓜瓞生民，憂勤迭嬗；況此日，桑條勘亂，甘苦親嘗。是蓋明良之遇，義重匡襄；抑畏之存，治操樞紐。前聖本之以迓衡，后賢因之以納牖。援毫而理悟先幾，補衮而誠孚虛受。豈直臨池想像，看妙畫之通神；居然遵渚來歸，聽嘵音之在口。碩膚可作，如傳桑土詩心；生面重開，合讓梅花賦手。若乃像肖登瀛，名高試馬。英姿描曹霸毫端，粉翅狀滕王閣下。生枯點染，僅馳譽於良工；朝夕論思，始無慚於作者，所以可萬可規，宜風宜雅。張嘉貞臨文慕嘆，契厥風裁；蘇廷碩遇事贊成，同兹心寫。惜乎末路難全，驕心易起，雖始勵於精勤，竟終荒於侈靡，悼南内之空歸，究西巡而有以。舞霓裳於宫苑，歌管紛如；焚珠玉於殿廷，流風已矣。榮華能幾，空嗟李嶠之才；圖繪依然，誰讀開元之史。我皇上治洽登三，仁敷吹萬，元模則允執厥中，淵抱則敬修可願。猶且期民隱之上聞，勉臣工之靖獻。日月星辰之繪，道炳離明；盤盂几杖之箴，功符乾健。彼前史之遺文，何治平之足券哉。

祭先河而後海賦

秩矣權衡，昭哉禮制。協天則以垂經，準人情而範世。理則統乎大同，道必崇夫本計。於彼於此，極精義以入神；或委或源，即明禋而起例。事以漸而致也，在得乎先後之程；物惟反所生焉，可觀於河海之祭。爾其蒲昌引注，蓬嶠回旋，龍爲門而出地，鯤有浪以浮天。喻測蠡之勢，則海爲巨；比建瓴之勢，則河居先。地控上游，配瀆首推於德水；位符下濟，承流始匯於潜淵。是以環則稱海，導則名河，既稱名之不紊，自秩序之無訛。始之火敦以甄其彤，終焉湯谷以沿其波。論地軸之朝宗，以功若彼；問天潢之正派，于義云何。蓋星宿濫觴，斯有四溟之會；

而寶陀翕鏡，還資一勺之多。爰乃命祝史飾奝，儀璆縣琄朱之粲，若雕禾翠羽之殷，而或尋源而奏格，或向若而陳辭。一則運啓靈長，若先路而導物；一則量宏茹納，若後天而奉時。故明德所存，必展禮於禹疏之迹；歸墟斯在，乃致虔於秦望之祠。豈不以事屬從同，序仍分剖。坤輿試按，誰則爲之始基；坎缶載盈，誰則宏其虛受？周禮之尊后稷，美報用推；齊人之祀配林，上儀是取。是則觀滄溟之量，水或難爲；其實溯積石之流，義弗容後也。若乃五岳登封，六宗展采，達氣蕭光，通神茎宰。其道則該乎古今，其例則原於河海。下通天之筈，一脉偏長；浮貫月之查，衆流畢匯。榮光休氣，循令典而諏辰；陰火陽冰，采隆儀而練亥。惟報本返始之必察，義取相因；而異文殊事之兼修，誠均如在。欽惟聖天子，治洽瀾安，化彰景附。集要荒之貢珍，寬沮洳之租賦。金堤石堰，既永定於民生；豐幣嘉牲，復慎修於本務。固宜宣房軌順，游河而飛昴呈符；奚止寰宇鏡清，測海而占雲得路。

匠成翹秀賦

覽抱朴之遺言，識化機之自上，啓元象以垂文，列宏模以甄貺。道不離術序黨庠，事不外財成輔相。會其極歸其極，納軌物而靡遺；作之君作之師，範準繩而悉當。惟育賢爲佐治之基，惟制器爲考工所尚。故夫菁莪造士，激揚有待於明廷；譬猶山澤生材，致用必資於哲匠。以彼岩巒毓質，溪壑敷榮，鄧林交影，嶰谷傳聲，流膏烟路，竦節霜坪，既條長而葉茂，亦理直而絲橫，小則中乎榱桷，大則規乎橑棖。業業崇甍，卜雕梁而有奕；森森大厦，偉隆棟以堪擎。然而物難自達，事必有程，非藉精能之擅，詎瞻結構之成？緬拳曲以呈形，難回物性；問手傷於代斫，孰勒工名？若乃道由器寓，理以藝昭，非擅長於金錯，非擇術於珉雕。游刃恢恢，運心靈而宛轉；引繩翼翼，審面勢以均調。青牛白鹿，露幹霜條，臺橫梁而列柏，殿有壁而塗椒。看雲構之高張，光連華栱；記星岩之擢影，象應魁杓。此時斤斧從容，進墨鳶而奏技；他日觚棱巍焕，照金爵以舒翹。徒觀其剞劂方加，雕鐫始就，勢削槎丫，紋芟糾繆，玉質痕齊，冰花理凑。或面背矩其陰陽，或分寸量其徑袤，或平直之視而可水可縣，或索約之承而是度是究。隨手之變，彰大巧於新裁；從心不逾，納群材於在宥。斯則本諸師傳，得諸天授，先削墨而神凝，比施膠而意厚。由飭材辨器之職，特善其裁成；非蒸雲吐溜之區，獨鍾其靈秀也。是故惟材也循乎尺度，惟士也因乎遭遇，既束身於訓行，乃收效於疏附。離經辨志，冀矩矱之無愆；學古入官，幸般倕之一顧。况今聖天子金鏡光昭，鈞衡道裕，掄群雅於幽岩，導瓌奇於先路。翹車禮備，英才協戔帛之占；秀篚香升，髦士繼峨璋之賦。

菽粟如水火賦 以『而民焉有不仁者乎』爲韻

豐年呈瑞，嘉穀應時，覃耜方賡夫庤乃，歸禾已頌其褘而。有本如斯，美矣四秋之穫；洞觀不爽，秩然五土之宜。伊昔舍生，長於壬而壯於丙；今兹取象，滿中坎而虚中離。惟菽與粟，粒我蒸民，或紀靈光之異，或稱寒露之珍。擬以蛾眉，罕喻無嫌於瑣屑；果將雁腹，低飛祇覺其逡巡。藝當下國之初，居然旆旆；積向太倉之内，何礙陳陳。若夫天燥地濕，水火生焉，體陰陽而合撰，位南北而司權。重險重明，成雨爻之對待；作鹹作苦，妙五味之節宣。溯火化而水濡，民生攸賴；況水耕而火耨，穡事開先。此第言剛柔之利濟，非以擬與翼於康年。然而豐稔迭臻，蓋藏孔厚。課其功則耕必餘三，考其數則年常蓄九。倉名不涸，儼同於注谷注溪；物貴嘗新，略符乎取榆取柳。故下隰高原之積羡，穗滯而秉遺；如方諸圓燧之分持，左宜而右有也。彼夫瑞紀逢年，詞徵體物，大田之咏嘆長留，良耜之形容靡訖。然崇墉比櫛，既有待於心稽；即千倉萬箱，亦易窮於指屈。非象形於蔀屋，但卜豐其豈；觀美於棣華，徒誇鄂不兹。則公田挃粟，我稼紛綸，禾皆種玉，穀盡藏珍。此傾舟而濟乏，彼指囷以施仁。吴波之轉漕千帆，川流不息；蜀井之炊烟萬竈，光景常新。從知潤澤同沾，無俟監河之乞；奚必炎威秉畀，載歌田祖之神。良由法備足民，計先經野。勤則不匱，必蚤作而夜思；生乎自然，祇用舒而食寡。惟熙穰遍，於群黎，斯禮義均乎函夏。觀應有術，雨風蓑笠之場；賀欲成書，簫鼓枌榆之社。春省耕而秋省斂，道在因而利之泉；始達而火始，然效無捷於是者。我皇上道隆玉券，治握璇樞，綏屢而明昭允協，誠祈而肸蠁咸孚。潤下爲功，則澤周於庶類；嚮明有耀，則光被於寰區。豈特美備物之多，曰旨矣時矣；固宜頌成功之盛，曰巍乎焕乎！

美人香草賦以『托物起興志潔行芳』爲韻

洞庭雲杳，沅湘木落，閶闔風凄，崦嵫日薄，遲暮之感既深，小雅之音斯托。彼美人兮，柔儀仿佛，娥媌出群，婑媠離物，仙心要眇，媒勞怫鬱，錦瑟塵生，玫砧淚颳，紛謡諑之相乘，終善懷之靡訖。猗嗟香草，含芬旖旎，長帶聯綿，深叢靃靡。清露晨滋，光風夕起。思公子兮何之，怨王孫而未已，送愁一碧，傷春千里。於是俯仰姱容，徘徊幽徑，嬋媛寫誠，荃蓀寓興，予美倖色，國香揣稱。賦捐袂而自憐，歌濯纓兮誰贈，溯皇覽以陳辭，指潛淵以爲證。若乃孟陬誕降，嘉名初賜，有如粉鏡生春，苕華斫字，綺陌揚薰，芳洲擷翠。及夫受命昭詩，恩私曲被，又如中闈却扇，瑶席墮珥，贈芍言情，握椒申志。既而江潭放逐，君門長別，有如曼睩收光，同心解結，蘅薄辭妍，蘭皋罷潔。迨夫懷沙問天，肝腸摧裂，又如靈瑣雲封，蹇修雨絶，蘼蕪路斷，卷施心折。是蓋嫦直忘私，忠貞結性，迹無解於迍邅，志弗渝乎廉正。將振衣以潔身，詎餔糟而改行？湘源可窮，離憂莫竟，念怨偶而凄魂，攬落英而知命。蓋靈修之終辭，而馨烈之不競矣。亂曰：旁行踽僂，專洞房兮。非種嫛疏，植華堂兮。吁嗟默默，孰主張兮。我有内美，葆素裳兮；我有香澤，珍佩纕兮。垂文揚采，永遺芳兮。

漢文帝幸細柳營賦

玉帳雲開，牙旗日爛，陣勢咸原，軍容灞岸。陰森戰壘，看繫馬於春來；咫尺邊烽，警栖烏於夜半。秦地之青，處處兵氣潛凝；渭城之緑，年年角聲吹斷。此蓋細柳之營，亞夫之標，名於盛漢者也。緊炎精之再嬗，繼高惠而稱文，方弋綈之恭儉，偶羽檄之傳聞。禀妙算於九重，韜鈐夙裕；勉成功於三帥，掎角遥分。各叶師貞，井鉞參旂之任；誰堪兒戲，棘門霸上之軍。洸洸條侯，桓桓節制，六甲遁而天驚，五申明而雷厲，十蕩十決之能，四正四奇之計。戈鋋簭野，騰戰氣於蒼頭；荼火捎雲，助威棱於赤帝。時則繡甸沙平，芳郊晝永，展大纛之新烟，上春旗之麗景。騎遠青長，笳喧翠冷，絜簇弓弰，絲交蓋影，戒堅壁以無嘩，合期門而望幸。旐頭静偃，投醪將及於材官；玉趾親臨，勞酒待分於將領。日羽赤而月羽白，佇聽班聲；屬車後而鑾旗前，恭聞蹕警。爾乃業業折衝，森森扞蔽，槍壘帀以鈎連，鈴韝翼其環衛。垂櫜則萬馬雲屯，憑軾而入鑾風細。介胄之容，不拜屹矣中權；將軍之武，有嚴凜乎重閉。兩行按隊，如陳背水之師；七萃徐行，始識撼山之勢。徒觀其披拂城陰，聯綿渡口，依依古堠之塵，黯黯陽關之酒。陌頭春色，指遠道而情牽；門外天涯，攀長條而望久。豈是消魂橋上，凉雁飛時；依然送客亭前，曉鴉啼後。從軍此日，試馬射於穿楊；奏凱他時，賦車攻於貫柳。況復止齊必飭，部伍能精，花飛走檄，樹大連營。調紫燕而校埒，戾飛鳶而載旌。按步伐於平原，銀環小隊；和傳呼於永夜，畫鼓春聲。何須紫塞琵琶，怨入三眠之夢；早識岩疆鎖鑰，人當萬里之城。然而奮發戎行，張皇武庫，縱勝算之能操，何壯猷之足慕。孰若我皇上德沛風行，功宣露布。柳城肄武，禮備夫秋獮春蒐；柳谷同文，歌軼夫白狼朱鷺。是宜歸禾，徵異畝之祥；奚必采芑，效新田之賦也哉！

元夜取昆侖關賦

鷹揚絶徼，虎踞雄藩。何蠻方之醜類，將恃險以侵吞。我軍皛藻，彼衆蜂屯。鐵寨金碉，尚背城而敢借；星橋火樹，方安堵以無喧。行間之絳燭千條，花明戰壘；意外之紅閶闔啓，鵷鷺集華簪。

鳳城春柳賦

瑶島回春，玉河消凍，日上雕甍，雲開畫棟，宛宛雙鸞，深深五鳳。銅溝始放於新流，冰盞尚遲於清弄。樓臺十里，環堞雉以平臨；楊柳千絲，裊鑰魚而低控。三十六坊之曉色，小徑喧寒；一百五日之韶光，長條迎送。珂里春聲，瑤街早晴，霧深花暝，烟斜絮橫。將雛掠燕，集侶捎鶯，青回故故，翠倚生生。揚秦樓之箏語，飄燕館之簧情，人家寒食，節物清明。簾幕輕陰，香葉吹來繡户；鞦韆小影，烟絲畫出春城。爾乃遥連華栱，近鎖層闉，全欹綺陌，半偃芳津。量百步以編埒，合兩家而作鄰，凌波則緑縈暖漲，踠地則紅迷暗塵。好景良天，占斷尋芳之路；斜風細雨，招來喚渡之人。况復華池太液，小苑宜春，瓊鈎燕尾，縹瓦魚鱗。致纏綿於月夕，弄旖旎於霞晨。卷葉吹來，玉笛之清聲入破；折枝綰處，銀環之巧樣翻新。若乃祓禊聯吟，嚶鳴喚友，雅志題襟，同心結綬。拈毫則格妙簪花，體物則詞妍冠柳。相逢紅葉闌邊，有約青泥坊口。小蠻去後，尚認前身；静婉來時，重携摻手。虹橋幾齒，過珠市而呼餳；象板雙鬟，上金臺而賭酒。盼治葉倡條之外，走馬歸遲；坐塵香絮粉之間，聽鸝話久。宜乎披拂仁膏，涵濡湛露，集妙舞之翔鵷，萃來儀之振鷺。銅烏曉轉，揚鞭影以初過；金爵晨開，引珮聲而徐步。小臣蓮燭叨依，蓬壺幸住，分光采於華芝，庇陽和於温樹。千門閣道，重吟摩詰之詩；一色春旗，竊效子山之賦。

落葉賦 以『洞庭波兮木葉下』爲韻

角吹朝傳，商音夕弄，壁瘦蛩吟，水涼鷗夢。晚雨暗兮楓江，濕雲迷兮蘚洞。忽一葉之飄騷，感清飈而吹送。紛紛虛館，淅淅中庭，雁邊瑣碎，鴉外伶仃。門荒漏月，徑掩零星，開帷忍見，隔牖愁聽。一夕凝塵，秋入陳王之榭；三更擊汰，波生楚客之舲。秋容如此，秋心奈何。攬長條而徙倚，撫斷梗以延俄。霰凋疏幹，風咽涼柯，幾枝摇落，此樹婆娑。溯繁華於去日，念歲序於流波。傷時則庾信愁絶，感逝則江淹恨多。乃有征夫榆塞，思婦蘭閨，人孤宴爾，衾悲爛兮。寄深情於代北，緘幽怨於遼西。看朱易亂，愁紅罷題。寒砧九月之天，鐵衣來往；古戍三年之恨，金井凄迷。又有疲馬山行，孤帆水宿。話倦旅以回腸，向寥天而縱目。烟墅一空，風林半肅。魂消漢南之樹，心枯歷陵之木。亦復感素節之蕭條，愴勞歌於獨漉。況乃路斷蘼蕪，橋荒皂莢，水冷湔裙，廊空響屧，團扇悼於宮姬，縞袂傷於弃妾。霜嚴作花，雲暗無葉，過廢苑而愁螢，訪頹垣而怨蝶。烏啼漢殿之基，雉雊魏城之堞。曾夢幻之幾何，而榮瘁更於轉睫矣。茂陵病起，蘭臺多暇，聽金雁之南飛，見銀蟾之西下，即時序之推遷，悟循環於物化。眷言素節，徒慳采緑之吟；唤轉光風，好問買春之價。

州橋夜市賦 以『北宋遺事東京夢華』爲韻

端禮街前，乾元門側。朱雀峙其南，景龍蟠其北。厥有州橋，標名京國。環塗九軌，歷雁齒而沙平；繡錯千門，帶虹腰而路直。片石志華夷之繪，靈迹長存；頹波迄宣政之年，風流未息。惟夫橋之爲制也，璧合分明，珉鐫鄭重，雕梁玉笋之排連，海馬飛雲之錯綜。神鞭無藉於秦驅，匠斧不題於燕用。回瀾飲淥，分汴水之支流；複道焚香，引郊壇之法從。在當日侈稱天漢，譬就日而瞻雲；而民間取義州衙，本由唐以及宋。其間則闤闠趾接，貨寶鱗差，上鎖下鎖之分界，雜買雜賣之居奇。龍腦真珠，轉輸於内藏；綾錦竹木，夸多於外司。次道藏書，十倍春明之直；廷珪妙墨，一丸昭應之遺。然此第日中所見，而未觀於嚮晦之時。若乃地合層陰，城喧夕吹，銅魚則内苑初封，銀鴨則薰爐欲睡。下三門之鑰，寂爾周廬；算九府之圜，依然列肆。人酣晚飲，仍從鄭酤之游；禁弛宵行，豈有包彈之事？千百種奇珍，壓擔得寶；誰家卅六聲，亂點傳籌。銷金此地，況乃火樹光中，烟霏霧濛，蓮枝影密，樺炬膏融。翠毯纔舒，則輝生於蠟鳳；瓊箱乍啓，則焰發於釵蟲。長廊左右，列屋西東。燦畫圖京尹之過，居然軟繡；在燈火樊樓而外，別樣春風。彼夫赤闌巧製，竇帶佳名。升仙之留題蜀郡，消魂之送客咸京。孰若此五都繁會，百貨充盈？非朔望之期，始開於瓦市；豈暮春之月，一放於金明？負販生涯，不入三司之會計；升平景物，詎志累葉之經營。然而盛概不常，繁華相送。慨朝論之紛呶，等市喧於一哄。賣牙郎之絹，利已無多；數姹女之錢，權猶竊弄。問玉輦其安歸，撫銅仙而餘慟。一番去國，長悲敕勒之秋；再過爲墟，誰續華胥之夢。昔之横欄直檻，暗水明沙，嬉春畫舫，卜夜香車。已矣賞心之風景，飄然過眼之韶華。星冷鳥橋，送流波於織室；人歸鶴市，掩蔓草於宫斜。汪彦章十世中興，當年涕淚；孟才老一編懷古，何處烟花。

鳩拙而安賦以『拙艱之有餘也』爲韻

伊物類之藏身，惟巢居之可悦，或擇木以經營，或銜泥而葺綴。待戢影於安閑，詎辭勞於締結。一枝用寄，是爲得氣之先；三匝堪依，敢信謀生之拙。衆鳥有托，而鳩獨艱。羽何爲乎拂拂，聲何取乎關關。謂積薪而微長莫試，將置艾而小智猶慳。聳槎丫而誰據，森結構而難攀。地久羡於鶉居，徒憐木杪；志欲同乎燕賀，空望梁間。然而謀工築室，不如待時；身耽作苦，不如用奇。儼因樹以架屋，譬鑿垣而得塒。飛鳴詎笑於斥鷃，飲啄何嫌於嚇鴟。惟鵲也，作勞而空亟；惟鳩也，托宿而不疑。緬彼芻尼，將謂色斯舉矣；猥兹鵠鶵，可云取而代之。不爲芻之負，而爲株之守，巧之用而罔功，拙之藏而无咎。運可任於委心，計無慚於束手。始則退焉，而聽其自然；繼則居之，而若其固有。爾宅爾居，吾愛吾廬，幸漂摇之可免，欣旨蓄之有餘，庶弋者之無篡，何下民之侮予。蓋結草者羽鎩，我則不煩於拮据；捋荼者力憊，我則無待於躊躇。故言其安，則雖愚而何辱；而言其拙，則上智之不如。士有守恬，和慎取舍，心自洗於退藏，志必祛夫滿假。知足爲貴，而履蹈常貞；即事多欣，而悔尤可寡。覰於小物之利用安身，而知拙者之爲效也。

燈花賦

是耶非耶，三花兩花，苞含緑瘦，蕊破紅斜。爾乃翡翠屏前，金釭列錢，螭盤柄曲，鳳跱規圓，流蘇卜夜，寶帶迎年。鏤漢殿之芳苡，鑄唐宮之玉蓮，南油乍爇，西漆争然，攢星影密，替月光連。一莖點草，半穗敧烟，絮絮無言，花花有約，借暖根扶，含津蒂著。逗眼纈而迷金，暈唇朱而綻萼。絨唾匀黏，珠抛細絡。相思豆小，同心蓮弱。紗籠猶斂，簪挑未落。回薄媚於蠻腰，綴纖形於釵脚，争妍則墜蛛麗幌，鬥巧則流螢窺幕。乃有秦娥永巷，漢妾離宮，卷衣夢冷，奉帚春空。眉含顰而斂翠，臂有印而藏紅，訴回腸於梁燕，叩芳訊於釵蟲。又若蕩子不歸，妝臺長望，吟風搗素之砧，待月穿衣之桁。纒綿杯底，凄迷枕上，盼予美之能來，愛此花之相向。灼兮舒葩，非萼非華；翩其結綺，宜嗔宜喜。似乞巧於盤中，儼聆音於鏡裏。凝嬌麝炷，栖光鴛被，雀銜留艷，蛾捎弄蕊，笑靨誰迎，香心自倚，春紅一捻，芳魂千里。况復鵲噪晨扉，蟢牽暗絲，纔通錦羽，已駐青驪。信油花之卜兆，先瓦卦而能知，伊吉事之有祥，蓋精誠之所結。願委照於房櫳，亘千齡而不滅。

鑿井耕田賦 以『澤沾地境化充天宇』爲韻　散館卷

伊耆氏膺十瑞以垂裳，統八纮而光宅。允厘而政協璣衡，於變而人登袵席。惟文武聖神之廣運，德大難名；　故作訛成易之疇咨，化行無迹。茅茨不翦，時雍仍軫。夫民艱草野，何知日用。相忘於帝澤，彼壤父之言曰：　我有井焉，谷鮒用占；　我有田焉，原鱗載瞻。鑿之沖沖，浚清泉而有冽；　耕之澤澤，迓膏雨而均沾。苟弗愆乎作息，自取足於閭閻。即民力之普存，式飲式食；　豈天工之是代，引養引恬。然而推闡皇猷，旰衡至治，必世躋於大同，乃民安於樂利。人人勤其業，可以知大道之爲公；　物物順其天，可以見群生之各遂。蓋民依所重，無如授井而分田。斯聖德之敷，固已蟠天而際地也。是故言其鑿也，九仞心勤，八家力并，桔槔之試猶稽，錐鍤之能先逞。非需泥之在下，綆汲無功；　異坎窞之相遭，瓶羸致警。都君浚處，重開熙皞之天；彭老觀時，别有安恬之境。其耕也，候應星占，膏乘土化。農夫則錢鎛紛携，田祖則瑟琴以迓。朝暉沛澤，先鳩雁以争趨；　暮色平陽，隨牛羊而來下。炎帝始之，以揉耒法裕先疇；　有部本之，以粒民常陳時夏。是蓋斟元〔一〕提象，立極垂鴻，恩翔德洽，義塞仁充。二八而飛流甄貺，十千而多稼古豐。浥湑露於靈源，宏延福緒；　獻嘉禾於異畝，丕鬯皇風。就日瞻雲，如仰穆清之表；　飲和食德，咸歸光被之中。若乃搜研異籍，踵襲陳編。或橘井斟酙而得道，或芝田服食以延年。或粒粒拈來，訝丹砂之耀日；　或雙雙種出，看暖玉之生烟。固知神怪無稽，縹緲徒存乎燕説；　曷若欽明有作，軒轅共戴於堯天。我皇上德邁羲軒，道隆圜矩，壖瀛普被於洪鈞，民物咸登於樂土。醴泉呈瑞含滋，而慶洽熙臺；　美稷書祥載穟，而歡騰比户。試繪堯民之景，共頌康衢；願諧質樂之音，長歌壽宇。

【校記】

〔一〕元，當作『玄』。應爲避康熙諱。

帝京賦 以『春色滿皇州』爲韻　大考卷

翼翼三輔，巍巍九闉，恢張上軌，詄蕩廣輪。汁元符於象緯，被首善於鴻鈞。赤縣之俯臨函夏，黄圖之熙洽先春。山川左右，風雨平均，辨方面午，經野居辰。琛賮朝來，匯梯航而環衛；車書拱處，啓閶闔於鈎陳。千里金湯，地控苞桑之勢；七星珠斗，天連析木之津。惟帝宅中，惟皇建極，拓大統以制四方，崇上都而觀萬國。燕京立隆，天府作式。太行屹嶫以西藩，滄海混茫而東翼，滹沱激流而界南，居庸壯觀而聳北。薊城雲擁，金錢收督亢之遺；碣石天開，寶器煥寧臺之色。森森屏翰，帶涿鹿之名區；渺渺川原，指飛狐之絶域。遐阡則繡錯綺交，近甸則準平繩直，八景紛綸，九門崱屴。周回於五千餘丈，秩矣康莊；連屬乎三十一關，屹然控勒。爾其宮室之壯也，丹殿紫宮，崇臺秘館，雕梁宛以虹流，璇題綴而星滿。陰陽經緯，晛以測景之圭；奎壁光華，傃以窺天之管。其城市之廣也，列瓦匀排，交衢不斷，灑珠瀑而塵清，碾雕輪而地坦。三十六坊之錯布，拱於棋盤；百七十鋪之分屯，聯如表鄭。其物産之庶也，食有稻麥魚鹽，衣有錦繡組纂。奇珍實繁，瑰貨非罕；市廛絡繹，交九陌而駢羅；器用殷轔，會五都而積算。若乃崇儀肸飾，隆文喬皇，經筵則懋典數舉，大閱則威稜載揚，文孔思而遥溯，武軒經而式彰。瑞啓靈書，緑字丹文之籍；歌登樂府，白麟赤雁之章。他若劭農黛耜，修祀嘉薌，建官列署，崇儒上庠，莫不規天矩地，振紀提綱。英簜風行，而皇道端乎正位；譯鞮化遠，而帝車運乎中央。況復乘乾有作，保泰彌周。進善則芻蕘勿弃，儲材則楨幹兼收。既丕基之永固，仍上理之誠求。一統乂安，而大寶之箴兢於朽索；九垓翕服，而淵懷之納審於前籌。心簡萬幾，而丹筆之敷勤於珠記；政清五夜，而彤墀之響儆於籤投。用能鏡澄寰海，砥屬方州，四序和乎玉燭，萬年鞏於金甌。故曰：化成久道，惟夫立天德而懋宸修也。

珠巢存課　下

文象設教

設教垂天象，昭哉焕有文。璣衡存妙理，揆釽仰靈芬。變化辰垣正，宣風丙馭勤。境雖宗動隔，語似穆清聞。七曜皇媧石，三階太史雲。璇符書出洛，寶字鼎來汾。卉旭神功寄，芸生物性欣。聖謨欽合撰，嘉瑞告繽紛。

萍號起雨

嘉號尊屏翳，功因起雨稱。惟民從畢好，有象驗雲興。肸蠁群靈會，陰陽一氣蒸。風雷通變化，岳瀆助威棱。列陣星旗掩，飛符電轂升。人間占豕涉，天上想龍騰。望澤神如在，凌虚物或憑。涵濡承帝德，多稼紀祥徵。

甘雨迎夜

問夜宸衷切，流膏懋澍成。鸞輿星未駕，鳳幄雨先迎。霧影華燈羃，烟絲繡幕縈。禁鍾連暮色，宮漏接春聲。得氣鳩雙喚，知時鶴一鳴。禮猶遲穀旦，機已兆桐生。茂典圭方薦，歡心缶既盈。朝來旋蹕處，隴麥正敷榮。

程量澍澤

枉詡陂池利，難從雨澤量。承流雖濟物，有滰始稱祥。井谷勤何補，需雲效乃彰。鸛鳴欣布濩，鴻隙陋堤防。渠鑿徒誇鄭，霖甘合讓商。科盈聊自擬，德大定誰方。候喜隨車速，功嗤引綆忙。王充工著論，泰運叶金穰。

甘雨滿缶

待澤春田亟，依旬好雨成。含甘均滲漉，孚缶驗分明。自是虛能受，何嫌小易盈。勞非資斗挹，快欲擬盆傾。柳陌提壺喚，桑畦抱瓮迎。象尊人悦豫，鴻罶世昇平。沃土凝芳液，康衢洽頌聲。齋宫勤奉若，昭格本皇誠。

春帆細雨來

南海乘韜日，詩題贈别緘。停雲今舊雨，春水去來帆。雁櫓柔藍劃，烏竿濕翠嵌。有聲催使節，無恙坐征衫。烟影千絲織，風痕一葉銜。濃陰窗人畫，暖漲鏡開函。芝檢香應潤，花源境不凡。百蠻方泳澤，盛治邁韶咸。

雨添山翠重

積翠浮空際，濃陰重忽添。憑看山隱約，都入雨簾纖。嶺複雲衣冪，岩回霧縠黏。冷猶依石角，低已壓峰尖。螺黛描仍誤，魚鱗濕未嫌。遠青群峭隔，虛白一痕兼。絮密烟成幄，絲交水作簾。静宜晨爽挹，薰軫却曦炎。

春風扇微和

扇得陽和轉，韶光一倍新。日華迎上苑，風意逗濃春。宛爾循芳陌，悠然度玉津。移雲開雉尾，拂水皺魚鱗。薄暖回榆火，微暄釀麯塵。瓊簫徐送響，畫箑漸宜人。花信催來速，烟絲卷處勻。勾萌偕被澤，吹萬仰皇仁。

且將新火試新茶

百五韶光過，茶新火亦新。已循綿上俗，且試建溪春。蠟燭傳紅早，龍團碾碧勻。禁烟猶昨日，煎水及芳辰。榾柮精神發，旗槍鑒别真。冷懷抛熟食，清味屬詩人。穀雨吟邊景，槐泉夢裏因。茗柯多妙理，情話接香茵。

日長如小年

九夏舒長日，圭陰候人磚。鳳池欣小集，駒隙得華年。玉漏勤翻水，珠輪緩著鞭。寅賓迎躑躅，亥字寫連綿。簾押頻留影，爐香幾化烟。亭臺何處晚，歲月此中偏。燭刻吟邊晷，壺藏物外天。簪毫清切地，晝接荷恩先。

冬爲歲餘

董氏功修勵，方冬願不虚。曾聞時有養，况乃歲之餘。虬箭銅壺緩，鴛紋繡綫舒。名誇春月小，算比閏年儲。短晷消寒咏，長箋快雪書。冰心三昧外，圭影一陽初。志共駒陰勖，情難蠹簡疏。即今文治洽，努力勉經畬。

抱表懷繩

蜀抱躬先飭，殷懷道克凝。正如覘立表，直乃喻循繩。在宥功常密，從心化可徵。近光宏格被，繼武懋欽承。測影標應準，觀文結有憑。土圭量不爽，書契治相仍。理失防交臂，誠孚矢服膺。淮南推政本，聖學仰升恒。

守始治紀

執極期明道，探根語溯韓。始如原物化，紀必飭人官。禮意先河喻，天行列宿看。美基徵魯樂，修省肇湯盤。一畫呈符早，千絲結綱寬。權輿知有托，經緯妙無端。立本操宜豫，提綱效可觀。蘿圖昭上軌，六幕頌孟安。

凝薰陶化

凝爍冬官掌，薰蒸夏甸叨。自天均造化，匝地荷甄陶。北陸嚴何畏，南風韻獨操。大鈞方在治，時雨儼流膏。位正型先立，民良德可褒。河濱功有賴，土脉氣相遭。上理推還捷，元模運不勞。銘辭徵玉牒，泰祉配崧高。

智燭信符

揚子精言紀，修身智信俱。生明皆玉燭，執要即璇符。誤豈燕書舉，行先漢節趨。照臨均慧鑒，分合管心樞。灼見原無爽，真誠自不渝。傳薪光被遠，剖竹令源敷。未諳瓶徒挈，還占缶既孚。萬方瞻就切，立極仰宸謨。

鏡清砥平

偃武誰摛藻，元和聖相裴。鏡流群象翕，砥道八鴻該。寰海貞符協，方輿治效恢。此中涵日月，其直遍埏垓。軒鑄明離握，周行視履陪。天規金碧煥，地貢砮丹來。洗甲豐功奏，由庚泰運開。清平逢盛世，歌頌洽熙臺。

積儲九稔

乃積倉箱裕，豐盈驗歲儲。利非三倍計，稔恰九年餘。圜府持籌日，方州擊壤初。貢兼群牧職，疇協聖人書。井伆民勤止，樽罍世樂胥。勞先農有扈，富比罭多魚。章算羸無絀，功歌勸不虛。臚歡重譯遍，閶闔拱宸居。

高燎煬晨

檦燎延年咏，規壇夜嚮晨。有輝徵雅什，高煬肅精禋。齋栗崇儀舉，焄蒿上禮陳。青烟回月御，赤煒駐星輪。候啓離明早，光連復旦新。寶雲凝吉亥，華火燦靈辰。扆采香應達，思成貺自甄。芝房嘉瑞協，景福頌駢臻。

鏗以立號

鵠立群情仰，鯨鏗衆志從。於論施涣號，有響振華鐘。節應鏜然鼓，名標大者鏞。豈從宣乃鬱，直以作之恭。劍舃文弦曲，旌旗武帳容。含靈金出冶，歸極水朝宗。魏闕新懸象，神淵舊化龍。何如堯陛上，丹詔巽申重。

剔毛攬翮

辨質霜毛細，凌霄霧翮先。剔除功有藉，延攬道宜專。見驥形徒具，搏鵬力始全。伐三勤别擇，奮六待聯翩。翳礙空胸際，飛騰起目前。柔毫從弃地，勁羽看垂天。取舍深心寓，裁成妙理宣。拔尤軒鑒朗，雅化頌興賢。

大法小廉

禮運臣工訓，官箴大小兼。六條遵憲法，一介矢清廉。佐治中朝重，分猶庶職僉。鈞衡資典守，簠簋愼防嫌。骨鯁魚頭肅，身名象齒嚴。章從三約凜，意總四知恬。鼎足休教折，冰心好自砭。綸言申誡且，爾室係觀瞻。

人清可用

劇縣資賢宰，唐宗器使精。幣曾當日却，官是此人清。玉鑒千秋賞，冰壺一字評。臣衷堅夙昔，天語契平生。自翕牽絲譽，誰堪捧檄争。屏風前事記，杯水乃心盟。馴雉孚群望，懸魚佇令名。旌廉邀簡拔，幾輩勉循聲。

賜箸表直

欽哉君有賜，璟也國之良。惟箸功誰表，其人直可方。禮均推食厚，效爲借籌償。菜梜諳斯味，梅花鑒汝腸。心期形用肖，骨鯁義毋忘。失匕恩私重，調羹介節彰。名齊金鑒進，侈豈玉杯將。聖代嚴澄叙，官箴邁李唐。

鹽虎形

匪虎形偏肖，名高百事鹽。洗金原足賴，出柙定何嫌。利本熬波擅，功殊射石淹。爪牙光炳蔚，霜雪味清嚴。嵎負堆逾潔，風狂撒更添。調梅真有用，縛艾妙能兼。狀可耽耽擬，歌應昔昔拈。賓筵昭服猛，龍節聖恩沾。

細葛含風軟

細葛叨恩賜，章身軟繡同。題來猶濕露，著處宛含風。緒密安黄弱，絲柔浣碧融。五銖吹縹緲，千縷揚空濛。卷霧痕難辨，催花信已通。人拈絺綌句，天試翦刀工。習習承衣上，盈盈認篋中。香羅偕拂拭，在笥勖臣衷。

櫻桃宴

嘉宴朱櫻啓，登科舊事諳。青雲方得路，絳實許分甘。果趁珍叢熟，春教上苑探。簪花人第一，薦笋月初三。駿馬誰先到，嬌鶯及未含。前期誇染柳，此會勝傳柑。翠籠瓊漿挹，紅綾雋味參。慈恩原有例，豪舉哂劉覃。

一月三捷

捷報紅旗駛，威棱赤縣覃。日躔星得一，露奏月惟三。候已占蓂速，功知破竹酣。霸圖卑晉駕，兵氣振齊男。勝算天山定，呼聲太室參。雄狐驅有獲，狡兔穴争探。舍想揮戈退，恩仍解綱涵。靈臺欣偃伯，被澤遍畿南。

漢武帝射蛟

萬古樅陽水，炎靈駐翠旃。乘流排畫鷁，跋浪出潛蛟。倚蓋唐弓舉，揚鬐夏箭捎。腥風收勁羽，毒霧散鳴骹。霆擊霜翎驟，波翻雨血交。瀾如回瓠子，瑞已駕蒲梢。樂府詞臣筆，長江壯士鐃。木蘭今迓蹕，詩頌不盈庖。

耿恭拜井

玉帳聞傳箭，銀河待洗兵。一時窮汲道，再拜感真誠。禮意昭融協，靈符觱沸呈。天心蘇驥渴，地脉應鼍鳴。智豈操瓶擬，功先剌石成。投醪騰士氣，調水振軍聲。大澤邊人戍，甘泉漢將營。堯封今萬井，飲醴遍群生。

美人帳下猶歌舞

唱徹從軍樂，連營唤奈何。前驅方接刃，高會且投戈。皓腕巴渝舞，丹唇敕勒歌。符飛花外急，曲記帳中多。隊合聯脂粉，人疑出苧蘿。解圍聊借汝，入破不驚佗。戰氣驕鶯燕，春聲咽鸛鵝。還如孫武子，列陣教吴娥。

身騎白馬萬人中

白馬推飛將，身輕攬轡中。萬人齊按隊，一騎獨嘶風。顧盼神俱王，權奇步最工。氣教千帳懾，群想五花空。繡箙征塵暗，雕鞍獵火紅。行間誰匹敵，跨下亦英雄。騄駬當年駿，麒麟後日功。龍驤餘勝迹，指點邵陵東。

栖岩挹飛泉

會得岩居樂，聽泉日杖藜。飛流欣仰挹，小築稱幽栖。漱白蘿陰暗，縈青竹徑迷。承杯銀漢落，引袖玉虹低。珠瀑當胸接，冰花信手携。籬休編作障，屋任繞成溪。琴筑吟邊答，松喬物外齊。謝公留好句，清景荷天題。

山遠在空翠

欲辨山何在，幽尋遠莫窮。悠然天人望，宛爾翠浮空。淺霧全收白，餘霞半界紅。四圍凉影外，幾點夕陽中。寶髻堆偏活，修眉畫亦工。澄鮮真潑水，縹緲不因風。石屋無塵到，丹梯有路通。湛公栖隱處，佳景鹿門同。

卷幔山泉入鏡中

縹緲山泉景，誰移錦幔中。半鈎承霽曉，一鏡入晴空。粉壁烟霏合，文窗澗響通。朝暉開素幌，遠色赴青銅。杳靄迎虚室，琤淙送好風。光宜明月印，影謝碧紗籠。不是書帷啓，争知畫本同。翠微雲物麗，清賞契皇衷。

庭陰落翠微

嚮晚懷人坐，山光列翠屏。夕陰連曲檻，空影落閑庭。窈窕承虚幌，紛霏拂畫櫺。徐攙烟罨𩉭，不隔霧松惺。瓦竹犀塵埽，檐花麝篆停。徑迷孤鶴白，窗納一螺青。雲樹曾何礙，風泉慣此聽。岩扉仙境裏，待月未須扃。

山雪阻僧歸

一磬招提晚，孤僧尚未歸。閑尋山隱隱，竟阻雪霏霏。薄暝催芒履，清寒上衲衣。散花迷佛界，敲竹誤禪扉。凍雀吟情滯，來鴻爪印稀。深疑無路出，冷只讓雲飛。仿佛通樵徑，微茫隔釣磯。蒲團經閣外，悵望素心違。

出山回望雲木合

萬木蒼然合，宵來此地游。雲深難駐足，山遠更回頭。拂袖前峰轉，題襟舊壑幽。吟心餘短策，倦眼托歸舟。暗靄潮音寂，荒寒石氣遒。雪痕孤鶴戀，風色亂鴉投。短景詩篇記，遥情畫本收。圓蒲如許借，佳興六時酬。

曲徑通幽處

不識幽居處，初疑徑欲窮。偶循苔磴曲，恰與竹房通。澗已分流水，橋如隔斷虹。三叉縈蚓迹，一綫繞蠶叢。幾誤人雙屐，旋開地十弓。雲深猶蘚壁，樹轉即花宫。塵慮消何有，禪心定此中。宦情常尉冷，吟合破山工。

百川學海

勸學稽揚子，觀瀾妙喻傳。相期終到海，所戒是防川。向若情常勵，盈科志必專。心惟於水鑒，序肯讓河先。靈瀆憑誰引，滄溟自此前。鴻濛群玉會，象罔一珠圓。物理符歸極，天機悟躍淵。聖功乾健協，仰鏡遍垓埏。

海上濤頭一綫來

一綫沙頭起，東來卷怒濤。遥連山岳涌，直上海門高。赤岸驅霆疾，紅旗踏浪囂。寒芒生匹練，遠勢入秋毫。翦豈冰夷斷，機憑水母繅。玉繩馳浩霓，珠索駕靈鰲。弭節神威赫，彎弧霸氣豪。即今澄鏡翕，寰宇荷恩膏。

春水船如天上坐

一舸桃花浪，中流坐渺然。不知春在水，忽訝岸浮天。小簟鋪新淥，輕橈蕩曉烟。虚明真入鏡，欸乃竟登仙。送遠漁榔悄，摇空雁艫圓。芙蓉丹嶂外，書畫碧雲邊。路合凌霄去，槎應貫月連。瀛洲欣接武，魚藻沐恩偏。

澄波澹將夕

攬勝前陂去，孤吟記右丞。波光清欲合，夕景暗還澄。淡與烟痕化，昏連水氣凝。瞑陰交岸曲，秋影翳山稜。斷港流螢出，枯槎浴鳥登。宿雲沙外寺，邀月柳邊罾。喚渡銀瀾息，懷人玉檻憑。閑將詩裏畫，尺幅寫吳綾。

人隨沙路向江村

漠漠平沙外，疏鐘遠寺撞。孤村環水竹，一徑背烟江。罷釣船横隻，尋途屐印雙。居應圍蟹舍，路不繞魚矼。亂葉籬根聚，餘潮岸觜降。去猶攲箬笠，歸及照蘭釭。倦有投林雀，馴無吠月尨。岩扉幽隱處，問訊鹿門龐。

林木似名節

千秋名節重，林木喻儲材。仰藉天心護，還如士氣培。功從生物始，效可樹人推。栖息容鸞鳳，榮枯任草萊。冰霜憑勵志，澗壑不矜才。勁幹期終達，孤根漫自猜。晚成殊磊砢，大用必迂迴。聖代旁求切，搜岩哲匠來。

小闌花韻午晴初

彔曲闌干小，晴光一桁遮。烟痕初報午，風韻最宜花。碧暈猶含雨，紅酣乍抹霞。香應朱檻遞，影末翠樓斜。屋角濃芬接，廊腰媚色加。卓陰春幾刻，亞字徑雙叉。蝶翅尋偏早，猫睛認詎差。疏鐘清禁緩，吟賞倚窗紗。

春寒花較遲

爲底花開晚，韶光半欲闌。物華慳令節，春意困餘寒。好景催傳燭，幽懷怯倚欄。夢猶攲枕戀，人似隔帷看。背日黃綿薄，欺風翠袖單。天休婪尾逼，事恰賞心難。指點香生幄，安排錦作團。柯亭芳晝永，煦嫗荷恩寬。

楊柳依依

記得河橋柳，曾教挽客衣。今來殊黯黯，昔去最依依。粉絮交春影，烟絲戀夕暉。柔痕旌旆卷，往事燕鶯飛。烽火仍三捷，塵沙又十圍。低眉千里共，冷眼幾人歸。倚樹前踪是，攀條舊景非。家園風雪近，計日解征騑。

楊花惹暮春

不道韶光暮，楊花故故飄。綿方搓永日，絮更惹春朝。似覺鶯簧澀，偏隨蝶翅撩。殘紅三月晚，飛白一天遥。風意柔條颭，烟痕暗葉招。夢將萍梗繫，香豈麯塵消。好景催藍尾，芳姿憶緑腰。硯池從點筆，勝賞禁林饒。

遥知楊柳是門處

果否知門處，仙源近却遥。猜詳花四壁，掩冉柳千條。蚓曲難尋徑，虹藏不露橋。舊歡紅映面，新恨緑垂腰。弄影連朱户，吹香鎖綺寮。簾櫳應自倚，鶯燕爲誰撩。玉笛無心卷，銅鐶有夢邀。荷裳容乞路，好唤木蘭橈。

忽見陌頭楊柳色

自折離亭柳，無心到陌頭。何來眉翠色，偏趁眼波流。繡箔從他卷，雕欄爲底留。妝纔窺半面，春已逗雙眸。本自牽情易，争禁與目謀。神清真翦水，艷冷不關秋。似夢原非夢，言愁始欲愁。邊人應解此，怕上望鄉樓。

楊柳秋風憶故年

問訊江干柳，西風又幾年。浮踪餘故我，影事憶秋烟。短笛猶殘月，長橋抵各天。低回班扇外，悵望白門前。客鬢看如此，蠻腰剩可憐。新凉催汝瘦，昔夢待誰圓。絮語朱樓記，香心畫舫牽。禁他南雁底，舞態尚翩翩。

麥隴風來餅餌香

嘉麥乘時熟，垂垂被隴黄。人來都説餅，風過忽傳香。送暖烟痕活，侵晨露氣瀼。吹應連綺陌，味自奪群芳。快意聞初飽，歡心畫亦忙。賣猶雙屐早，披可一襟當。緑穗先秋拾，紅綾後日嘗。膏畦清蹕迓，美稷并書祥。

五月榴花照眼明

一時榴火燦，銀海忽生花。照覺眉痕朗，明將眼界誇。雲烟過頃刻，風日助妍華。醉纈看猶誤，仙裙唾未差。千枝方翦水，五色欲迷霞。艷發靈均節，春留阿措家。人都歌絳樹，地不罩紅紗。薰譜虞琴叶，蒲觴景物嘉。

藕花多處别開門

别有開門處，湖鄉異境誇。定知秋在藕，爲愛水多花。曲港尋偏誤，回垣認易差。燕泥香四壁，鷗國路三叉。款月雙扉冷，通波一巷斜。新鄰邀素艷，舊徑隔紅霞。菡萏吟邊雨，芙蓉畫裏家。藻園西望好，風景湛清華。

滿衣風灑緑荷聲

一鏡亭亭緑，穿荷小艇行。風邊吟水色，衣上灑秋聲。爽籟幽襟挹，回波畫槳縈。單紗吹宛轉，側蓋濺輕盈。金縷微凉透，珠盤碎響生。酒痕攙碧暈，花氣濕紅情。潤合沈香熨，喧疑好雨迎。液池簪筆近，湛露拜恩榮。

向水覺蘆香

誰向蘆中隱，盈盈水一方。静來真有覺，清極似聞香。雁浦青痕濕，鷗汀碧意凉。波紋吹仿佛，風味付參詳。澹欲迎蕉扇，輕疑襲芰裳。乍堪餐翠色，奚止吸湖光。密絮遲秋雪，疏莖漏夕陽。釣船渾不繫，幽興托滄浪。

叢桂留人

不信淮南桂，深叢尚掩關。相留成夙契，有約到仙寰。冷露何年濕，天香此路攀。千花延素月，一粟寄青山。鷲嶺懷人早，蟾宮得句閑。吟秋黄雪裹，招隱白雲間。境可捫蘿認，途應款竹嫻。低回庾開府，鄉夢幾時還。

寒梅著花未

話到鄉園事，韶光著意催。古歡招素侣，芳訊叩寒梅。呵手閑新咏，關心問舊栽。情悰元鶴冷，消息翠禽猜。影定連窗竹，香應拂砌苔。信難明月寄，春可故山來。東閣詩誰續，西湖夢獨回。不知今夜雪，吹笛幾徘徊。

天驥呈材

萬里流沙外，呈符漢業恢。昔聞稱驥德，今始識天材。大澤星辰合，先鞭道路開。聲從西極駛，氣挾北風來。碟躞周王馭，驍騰夏后臺。翦花雲散漫，照夜月徘徊。眼底空凡骨，人中嘆此才。御閑珍上駟，嘉號軼龍媒。

駟不及舌

駟也良材擅，飛行迅莫追。如何筋力健，翻較舌端遲。勁氣鞭纔著，清言塵獨麾。風驅雖一瞬，花粲已多時。但解循途進，難禁應響馳。鴂音争倏忽，龍種失權奇。反豈無聲鳥，歌仍不逝騅。括囊承訓久，篤策報昌期。

禁林聞曉鶯

御苑春光藹，流鶯唤不禁。一聲聞霽曉，百囀度瑶林。朵殿開晨爽，喬柯送好音。徐催紅日上，側想紫雲深。翠罥微茫影，金梭斷續吟。風傳温樹外，人隔綺樓陰。視草矜丹地，携柑愜素心。即看閶闔啓，鵷鷺集華簪。

燕外晴絲卷

認得春風影，剛從燕外吹。幾痕迷弱羽，半卷見晴絲。下上音無定，悠揚望轉疑。掠難雙翦趁，飛尚一襟遲。遠出銜泥處，相看拂水時。任教承柳綫，依舊隔花枝。節序芹香問，心情絮粉知。游踪休綰住，珍重玳梁期。

新秋雁帶來

久盼新涼至，高樓望幾回。不因初雁到，誰帶早秋來。月思修翎唤，星期弱羽催。信從征使遞，書爲故人開。梧井商音試，榆關舊侶猜。雲天舒翮又，風景曝衣纔。小字銀箋迓，清歌玉柱陪。平橋吟未已，歸步認蒼苔。

閬苑有書多附鶴

閬苑神仙宅，廖空放鶴初。千年華表客，一紙上清書。夢蝶琴心托，來禽筆陣舒。縞衣天路迥，青簡夜窗虚。篆豈沙間印，翎先月底梳。徐盤孤嶼勢，冷話碧城居。恨寄栖鸞日，詞工吐鳳餘。芝田曾憶否，辛苦作雙魚。

順風雕鶚遠凌秋

雕鶚乘時起，扶摇遠翮遒。霜威凌大漠，風力入高秋。颯爽三霄志，蒼茫萬里游。人誰當顧盼，天爲助飀飂。羊角騰原疾，鴻毛願并酬。盤空驚鷃雀，作勢軼驊騮。氣概鳶肩客，功名燕頷侯。獮圍勤肄武，羽翼拱宸斿。

散拋殘食飼神鴉

一箸船窗罷，鴉群正滿空。迎神人祝珓，拋食客推篷。利涉行舟托，靈心弱羽通。肴分丹荔外，飯出緑荷中。引頸含飴便，回身逐肉工。去來雙翅影，安穩片帆風。應候鴻賓似，知機鵲喜同。叢祠歸路遠，指點夕陽紅。

游魚動圓波

不見魚游處，澄波望渺綿。誰將竿影動，乍折縠紋圓。暖汛浮香早，横塘得氣先。唼花珠錯落，吹絮月嬋娟。璧沼渾留印，璇源别有天。鱗疑縈藻鏡，尾或點荷錢。滑笏流如此，銜鈎誤偶然。聖心勤茂育，妙理契潛淵。

説詩仍記夜連床

記否西窗夜，談詩興屢增。交情連袂慣，韻事對床曾。粲舌花千朵，栖心玉幾繩。詞誰商白紵，夢只憶青綾。月想檐端印，霜還屋角凝。鷄聲猶短榻，鴻爪此殘燈。品第留湘管，光陰認剡藤。摛毫今得地，咫尺仰觚棱。

冷宫無事屋廬深

老屋西風護，深居冷趣嫻。一官猶仕籍，無事即仙班。紺瓦朱甍外，寒鴉瘦鶴間。栖心餘地穩，有福此身閑。宦味宵燈覺，鄉情午枕删。簡書知幾輩，冰雪自空山。玉笋從論價，金蕉好駐顔。鳳城回暖律，春色遍烟寰。

座中佳士

有竹居非俗，能詩士即佳。亭亭塵外獨，一一座中皆。勝地瑶林倚，仙踪玉笋排。真從今日寫，侣恰此君諧。筠管清吟接，苔岑小隱偕。素心期彼美，青眼止吾儕。未羡乘軒鶴，休嗤篆壁蝸。沽春同坐雨，高論渺羲媧。

簾波

小院微波動，垂絲始下簾。凉看珠瀑映，清訝縠紋兼。燕翦雙鈎漾，魚鱗一桁添。留香消畫鴨，篩影浸明蟾。睡早冰花濕，飄餘蠟淚黏。午陰紅泛幄，丁字翠浮檐。入夢吴楓冷，通詞楚竹纖。盈盈能隔否，玉鏡信重占。

照花前後鏡

鏡彩分前後，紅閨照曙霞。雙規真替月，兩面各籠花。宛轉重輝印，團欒五色加。芙蓉交粉澤，金翠門鉛華。側睇釵應彈，回眸袖不遮。額梅看正好，背菊認無差。埽緑眉添黛，匀青鬢試鵶。妝成還顧影，油壁待香車。

琴從緑珠借

艷絶蘭成句，琴心興不殊。彈來金谷酒，借向石家姝。緑綺矜名久，紅妝入抱俱。七弦新斫玉，三斛舊量珠。掩映低蟬共，蒼凉落雁孤。夢猶雙角憶，償可一瓻無。妙響中郎爨，柔情卓氏壚。翠樓花影外，遺恨到齊奴。

生長明妃尚有村

麗質天生處，明妃舊里存。風烟神女峽，花柳美人村。燕壘餘芬歇，龍堆别恨吞。埋香無宿草，種玉有靈根。緑水居常繞，青閨事莫論。故家猶漢土，春色自荆門。班扇離宫曲，嫛砧夢澤魂。何如西子石，尚識浣紗痕。

石尤風

賈舶方催發，顛風故打頭。祇因人化石，翻苦物成尤。獵獵危檣倚，茫茫濁浪浮。情牽中婦艷，力偕孟婆遒。舊恨三生結，荒灘十日留。吼應驚拄杖，歌似怨箜篌。途路艱如此，錢刀計未休。累他閨裏夢，啼濕四弦秋。

老嫗解詩

不作艱深語，吟成索解奇。空王方説法，老嫗亦言詩。銜口能諧律，聱牙肯費辭。生華憑指點，漂絮耐尋思。題處真宜扇，吹來或比篪。婆心於我切，春夢要人知。事往歌菱角，情餘放柳枝。還閨元相否，宫婢賞宫詞。

心日齋十六家詞録

卷上

南唐後主十三首

韋莊二十三首

歸國謡（二調）

金翡翠

春欲暮

菩薩蠻（二調）

紅樓別夜堪惆悵

人人盡説江南好

謁金門

空相憶

清平樂（二調）

鶯啼殘月

何處游女

荷葉杯（二調）

絶代佳人難得

記得那年花下

應天長（二調）

緑槐蔭裏黄鸝語

別來半歲音書絶

河傳（三調）

何處烟雨

錦浦春女

錦里蠶市

小重山

一閉昭陽春又春

望遠行

欲別無言倚畫屏

李珣二十首

南鄉子（九調）

烟漠漠

歸路近

漁市散
攏雲髻
携籠去
蘭棹舉
雙髻墜
傾緑蟻
相見處

浣溪紗（三調）
　晚出閑庭看海棠
　紅藕花香到檻頻
　訪舊傷離欲斷魂

酒泉子（三調）
　寂寞青樓
　雨漬花零
　秋雨連綿

菩薩蠻
　回塘風起波紋細

巫山一段雲（二調）
　有客經巫峽
　古廟依青嶂

望遠行
　露滴幽庭落葉時

河傳
　春暮微雨

孫光憲十九首

酒泉子（二調）
　斂態窗前
　空磧無邊

生查子

小緑間長虹

鷓鴣天（九調）

一醉醒來春又殘

小玉樓中月上時

題破香箋小研紅

小令尊前見玉簫

曉日迎長歲歲同

當日佳期鵲誤傳

楚女腰肢越女腮

醉拍春衫惜舊香

彩袖殷勤捧玉鍾

虞美人（三調）

曲闌干外天如水

疏梅月下歌金縷

玉簫吹遍烟花路

玉樓春

風簾向曉寒成陣

南鄉子

花落未須悲

臨江仙（三調）

夢後樓臺高鎖

長愛碧闌干影

淡水三年歡意

蝶戀花（三調）

醉别西樓醒不記

喜鵲橋成催鳳駕

碧玉高樓臨水住

破陣子

柳下笙歌庭院

好女兒（二調）

緑遍西池
酌酒殷勤

洞仙歌
春殘雨過

六么令
雪殘風信

泛清波摘遍
催花雨小

秦觀十六首

如夢令
門外鴉啼楊柳

阮郎歸(二調)
碧天如水月如眉
瀟湘門外水平鋪

海棠春
流鶯窗外啼聲巧

虞美人
碧桃天上栽和露

踏莎行
霧失樓臺

江城子(二調)
西城楊柳弄春柔
南來飛燕北歸鴻

千秋歲
柳邊沙外

八六子
倚危亭

滿庭芳(二調)
山抹微雲

周之琦集

曉色雲開

夢揚州

晚雲收

長相思

鐵翁城高

望海潮（二調）

秦峰蒼翠

梅英疏淡

賀鑄二十三首

浣溪紗（三調）

閑抱琵琶舊譜尋〔二〕

烟柳春梢蘸暈黄

樓角紅銷一縷霞〔三〕

更漏子（二調）

上東門

酒三行

一落索

初見碧紗窗下繡

攤破浣溪紗（二調）

錦薦朱絲瑟瑟徽

雙鳳簫聲隔彩霞

眼兒媚

蕭蕭江上荻花秋

迎春樂

瓊瓊絶藝真無價

鷓鴣天

怊悵離亭斷彩襟

夜游宮

湖上蘭舟暮發

周邦彦十九首

丁香結
蒼蘚沿階

繞佛閣
暗塵四斂

水龍吟
素肌應怯餘寒

倒犯
霽景

花犯
粉墻低

還京樂
禁烟近

尉遲杯
隋堤路漸日晚

西河
佳麗地

解連環
怨懷誰托〔四〕

惜餘春慢
水浴清蟾

霜葉飛
霧迷衰草〔五〕

蘭陵王
柳蔭直

大酺
對宿烟收

瑞龍吟
章臺路

浪淘沙慢
曉陰重

卷下

史達祖二十首

吴文英四十二首

醜奴兒慢(二調)

東風未起

空濛乍斂

滿江紅

雲氣樓臺

惜秋華(四調)

細響殘蛩

露罥蛛絲

思渺西風

數日西風

尾犯

翠被落紅妝

玉漏遲

絮花寒食路

燭影摇紅(二調)

碧澹山姿

西子西湖

倦尋芳

暮帆挂雨

夢芙蓉

西風摇步綺

三姝媚

吹笙池上道

新雁過妝樓

夢醒芙蓉

夜合花

柳暝河橋

絳都春

王沂孫三十七首

長亭怨

泛孤艇

醉蓬萊

埽西風門徑

應天長

疏簾蝶粉

無悶

陰積龍荒

三姝媚

紅纓懸翠葆

瑣窗寒（三調）

料峭東風

出谷鶯遲

趁酒梨花

高陽臺（三調）

殘萼梅酸

駝褐輕裝

殘雪庭陰

金盞子

雨葉吟蟬

慶春宮

明玉擎金

花犯

古嬋娟

齊天樂（五調）

碧痕初化池塘草

緑槐千樹西窗悄

一襟餘恨宮魂斷

冷烟殘水山陰道

十洲三島曾游處

綺羅香（二調）
屋角疏星
玉杵餘丹
南浦（二調）
柳下碧粼粼
柳外碧連天
一蕚紅（四調）
玉嬋娟
占芳菲
翦丹雲
小庭深
摸魚兒（二調）
洗芳林
玉奩寒

蔣捷十六首

洞仙歌（二調）
世間何處
枝枝葉葉
江城梅花引
白鷗問我泊孤舟
絳都春
春愁怎畫
木蘭花慢
傍池闌倚遍
瑞鶴仙（二調）
紺烟迷雁迹
素肌元是雪
喜遷鶯（二調）

游絲纖弱
晴天遼廓
金盞子
練月縈窗
解連環
妒花風惡
女冠子
蕙花香也
賀新郎（三調）
雁嶼晴嵐薄
夢冷黃金屋
緑墮雲垂領
白苧
正春晴

張炎十八首

埽花游
嫩寒禁暖
慶清朝
淺草猶霜
聲聲慢（三調）
寒花清事
穿花省路
百花洲畔
甘州（二調）
記玉關踏雪事清游
聽江湖夜雨十年燈
西子妝慢
白浪搖天

張翥三十首

梨園供奉曲

摸魚兒（四調）

正匆匆

問湘南

問西湖

記蘇臺

多麗（二調）

晚山青

鳳凰簫

六州歌頭

孤山歲晚

【校記】

〔一〕金鸎鵡，《全唐五代詞》作『金鸚鴣』。

〔二〕閑抱，《全宋詞》作『閑把』。

〔三〕紅銷，《全宋詞》作『初銷』。

〔四〕怨懷誰托，《全宋詞》作『怨懷無托』。

〔五〕霧迷，《全宋詞》作『露迷』。

周之琦評語

韋莊

菩薩蠻

人人盡説江南好，游人只合江南老。春水碧於天，畫船聽雨眠。　壚邊人似月，皓腕凝霜雪。未老莫還鄉，還鄉須斷腸。

湯義仍於『春水』二句評云：『江南好，只如此耶？』又謂：『飛卿之「簾外曉鶯殘月」不如柳七之「楊柳岸曉風殘月」。』皆非當行語。玉茗精於製曲，闇於填詞。詞曲判然兩途，不得以論曲者論詞也。

秦觀

踏莎行

霧失樓臺，月迷津渡。桃源望斷無尋處。可堪孤館閉春寒，杜鵑聲裏斜陽暮。　驛寄梅花，魚傳尺素。砌成此恨無重數。郴江幸自繞郴山，爲誰流下瀟湘去。

黄山谷以『斜陽暮』三字意復，欲改爲『簾櫳暮』。涪翁不足以知少游之詞，其説非是。又《野客叢書》謂秦詞本作『斜陽曙』，後人避諱，改『曙』爲『暮』云云。何少游之不幸耶。

賀鑄

兀令

盤馬樓前風日好。雪消塵埽。樓上宫妝早。認簾箔微開，一面嫣妍笑。携手别院重廊，窈窕花房小。任碧羅窗曉。　間闊時多書問少。鏡鸞空老。身寄吴雲杳。想轣轆車音，幾度青門道。占得春色年年，隨處隨人到。恨不如芳草。

舊刻於『花房小』分段，誤。

薄幸

淡妝多態，更滴滴、頻回眄睞。便認得琴心先許，與綰合歡雙帶。記畫堂、風月逢迎，輕顰淺笑都無奈。向睡鴨爐邊，翔鴛屏底，羞把香羅偷解。　自過了、燒燈夜，都不見踏青挑菜。幾回憑雙燕，丁寧深意，往來翻恨重簾礙。知何時再，正春濃酒暖，人閑晝永無聊賴。厭厭睡起，猶有花梢日在。

詞之有令，唐五代尚已，宋惟晏叔原最擅勝場，賀方回差堪接武。其餘間有一二名作流傳，然非專門之學。自兹以降，專工慢詞，不復措意令曲。其作令曲，仍與慢詞聲響無異，大抵宋詞閑雅有餘，跌宕不足，長調則有清新綿邈之音，小令則少抑揚抗墜之致。蓋時代升降使然，雖片玉、石帚不能自開生面，况其下者乎？

周邦彦

月下笛

小雨收塵，凉蟾瑩徹，水光浮璧。誰知怨抑。静倚官橋吹笛。映宫墻、風葉亂飛，品高調側人未識。想開元舊譜，柯亭遺韻，盡傳胸臆。　闌干四繞，聽折柳徘徊，數聲終拍。寒燈陋室，最感平陽孤客。夜沈沈、雁啼正哀。片雲盡卷清漏滴。黯凝魂，但覺龍吟萬壑天籟息。

或言此是以《瑣窗寒》調賦《月下吹笛》，傳寫失去調名耳。余謂此詞换頭及末句與《瑣窗寒》迥别，豈能比而同之。白石、玉田《月下笛》詞與此亦有互異處，然按之《瑣窗寒》則皆不合也。

霜葉飛

霧迷衰草。疏星挂，凉蟾低下林表。素娥青女鬥嬋娟，正倍添凄悄。漸颯颯、丹楓撼曉。横天雲浪魚鱗小。見皓月相看，又透入、清輝半晌，特地留照。迢遞望極關山，波穿千里，度日如歲難到。鳳樓今夜聽秋風，奈五更愁抱。想玉匣、哀弦閉了。無心重理相思調。念故人、牽離恨，屏掩孤顰，淚流多少。

首句『草』字起韻，宋名作皆然。《詞律》以《圖譜》注韻爲誤，殆不可解。《圖譜》陋書固不足道，然以此訾之，則過矣。

姜夔

霓裳中序第一

丙午歲，留長沙，登祝融，因得其祠神之曲，曰《黄帝鹽》、《蘇合香》。又於樂工故書中得商調霓裳曲十八闋，皆虚譜無辭。音節閑雅，不類今曲。予不暇盡作。作《中序》一闋傳於世。予方羈游，感此古音，不自知其辭之怨抑也。

亭皋正望極。亂落江蓮歸未得。多病却無氣力。況紈扇漸疏，羅衣初索。流光過隙。嘆杏梁雙燕如客。人何在，一簾淡月，仿佛照顔色。　幽寂。亂蛩吟壁。動庾信清愁似織。沈思年少浪迹。笛裏關山，柳下坊陌。墜紅無信息。漫暗水、涓涓溜碧。漂零久，而今何意，醉卧酒壚側。

此調雖非白石自製詞，則創自白石，《詞律》引姜个翁、周密等詞爲式。个翁謬製不足數，周詞差近，疏誤亦多，且旁注可平可仄等字，又皆以意爲之，不免隔膜。萬氏未見白石詞集，故少把握耳。

湘月

長溪楊聲伯約予與趙景魯、景望，蕭和父、裕父、時父、恭父大舟浮湘，放乎中流。山水空寒，烟月交映，凄然其爲秋也。予度此曲，即《念奴嬌》之鬲指聲，於雙調中吹之。鬲指亦謂之過腔，凡能吹竹者，便能過腔也。

五湖舊約，問經年底事，長負清景。暝入西山，漸喚我、一葉夷猶乘興。倦網都收，歸禽時度，月上汀洲冷。中流容與，畫橈不點清鏡。　誰解喚起湘靈，烟鬟霧鬟，理哀弦鴻陣。玉麈談玄，嘆坐客、多少風流名勝。暗柳蕭蕭，飛星冉冉，夜久知秋信。鱸魚應好，舊家樂事誰省。

《詞律》云：『今人不知「鬲指」爲何義，填《湘月》仍是填《念奴嬌》，故不另列一體。』余謂此論未確，今之吹笛者，六孔并用即成北曲，隔第一孔、第五孔吹之，便成南曲。鬲指過腔，義或如是。況此詞與《念奴嬌》句讀聲響皆有不同，審音者當能辨之。

角招

甲寅春，予與俞商卿燕游西湖，觀梅於孤山之西村。玉雪照映，吹香薄人。已而商卿歸吴興，予獨來，則山横春烟，新柳被水，游人容與飛花中。悵然有懷，作此寄之。商卿善歌聲，稍以儒雅緣飾。予每自度曲，吟洞簫，商卿輒歌而和之，極有山林縹緲之思。今予離憂，商卿一行作吏，殆無復此樂矣。

爲春瘦。何堪更繞西湖，盡是垂柳。自看烟外岫。記得與君，湖上攜手。君歸未久。早亂落、香紅千畝。一葉凌波縹緲，過三十六離宫，遣游人回首。　猶有。畫船障袖。青樓倚扇，相映人争秀。翠翹光欲溜。愛著宫黄，而今時候。傷春似舊。蕩一點、春心如酒。寫入吴絲自奏。問誰識、曲中心、花前友。

『障袖』，『袖』字非韻。『一葉』句，『緲』字是借韻。

吴文英

惜秋華

思渺西風，悵行踪、浪逐南飛高雁。怯上翠微，危樓更堪凭晚。蓬萊對起幽雲，澹野色山容愁卷。

清淺。瞰滄波、静銜秋痕一綫。　十載寄吴苑。慣東籬深處，把露黄偷翦，移暮景，照越鏡，意銷香斷。秋娥賦得閑情，倚翠尊、小眉初展。深勸。待明朝、醉巾重岸。

舊刻『露黄』上多一『把』字，蓋後來俗手所增，去之恰得夢窗真面目。

齊天樂

烟波桃葉西陵路，十年斷魂潮尾。古柳重攀，輕鷗驟别，陳迹危亭獨倚。涼颸乍起，渺烟磧飛帆，暮山横翠。但有江花，共臨秋鏡照憔悴。　華堂燭暗送客，眼波回盼處，芳艶流水。素骨凝冰，柔葱蘸雪，猶憶分瓜深意。清尊未洗。夢不濕行雲，漫沾殘淚。可惜秋宵，亂蛩疏雨裏。

此調應用去上煞，此用兩上聲，不宜學。

喜遷鶯

同丁基仲過希道家看牡丹

凡塵流水。正春在、絳闕瑶階十二。暖日明霞，天香盤錦，低映曉光梳洗。故苑浣花沈恨，化作妖紅斜紫。困無力，倚闌干，還倩東風扶起。　公子。留意處，羅蓋牙籤，一一花名字。小扇翻歌，密圍留客，雲葉翠温羅綺。灔瀲紫金杯重，人倚妝臺微醉。夜和露，翦殘枝，點點花心清淚。

『牙籤』，『牙』字應用仄，此似失檢。

鶯啼序

橫塘棹穿艷錦，引鴛鴦弄水。斷霞晚、笑折花歸，紺紗低護燈蕊。潤玉瘦、冰輕倦浴，斜拖鳳股盤雲墜。聽銀床聲細。梧桐漸覺涼思。　窗隙流光，冉冉迅羽，訴空梁燕子。誤驚起、風竹敲門，故人還又不至。記琅玕、新詩細掐，早陳迹、香痕纖指。怕因循，羅扇恩疏，又生秋意。　西湖舊日，畫舸頻移，嘆幾縈夢寐。霞佩冷，疊瀾不定，麝靄飛雨，乍濕鮫綃，暗盛紅淚。綀單夜共，波心宿處，瓊簫吹月霓裳舞，向明朝、未覺花容悴。嫣香易落，回頭澹碧鎖烟，鏡空畫羅屏裏。　殘蟬度曲，唱徹西園，也感紅怨翠。念省慣、吳宮幽憩。暗柳追涼，曉岸參斜，露零漚起。絲縈寸藕，留連歡事。桃笙頻展湘浪影，有昭華、穠李冰相倚。如今鬢點淒霜，半篋秋詞，恨盈蠹紙。

夢窗詞自張叔夏『不成片段』之論出，耳食者群然和之。余謂夢窗格律之細方駕清真，意境之超，希踪石帚，斷非叔夏所能跂及。《唐多令》一闋，乃夢窗率筆，叔夏以其類己而稱之，非知夢窗者也。

王沂孫

瑣窗寒

趁酒梨花，催詩柳絮，一窗春怨。疏疏過雨，洗盡滿階芳片。數東風、二十四番，幾番誤了西園宴。認小簾朱户，不如飛去，舊巢雙燕。曾見。雙蛾淺。自別後，多應黛痕不展。撲蝶花陰，怕看題詩團扇。試憑他、流水寄情，溯紅不到春更遠。但無聊、病酒厭厭，夜月荼蘼院。

『撲蝶花陰』四字平仄與本調不合，自是誤筆。

金盞子

雨葉吟蟬，露草栖螢，歲華將晚。對静夜無眠，稀星散、時度絳河清淺。甚處畫角淒凉，引輕寒催燕。西樓外，斜月未沈，風急雁行吹斷。此際怎消遣。要相見、除非待夢見。盈盈洞房淚眼，看人似、冷落過秋紈扇。痛惜小院桐陰，空啼鴉零亂。厭厭地，終日爲伊，香愁粉怨。

此與梅溪、夢窗、竹山《金盞子》詞句調互異，蓋各爲一體。

花犯・苔梅

古嬋娟，蒼鬟素靨，盈盈瞰流水。斷魂十里。嘆紺縷飄零，難繫離思。故山歲晚誰堪寄。琅玕聊自倚。謾記我、緑蓑衝雪，孤舟寒浪裏。　三花兩蕊破蒙茸，依依似有恨，明珠輕委。雲卧穩，藍衣正、護春憔悴。羅浮夢、半蟾挂曉，么鳳泠、山中人乍起。又喚取、玉奴歸去，餘香空翠被。

『藍衣』句上三下四，勿誤作七言詩句法。

蔣捷

解連環・岳園牡丹

妒花風惡。吹青陰漲却，亂紅池閣。駐媚景、别有仙葩，遍瓊甃小臺，翠油疏箔。舊日天香，記曾繞、玉奴弦索。自長安路遠，膩紫肥黄，但譜東洛。　天津霽虹似昨。聽鶯柳畔、聽鵑聲度月，春又寥寞。散艷魄、飛入江南，轉湖渺山茫，夢境難托。萬疊花愁，正困倚、鈎闌斜角。待携尊、醉歌醉舞，勸花自樂。

『肥黄』，『肥』字應用仄。

白苧

正春晴，又春泠，雲低欲落。瓊苞未剖，早是東風作惡。旋安排、一雙銀蒜鎮羅幕。幽壑。水生漪，皺嫩緑、潛鱗初躍。愔愔門巷，桃樹紅纔約略。知甚時，霽華烘破青青蕚。憶昨。引蝶花邊，近來重見，身學垂楊瘦削。問小翠眉山，爲誰攢却。斜陽院宇，任蛛絲罥遍，玉箏弦索。户外惟聞，放翦刀聲，深在妝閣。料想裁縫，白苧春衫薄。

此詞依柳詞爲之，而换頭「憶昨」下比柳詞少四字，蓋傳寫脱去。

张炎

高陽臺・西湖春感

接葉巢鶯，平波卷絮，斷橋斜日歸船。能幾番游，看花又是明年。東風且伴薔薇住，到薔薇、春已堪憐。更凄然。萬緑西泠，一抹荒烟。　當年燕子知何處，但苔深韋曲，草暗斜川。見説新愁，如今也到鷗邊。無心再續笙歌夢，掩重門、淺醉閑眠。莫開簾，怕見飛花，怕聽啼鵑。

詞人用韻，自毛澤民輩以鄉音爲之。南渡後，沿訛踵謬，玉田、草窗亦復不免。學者貪圖便易，靡然從風，「真」「青」互施，「先」「覃」并用，其甚者以「魚」叶「支」，以「歌」叶「虞」，從此詞遂無不可通之韻，可嘆也。余於《山中白雲》別擇綦慎，非敢刻求，前人特不欲樂笑，佳製少留瑕玷耳。篇中『簾』字噤口韻，似亦小疵，以此句本可不叶，故存之。

解連環・拜陳西麓墓

句章城郭。問千年往事，幾回歸鶴。嘆貞元、朝士無多，又日冷湖陰，柳邊門鑰。向北來時，無處認、江南花落。縱荷衣未改，病損茂陵，總是離索。　山中故人去却。但碑寒峴首，舊景如昨。悵二喬、空鎖春深，正歌斷簾空，草暗銅雀。楚魄難招，被萬疊、閑雲迷著。料猶是、聽風聽雨，朗吟夜壑。

原注『山中樓扁萬疊雲』。

张翥

玉漏遲

病懷因酒惱。依稀夢裏，吴娃嬌小。金縷歌殘，人去月斜雲杳。怕見棲香燕晚，又怕聽、啼花鶯曉。庭院悄。生衣欲試，風寒猶峭。　窈窕青粉墻低，送影遇秋千，驀然聞笑。半朵棠梨，微露鳳釵紅裊。近日琴心倦寫，更遠信、西沉青鳥。虚負了。花月一春多少。

末句『月』字乃以人作平。

陌上花·使歸閩浙歲暮書懷

關山夢裏，歸來還又、歲華催晚。馬影鷄聲，諳盡倦郵荒館。緑箋密記多情事，一看一回腸斷。待殷勤寄與，舊游鶯燕，水流雲散。　滿羅衫是酒，香痕凝處，唾碧啼紅相半。只恐梅花，瘦倚夜寒誰暖。不成便没相逢日，重整釵鸞箏雁。但何郎，縱有春風詞筆，病懷渾懶。

俗本以『香』字連上『酒』字作六字句，『痕凝』至『相半』作九字句。又，他刻脱去『香』字，以『滿羅衫』爲一句、『是酒痕凝處』爲一句，皆不可從。

水龍吟·聽房自然歌爲賦

春風瓊樹香中，數聲恰似流鶯囀。歌塵飛下，落花起舞，驪珠脱串。豆蔻珠簾，牡丹雪嶺，小桃人面。是自然絶藝，天然書譜，霓裳序，六幺遍。　獨占二分月色，向樽前、幾番曾見。賞音如此，不辭醉墨，爲題紈扇。浪雨閑雲，剩香殘黛，莫論恩怨。看穠華又老，情緣未斷，寄樓中燕。

秦少游《水龍吟》云：『念多情，但有當時皓月，照人依舊。』楊升菴謂當於『皓月照』一拍，『人依舊』一拍，作爲兩三字句。謬矣。而《詞律》於坡公詞又以『細看來不是』爲句，似亦欠穩。古人詞，有十數字一氣貫下，句讀稍異，而聲律無舛者，未可盡拘也。至末句四字，必中二字相連，方爲合格。蜕岩諸作皆然，可謂精而密矣。

心日齋十六家詞録附題

方山憔悴彼何人，蘭畹金荃托興新。絶代風流乾饌子，前生合是楚靈均。

玉樓瑶殿枉回頭，天上人間恨未休。不用流珠詢舊譜，一江春水足千秋。

浣花集寫浣花箋，消得孤篷聽雨眠。顧曲臨川還草草，負他春水碧于天。

雜傳紛紛定幾人，秀才高節抗峨岷。扣舷自唱南鄉子，翻是波斯有逸民。

一庭疏雨善言愁，傭筆荆臺耐薄游。最苦相思留不得，春衫如雪去揚州。

宣華宫本少人知，珠玉傳家有此兒。道得紅羅亭上語，後來惟有小山詞。

淮海風流舊有名，紅梅香韻本天生。痴人不解陳無己，黄九如何得抗衡。

雕瓊鏤玉出新裁，屈宋嫱施衆妙該。他日四明工琢句，瓣香應自慶湖來。

宫調精研字字珠，開山妙手詎容誣。後生學語矜南渡，牙慧能知協律無。

洞天山水寫清音，千古詞壇合鑄金。怪底纖兒誚生硬，野雲無迹本難尋。

長安索米漫欷歔，秘省申呈不負渠。泉底纖綃塵去眼，當時侍從較何如。

月斧吴剛最上層，天機獨繭自繅冰。世人耳食張春水，七寶樓臺見未曾。
碧山才調劇翩翩，風格鄱陽好并肩。姜史姜張饒品目，人間别有藐姑仙。
陽羨鵝籠涕淚多，清辭一卷黍離歌。紅牙彩扇開元句，故國淒凉唤奈何。
但説清空恐未堪，靈機畢竟雅音涵。故家人物滄桑録，老淚禁他鄭所南。
誰把傳燈接宋賢，長街掉臂故超然。雨淋一鶴冲霄去，寂寞騷辭五百年。

録十六家詞，各係一詩。余性好倚聲，此皆平生得力所自輯而録之，取便觀覽，非謂古人佳制盡於是也。

道光癸卯秋仲穉圭周之琦自識

晚香室詞録

卷一

李白

菩薩蠻（平林漠漠烟如織）

憶秦娥（簫聲咽）

戴叔倫

轉應曲（邊草邊草）

白居易

花非花（花非花）

長相思（深畫眉）

温庭筠

南歌子（手裏金鸚鵡）

又（撲蕊添黄子）

又（倭墮低梳髻）

蕃女怨（萬枝香雪開已遍）

又（迹南沙上驚雁起）

訴衷情（鶯語花舞春晝午）

定西番（漢使昔年離別）

又（細雨曉鶯春晚）

思帝鄉（花花滿枝紅似霞）

酒泉子（日映紗窗）

又（楚女不歸）
女冠子（含嬌含笑）
歸國謡（香玉翠鳳寶釵垂）
菩薩蠻（小山重疊金明滅）
又（水晶簾裏玻璃枕）
又（牡丹花謝鶯聲歇）
又（寶函鈿雀金鸂鶒）
又（玉樓明月長相憶）
又（翠翹金縷雙鸂鶒）
又（滿宮明月梨花白）
又（夜來皓月纔當午）
又（竹風輕動庭除冷）
又（玉纖彈處珍珠落）
更漏子（柳絲長）
又（星斗稀）
又（金雀釵）
又（相見稀）
又（玉爐香）

皇甫松

摘得新（酌一卮）
望江南（蘭燼落）

韓偓

生查子（侍女動妝奩）

張曙

浣溪紗（枕障薰爐冷繡幃）

後唐莊宗

一葉落（一葉落）

南唐中主　李璟

攤破浣溪紗（菡萏香消翠葉殘）

又（手捲真珠上玉鈎）

南唐後主　李煜

搗練子（深院静）

相見歡（林花謝了春紅）

又（無言獨上西樓）

浣溪紗（轉燭飄蓬一夢歸）

浪淘沙（簾外雨潺潺）

又（往事只堪哀）

虞美人（春花秋月何時了）

玉樓春（晚妝初了明肌雪）

臨江仙（櫻桃落盡春歸去）

和凝

何滿子（正是破瓜年紀）

又（寫得魚箋無限）

臨江仙（海棠香老春江晚）

韋莊

訴衷情（碧沼紅芳烟雨静）

思帝鄉（雲髻墜）

定西番（挑盡金燈紅穗）

酒泉子（月落星沈）

歸國謠（金翡翠）

菩薩蠻（紅樓別夜堪惆悵）
又（人人盡説江南好）
荷葉杯（絶代佳人難得）
又（記得那年花下）
應天長（緑槐陰裏黄鸝語）
又（別來半歲音書絶）
河傳（何處烟雨）
又（錦浦春女）
又（錦裏蠶市）
小重山（一閉昭陽春又春）

薛昭藴

浣溪紗（江館清秋纜客船）
又（傾國傾城恨有餘）
小重山（春到長門春草青）
離別難（寶馬曉鞴雕鞍）

牛嶠

西溪子（捍撥雙盤金鳳）
望江怨（東風急）
江城子（鵁鶄飛起郡城東）
又（極浦烟銷水鳥飛）
女冠子（緑雲高髻）
又（錦江烟水）
應天長（雙眉淡薄藏心事）

牛希濟

臨江仙（峭壁參差十二峰）

閻選

浣溪紗（寂寞流蘇冷繡茵）

河傳（秋雨秋雨）

歐陽炯

南鄉子（洞口誰家木蘭船）

又（路入南中桄榔葉）

又（袖斂鮫綃采香深）

浣溪紗（落絮殘鶯半日天）

三字令（春欲盡）

獻衷心（見好花顏色）

馮延巳

轉應曲（南浦南浦）

長相思（紅滿枝）

更漏子（金翦刀）

又（夜初長）

喜遷鶯（宿鶯啼）

望江南（去歲迎春樓上月）

又（今日相逢花未發）

張泌

蝴蝶兒（蝴蝶兒）

女冠子（露華烟草）

浣溪紗（馬上凝情憶舊游）

生查子（相見稀）

酒泉子（春雨打窗）

河瀆神（古樹噪寒鴉）

臨江仙（烟收湘渚秋江靜）

王安石

漁家傲（平岸小橋千嶂抱）

千秋歲引（别館寒砧）

晏幾道

浣溪紗（團扇初隨碧簟收）

又（已拆鞦韆不奈閑）

又（翠閣朱闌倚處危）

又（午醉西橋夕未醒）

減字木蘭花（長亭晚送）

菩薩蠻（江南未雪梅花白）

醜奴兒（前歡幾處笙歌地）

更漏子（柳絲長）

阮郎歸（粉痕閑印玉尖纖）

又（來時紅日弄窗紗）

又（舊香殘粉似當初）

又（晚妝長趁景陽鐘）

留春令（畫屏天畔）

浪淘沙（小緑間長紅）

鷓鴣天（一醉醒來春又殘）

又（小玉樓中月上時）

又（題破香箋小研紅）

又（小令尊前見玉簫）

又（曉日迎長歲歲同）

又（當日佳期鵲誤傳）

又（楚女腰肢越女腮）

又（醉拍春衫惜舊香）

又（彩袖殷勤捧玉鍾）

虞美人（曲闌干外天如水）

又(疏梅月下歌金縷)
又(玉簫吹遍烟花路)
玉樓春(風簾向曉寒成陣)
蝶戀花(喜鵲橋成催鳳駕)
又(碧玉高樓臨水住)
十拍子(柳下笙歌庭院)
好女兒(緑遍西池)
又(酌酒殷勤)
洞仙歌(春殘雨過)
六么令(雪殘風信)
滿庭芳(南苑吹花)
泛清波摘遍(催花雨小)

張先

醉垂鞭(雙蝶繡羅裙)

南鄉子(相并細腰身)
又(潮上水清渾)
芳草渡(雙門曉鎖響朱扉)
繫裙腰(清霜蟾照夜雲天〔二〕)
天仙子(水調數聲持酒聽)
碧牡丹(步帳摇紅綺)
謝池春慢(繚墻重院)
卜算子慢(溪山别意)
歸朝歡(聲轉轆轤聞露井)
傾杯樂(飛雲過盡)

秦觀

如夢令(門外鴉啼楊柳)
又(鶯觜啄花紅溜)
踏莎行(霧失樓臺)

晁補之

李之儀

毛滂

王詵

又（蝴蝶滿西園）

傳言玉女（一夜東風）

玉蝴蝶（目斷江南千里）

上林春慢（帽落宮花）

劉涇

夏初臨（泛水新荷）

潘元質

醜奴兒慢（愁春未醒）

倦尋芳（獸鐶半掩）

花心動（啼鳥驚心）

徐伸

二郎神（悶來彈鵲）

李玉

賀新郎（篆縷銷香鼎）

周邦彥

解蹀躞（候館丹楓吹盡）

四園竹（浮雲護月）

早梅芳（花竹深）

埽花游（曉陰翳日）

應天長（條風布暖）

月下笛（小雨收塵）

丁香結（蒼蘚沿階）

繞佛閣（暗塵四斂）

水龍吟·梨花（素肌應怯餘寒）

宴清都（地僻無鐘鼓）

倒犯（霽景、對霜蟾乍升）
花犯（粉墻低）
氐州第一（波落寒汀）
還京樂（禁烟近）
尉遲杯（隋堤路）
西河（佳麗地）
解連環（怨懷誰托〔三〕）
惜餘春慢（水浴清蟾）
霜葉飛（霧迷衰草）
蘭陵王（柳蔭直）
大酺（對宿烟收）
瑞龍吟（章臺路）
浪淘沙慢（曉陰重）
六醜·薔薇謝後作（正單衣試酒）

吕渭老

一落索（蟬帶殘聲移別樹）
惜分釵（重簾挂）
木蘭花慢（石榴花謝了）
望海潮（側寒輕雨）

陳克

謁金門（愁脉脉）
又（柳絲碧）

沈會宗

驀山溪（想伊不住）

沈公述

望南雲慢（木葉輕飛）

蔡伸字伸道

愁倚欄令（天如水）
南鄉子（木落雁南翔）
醜奴兒慢（明眸秀色）
水龍吟（畫橋流水桃溪路）
飛雪滿群山（冰結金壺）
惜餘春慢（雁落平沙）

王庭珪

解珮令（湘江停瑟）

李邴

漢宮春（瀟灑江梅）

劉一正

洞歌仙（細雨輕霧）
夢横塘（浪痕經雨）

趙長卿

臨江仙（過盡征鴻來盡燕）

朱敦儒

相見歡（東風吹盡江梅）
好事近（撥轉釣魚船）
又（失却故山雲）

卷四

祝英臺近（寶釵分）
最高樓（長安道）
聲聲慢（征埃成陣）
永遇樂（千古江山）
摸魚兒（更能消）

范成大

霜天曉角（晚晴風歇）
朝中措（繫船沽酒碧簾坊）
夢玉人引（送行人去）
又（共登臨處）

韓元吉

水龍吟・三峰閣咏英華事（雨餘疊巘浮空）

六州歌頭（東風著意）

張孝祥

六州歌頭（長淮望斷）

袁去華

東坡引（隴頭梅半吐）
長相思（葉舞殷紅）
安公子（弱柳絲千縷[四]）

劉克莊

清平樂（宮腰束素）
又（休彈別鶴）
賀新郎・芍藥（一夢揚州事）

趙彥端

謁金門（休相憶）

水龍吟（春溪漠漠如空）

喜遷鶯（登山臨水）

姜夔

法曲獻仙音（虛閣籠寒）

月下笛（與客攜壺）

念奴嬌（鬧紅一舸）

又·謝人惠竹榻（楚山修竹）

琵琶仙（雙槳來時）

霓裳中序第一（亭皋正望極）

慶春宮（雙槳蒓波）

眉嫵·戲張仲遠（看垂楊連苑）

探春慢·别鄭次皋辛克清姚剛中諸君（衰草愁烟）

一萼紅·丙午人日登長沙定王臺（古城陰）

八歸·湘中送胡德華（芳蓮墜粉）

淡黄柳（空城曉角）

惜紅衣（簟枕邀凉）

凄涼犯（緑楊巷陌秋風起）

長亭怨慢（漸吹盡）

揚州慢（淮左名都）

秋宵吟（古簾空）

湘月（五湖舊約）

翠樓吟（月冷龍沙）

角招（爲春瘦）

徵招（潮回却過西陵浦）

暗香（舊時月色）
疏影（苔枝綴玉）

陸游

洛陽春（滿路游絲飛絮）
南鄉子（歸夢寄吴檣）
臨江仙（鳩雨催成新緑）
釵頭鳳（紅酥手）
滿江紅（危堞朱欄）

張輯

憶王孫（小樓柳色未春深）
長相思（山無情）
謁金門（花半濕）

劉過

西吴曲（説襄陽舊事重省）

程垓

愁倚闌令（山無數）
酷相思（月挂霜林寒欲墜）

趙汝茪

戀繡衾（柳絲空有千萬條）

陸淞

瑞鶴仙（臉霞紅印枕）

卷五

史達祖

燕歸梁（獨卧秋窗桂未香）

戀繡衾（吴梅初試澗谷春）

浪淘沙（一帶古苔墻）

玉樓春・梨花（玉容寂寞誰爲主）

釵頭鳳（春愁遠）

祝英臺近（落花深）

探芳信（謝池曉）

雙雙燕（過春社了）

玉蝴蝶（晚雨未摧宫樹）

三姝媚（烟光摇縹瓦）

東風第一枝・春雪（巧沁蘭心）

又・立春（草脚愁蘇）

又・燈夕（酒館歌雲）

夜合花（柳鎖鶯魂）

換巢鸞鳳（人若梅嬌）

玲瓏四犯（雨入愁邊）

又（闊甚吴天）

壽樓春・尋春服感念（裁春衫尋芳）

齊天樂（闌干只在鷗飛處）

又（鸞鴦拂破蘋花影）

瑞鶴仙（杏烟嬌濕鬢）

花心動（風約簾波）

綺羅香・春雨（做冷欺花）

陽春曲（杏花烟）

秋霽（江水蒼蒼）

八歸（秋江帶雨）

高觀國

霜天曉角（春雲粉色）

又·雙清樓（空濛乍斂）

清平樂（春蕪雨濕）

風入松·聞鄰女吹笛（粉嬌曾隔翠簾看）

水龍吟（舊家心緒如雲）

齊天樂（碧雲闕處無多雨）

喜遷鶯（涼雲歸去）

又·代人吊西湖歌者（歌音凄怨）

吴文英

鷓鴣天（池上紅衣伴倚闌）

夜游宮（人去西樓雁杳）

祝英臺近·除夜立春（翦紅情）

醜奴兒慢·飛翼樓觀雲（東風未起）

滿江紅·澱山湖（雲氣樓臺）

惜秋華（細響殘蛩）

又（露罥蛛絲）

又（思渺西風）

又·送人歸鹽官（數日西風）

尾犯（翠被落紅妝）

燭影搖紅·元夕微雨（碧澹山姿）

又·荷塘生日留京賦以寄意（西子西湖）

倦尋芳（暮帆挂雨）

夢芙蓉·趙昌《芙蓉圖》（西風摇步綺）

三姝媚（吹笙池上道）

新雁過妝樓（夢醒芙蓉）

夜合花（柳暝河橋）

卷六

王沂孫

張炎

蔣捷

卷七

周密

高陽臺（小雨分江）
夜合花·茉莉（月地無塵）
解語花（晴絲罥蝶）
真珠簾·琉璃簾（寶階斜轉春宵翳）
齊天樂·梅花（東風又入江南岸）
水龍吟·白蓮（素鸞飛下青冥）
惜餘春慢（紺玉波寬）

盧祖臯

宴清都（春訊飛瓊管）

陳允平

迎春樂（依依一樹多情柳）
月上海棠（游絲弄晚）
念奴嬌·賦水仙（漢江露冷）

孫惟信

風流子（三疊古陽關）

湯恢

倦尋芳（餳簫吹暖）
二郎神（瑣窗睡起）

楊纘

被花惱（疏疏宿雨釀寒輕）

史隽之

望海潮（危岑孤秀）

馮艾子字偉壽

春雲怨（春風惡劣）

春風裊娜（被梁間雙燕）

丁宥

水龍吟（雁風吹裂雲痕）

李肩吾

風流子（雙燕立虹梁）

王易簡

天香・龍涎香（烟嶠收痕）

齊天樂（宮烟曉散春如霧）

又・蟬（碧雲深鎖齊姬恨）

水龍吟・白蓮（翠裳微護冰肌）

摸魚兒・蒓二首（怪鮫宮）

又（過湘皋）

唐藝孫

天香・龍涎香（螺甲磨星）

桂枝香・蟹（收帆渡口）

齊天樂・蟬（柳風微扇閑池閣）

李居仁

天香・龍涎香（瀛嶠浮烟）

陳恕可

桂枝香・蟹（西風故園）

齊天樂・蟬二首（碧柯摇曳聲何許）

又（蜕仙飛珮流空遠）

唐珏

桂枝香·蟹（松江舍北）

齊天樂·蟬（蜕痕初染仙莖露）

摸魚兒·蒓（漸滄浪）

呂同老

天香·龍涎香（冰片镕肌）

桂枝香·蟹（松江岸側）

趙聞禮字立之

水龍吟·水仙花（幾年種玉藍田）

何夢桂

憶秦娥（傷離別）

喜遷鶯（留春不住）

劉辰翁

寶鼎現·丁酉元夕（紅妝春騎）

鄧剡

浪淘沙（疏雨洗天清）

僧揮

訴衷情（楚江南岸小青樓）

又（鍾山影裏看樓臺）

李清照

如夢令（昨夜雨疏風驟）

浪淘沙（簾外五更風）

鳳凰臺上憶吹簫（香冷金猊）

念奴嬌（蕭條庭院）

阮氏阮逸女

花心動（仙苑春濃小桃開）

朱淑真

生查子（去年元夜時）

眼兒媚（遲遲風日弄輕柔）

江城子（斜風細雨作春寒）

無名氏

九張機（一張機，采桑陌上試春衣）

又（三張機，吴蠶已老燕雛飛）

又（四張機，咿啞聲裏暗顰眉）

又（五張機，横紋織就沈郎詩）

又（六張機，行行都是耍花兒）

又（八張機，回紋知是阿誰詩）

又（九張機，雙花雙葉又雙枝）

眉峰碧（蹙破眉峰碧）

江亭怨（簾卷曲闌獨倚江）

鷓鴣天（宣德樓前雪未融）

又（九陌游人起暗塵）

又（真個親曾見太平）

撲蝴蝶（烟條雨葉）

洞仙歌（斷雲疏雨）

魚游春水（秦樓東風裏）

卷八

吳激

人月圓（南朝千古傷心地）

春從天上來（海角飄零）

蔡松年

石州慢・高麗使還日作（雲海蓬萊）

尉遲杯（紫雲暖）

趙可

望海潮（雲垂餘髮）

王特起

喜遷鶯（東樓歡宴）

又・題郝仙女廟壁（汀州蘋滿）

鄧千江

望海潮（雲雷天塹）

折元禮

望海潮（地雄河岳）

韓玉字温甫

番槍子（莫把團扇雙鸞隔）

段成巳

臨江仙（走遍人間無一事）

元好問

江月晃重山（塞上秋風鼓角）

鷓鴣天（候館燈昏雨送凉）

　又（百轉流鶯出畫籠）

臨江仙（自笑此身無定著）

江城子（旗亭誰唱渭城詩）

最高樓（商於路山）

滿江紅（枕上吴山）

　又（一枕餘酲）

摸魚兒（問世間情是何物）

　又（問蓮根有絲多少）

仇遠

八犯玉交枝・招寶山觀月上（滄島雲連）

楊果

摸魚兒・同遺山賦雁邱（悵年年）

李治

摸魚兒・和元遺山雁邱（雁雙雙）

　又・和遺山并蒂蓮（爲多情）

王惲

春從天上來・見故宮人感賦（羅綺深宮）

六州歌頭・孤山尋梅（孤山歲晚）

【校記】

〔一〕清，《全宋詞》作『惜』。

〔二〕原，《全宋詞》作『清』。

〔三〕誰，《全宋詞》作『無』。

〔四〕千，《全宋詞》在『絲』前。

〔五〕元，应作『玄』，此當爲避康熙讳。

周之琦評語

卷一

韋莊

菩薩蠻

人人盡説江南好，游人只合江南老。春水碧於天，畫船聽雨眠。　壚邊人似月，皓腕凝霜雪。未老莫還鄉，還鄉須斷腸。

按：湯義仍於『春水』二句評云：『江南好，只如此耶？』此語鶻突太甚。玉茗精於製曲，闇於填詞，如以柳七之『曉風殘月』斤斤與飛卿詞較量高下，均可謂不知味者矣。

卷二

張先

繫裙腰

清霜蟾照夜雲天。朦朧影、畫勾闌。人情縱似長情月，算一年年。又能得、幾回圓。　欲寄西江題葉字。流不到、五亭前。東池始有荷新緑，尚小如錢。何日藕、幾時蓮。

按：舊刻『何日』上有『問』字。《詞律》云：『「問」字係誤多者，此句宜與前段「又能得」句同。』愚謂去『問』字，則句意更峭，萬説爲是。

卷三

晁沖之

感皇恩

蝴蝶滿西園，啼鶯無數。水閣橋南路。凝佇。兩行烟柳，吹落一池風絮。秋千斜挂起，人何處。

把酒勸君，愁莫訴。留取笙歌住。休去。幾多春色，怎禁許多風雨。海棠花謝也，君知否。

按：此比前詞多『路』、『住』二韻，與賀方回作同。方回則於『起』、『也』二字亦用韻。

劉涇

夏初臨

泛水新荷，舞風輕燕，園林夏日初長。庭樹陰濃，雛鶯學弄新簧。小橋飛入横塘。跨青蘋、緑藻幽香。朱闌斜倚，霜紈未摇，衣袂先凉。歌歡稀遇，怨別多同，路遥水遠，烟淡梅黄。輕衫短帽，相攜洞府流觴。况有紅妝。醉歸來、寶蠟成行。拂牙床。紗幮半開，月在迴廊。

按：此詞沈天羽謂『飛』字下脱『蓋』字。《詞律》取其説。然洪平齋作於此句只六字。且『飛蓋入横塘』義亦未通。

周邦彦

月下笛

小雨收塵，凉蟾瑩徹，水光浮璧。誰知怨抑。静倚官橋吹笛。映宫墻、風葉亂飛，品高調側人未識。想開元舊譜，柯亭遺韻，盡傳胸臆。闌干四繞，聽折柳徘徊，數聲終拍。寒燈陋室，最感平陽孤客。夜沉沉、雁啼正哀。片雲盡卷清漏滴。黯凝魂，但覺龍吟萬壑天籟息。

按：此詞或言是以《瑣窗寒》調賦《月下吹笛》，傳寫脱去調名，以致訛誤。如《解連環》之爲《望梅》，《無悶》之爲《催雪》也。然此詞换頭及末句，實與《瑣窗寒》各别。彼特見白石、玉田《月下笛》與此較異，故有此論。但姜、張詞亦有互異處，豈能比而同之。善夫！萬紅友之言：學吴則依吴，學史則依史。正不必曲爲穿鑿耳。

霜葉飛

霧迷衰草。疏星挂，凉蟾低下林表。素娥青女鬥嬋娟，正倍添凄悄。漸颯颯、丹楓撼曉。横天雲浪魚鱗小。見皓月相看，又透入、清輝半晌，特地留照。　迢遞望極關山，波穿千里，度日如歲難到。鳳樓今夜聽秋風，奈五更愁抱。想玉匣、哀弦閉了。無心重理相思調。念故人、牽離恨，屏掩孤顰，淚流多少。

按：首句『草』字起韻，宋名作皆然。《詞律》以《圖譜》注韻爲誤，殆不可解。《圖譜》不足道。然以此訾之，則過矣。

卷四

姜夔

霓裳中序第一

丙午歲，留長沙。登祝融。因得其祠神之曲，曰《黄帝鹽》、《蘇合香》。又於樂工故書中得商調《霓裳曲》十八闋，皆虚譜無辭。音節閑雅，不類今曲。予不暇盡作。作《中序》一闋傳於世。予方羈游，感此古音，不自知其辭之怨抑也。

亭皋正望極，亂落江蓮歸未得。多病却無氣力，况紈扇漸疏，羅衣初索。流光過隙，嘆杏梁雙燕如客。人何在。一簾淡月，仿佛照顔色。　幽寂，亂蛩吟壁，動庾信清愁似織。沈思年少浪迹，笛裏關山，柳下坊陌。墜紅無信息，漫暗水、涓涓溜碧。漂零久，而今何意，醉卧酒壚側。

按：此調雖非白石自製，而詞則創自白石。至《徵招》、《角招》，則白石自度曲也。《詞律》不引姜詞爲式，其所引草窗、虚齋等詞，皆不滿人意。蓋由紅友未見白石全集耳。

湘月

長溪楊聲伯約予與趙景魯、景望，蕭和父、裕父、時父、恭父大舟浮湘，放乎中流，山水空寒，烟月交映，凄然其爲秋也。予度此曲，即《念奴嬌》之鬲指聲，於雙調中吹之。鬲指亦謂之『過腔』，凡能吹竹者，便能過腔也。

五湖舊約，問經年底事，長負清景。瞑入西山，漸喚我、一葉夷猶乘興。倦網都收，歸禽時度，月上汀洲冷。中流容與，畫橈不點清鏡。　誰解喚起湘靈，烟鬟霧鬟，理哀弦鴻陣。玉塵談玄，嘆坐客、多少風流名勝。暗柳蕭蕭，飛星冉冉，夜久知秋信。鱸魚應好，舊家樂事誰省。

按：萬紅友有言，今人不曉宫調，亦不知鬲指爲何義。填《湘月》即仍是填《念奴嬌》，故不另列一體。愚謂此論似是而非。二調句讀聲響皆有不同。深於詞者，當能辨之。

角招

甲寅春，予與俞商卿燕游西湖，觀梅於孤山之西村，玉雪照映，吹香薄人。已而商卿歸吴興，予獨來，則山横春烟，新柳被水，游人容與飛花中。悵然有懷，作此寄之。商卿善歌聲，稍以儒雅緣飾。予每自度曲，吟洞簫，商卿輒歌而和之，極有山林縹緲之思。今予離憂，商卿一行作吏，殆無復此樂矣。

爲春瘦。何堪更繞西湖。盡是垂柳。自看烟外岫。記得與君，湖上携手。君歸未久。早亂落、香紅千畝。一葉凌波縹緲，過三十六離宮，遣游人回首。　猶有。畫船障袖。青樓倚扇，相映人争秀。翠翹光欲溜。愛著宫黄，而今時候。傷春似舊。蕩一點、春心如酒。寫入吴絲自奏。問誰識、曲中心，花前友。

按：『離宫』句，以『過』字領起，以『三十六』三字連讀，句法攲側可愛。《詞律》引趙虚齋詞爲式，脱誤既多。此句作『風流舊日何郎』亦未合拍。此亦萬氏疏處。

又按：『一葉』句，應叶。吾友陳伯鴻謂『緲』字是借韻，信然。

張輯

謁金門

花半濕。睡起一簾晴色。千里江南真咫尺。醉中歸夢直。　前度蘭舟送客。雙鯉沈沈消息。樓外垂楊如此碧。問春來幾日。

按：末句五字，上二下三，若『春來』連讀，則《好事近》煞語矣。

卷五

史達祖

玲瓏四犯

闊甚吴天，頓放得、江南離緒多少。一雨爲秋，凉氣小窗先到。輕夢聽徹風蒲，又散入、楚空清曉。問世間、情在何處，不離淡烟衰草。　簟紋獨浸芙蓉影，想凄凄、欠郎偎抱。即今卧得雲衣冷，山月仍相照。方悔翠袖，易分難聚，有玉香花笑。待雁來、先寄新詞歸去，且教知道。

按：『不離』之『離』，應讀去聲韻。會『離』，力智切，《廣韻》去也。

吴文英

惜秋華

思渺西風，悵行踪、浪逐南飛高雁。怯上翠微，危樓更堪憑晚。蓬萊對起幽雲，澹野色山容愁卷，清淺。瞰滄波、静銜秋痕一綫。　十載寄吴苑。慣東籬深處，把露黄偷翦。移暮影照越鏡、意銷香斷。秋娥賦得閑情，倚翠尊、小眉初展。深勸。待明朝、醉巾重岸。

按：舊刻『慣東籬深處，把露黄偷翦』，比别作多一字。故《詞律》另列九十四字體。愚謂『把』字衍文，疑惑俗手所增。删此字，恰得夢窗真面目。

齊天樂

烟波桃葉西陵路，十年斷魂潮尾。古柳重攀，輕鷗驟别，陳迹危亭獨倚。凉颸乍起，渺烟磧飛帆，暮山横翠。但有江花，共臨秋鏡照憔悴。　華堂燭暗送客，眼波回盼處，芳艷流水。素骨凝冰，柔葱蘸雪，猶憶分瓜深意。清尊未洗。夢不濕行雲，漫沾殘淚。可惜秋宵，亂蛩疏雨裏。

按：此調諸名家皆用去上煞。此用兩上聲，不宜學。

喜遷鶯·同丁基仲過希道家看牡丹

凡塵流水。正春在、絳闕瑶階十二。暖日明霞，天香盤錦，低映曉光梳洗。故苑浣花沈恨，化作妖紅斜紫。困無力，倚闌干，還倩東風扶起。　公子。留意處，羅蓋牙籤，一一花名字。小扇翻歌，密圍留客，雲葉翠温羅綺。灧瀲紫金杯重，人倚妝臺微醉。夜和露，翦殘枝，點點花心清淚。

按：『牙籤』，『牙』字，諸名家均用仄，即夢窗别作，亦皆用仄。此似失檢。

澡蘭香・淮安重午

盤絲繫腕，巧篆垂簪，玉隱紺紗睡覺。銀瓶露井，彩箑雲窗，往事少年依約。爲當時曾寫榴裙，傷心紅綃褪萼。黍夢光陰，漸老汀洲烟蒟。　莫唱江南古調，怨抑難招，楚江沈魄。薰風燕乳，暗雨梅黃，午鏡澡蘭簾幕。念秦樓也擬人歸，應翦菖蒲自酌。但悵望、一縷新蟾，隨人天角。

按：『魄』字是借韻。美成《大酺》以『國』叶『屋』，白石《疏影》以『北』叶『玉』，皆然。

秋思耗

堆枕香鬟側。驟夜聲、偏稱畫屏秋色。風碎串珠，潤侵歌板，愁壓眉窄。動羅箑清商，寸心低訴敘怨抑。映夢窗，零亂碧。待漲緑春深，落花香泛，料有斷紅流處，暗題相憶。　歡酌。檐花細滴。送故人、粉黛重飾。漏侵瓊瑟。丁東敲斷，弄情月白。怕一曲、霓裳未終，催去驂鳳翼。嘆謝客、猶未識。漫瘦却東陽，燈前無夢到得。路隔重雲雁北。

按：『謝客』，『客』字，或言是叶韻。《詞律》非之，是也。然《詞律》於『到得』『得』字不注叶，恐亦未允。

鸞啼序・咏荷和韻

横塘棹穿艷錦，引鴛鴦弄水。斷霞晚、笑折花歸，紺紗低護燈蕊。潤玉瘦、冰輕倦浴，斜拖鳳股盤雲墜。聽銀床聲細。梧桐漸覺涼思。　窗隙流光，冉冉迅羽，訴空梁燕子。誤驚起、風竹敲門，故人還又不至。記琅玕、新詩細掐，早陳迹、香痕纖指。怕因循，羅扇恩疏，又生秋意。

西湖舊日，畫舸頻移，嘆幾縈夢寐。霞佩冷，疊瀾不定，麝靄飛雨，乍濕鮫綃，暗盛紅淚。綀單夜共，波心宿處，瓊簫吹月霓裳舞，向明朝、未覺花容悴。嫣香易落，回頭澹碧銷烟，鏡空畫羅屏裏。　殘蟬度曲，唱徹西園，也感紅怨翠。念省慣、吴宫幽憩。暗柳追涼，曉岸參斜，露零漚起。絲牽寸藕，留連歡事。桃笙頻展湘浪影，有昭華、穠李冰相倚。如今鬢點淒霜，半篋秋詞，恨盈蠹紙。

按：　夢窗詞自叔夏『拆碎下來，不成片段』之論出，於是後之耳食者皆以爲夢窗不可學。愚謂夢窗格律之細，方駕清真；　句意之超，比踪石帚，未易以淺見窺測也。昔沈伯時有言『余癸卯識夢窗，因講論作詞之法，然後知詞難於詩。蓋音律欲其協，不協則成長短之詩。下字欲其雅，不雅則近乎纏令之體。措語不可太露，露則直突而無深長之味。發意不可太高，高則狂怪而失柔婉之旨』云云。觀此則夢窗之詞，可知矣。

卷六

王沂孫

花犯・苔梅

古嬋娟，蒼鬟素靨，盈盈瞰流水。斷魂十里。嘆紺縷飄零，難系離思。故山歲晚誰堪寄。琅玕聊自倚。謾記我、緑蓑衝雪，孤舟寒浪裏。　三花兩蕊破蒙茸，依依似有恨，明珠輕委。雲臥穩，藍衣正、護春憔悴。羅浮夢、半蟾挂曉，么鳳冷、山中人乍起。又喚取、玉奴歸去，餘香空翠被。

按：『藍衣』句，美成、夢窗諸家皆上三下四，如『青苔上、旋看飛墜』之類是也。此用七言詩句法，或可不拘。惟《詞律》引此詞，於『正』字旁注句，似仍以周、吴句法例之。竊謂『正』字注句，終屬牽强。《詞律》一洗向來陋説，有功於詞學甚巨。然疏處時復不免間參管見，要亦責備賢者之義，非於萬氏有所不足也。

張炎

高陽臺

接葉巢鶯，平波卷絮，斷橋斜日歸船。能幾番游，看花又是明年。東風且伴薔薇住，到薔薇、春已堪憐。更凄然。萬緑西泠，一抹荒烟。　當年燕子知何處，但苔深韋曲，草暗斜川。見説新愁，如今也到鷗邊。無心再續笙歌夢，掩重門、淺醉閑眠。莫開簾，怕見飛花，怕聽啼鵑。

按：玉田詞用韻最濫，甚至『真』、『侵』、『庚』、『青』，互見於一闋中。求之片玉、白石，諸大家從無此例。無怪學《山中白雲》者，多流入率易一路也。此詞『莫開簾』句，本可不叶，似尚無害，然前段『凄然』用韻，則『簾』字終屬微疵。

蔣捷

解連環·岳園牡丹

妒花風惡。吹青陰漲却，亂紅池閣。駐媚景、别有仙葩，遍瓊甃小臺，翠油疏箔。舊日天香，記曾繞、玉奴弦索。自長安路遠，膩紫肥黄，但譜東洛。　天津霽虹似昨。聽鵑聲度月，春又寥寞。散艷魄、飛入江南，轉湖渺山茫，夢境難托。萬疊花愁，正困倚、鈎闌斜角。待携尊、醉歌醉舞，勸花自樂。

按：『膩紫肥黄』，『肥』字，諸名家無用平者，此似欠酌。

白苧

正春晴，又春冷，雲低欲落。瓊苞未剖，早是東風作惡。旋安排、一雙銀蒜鎮羅幕。幽壑。水生漪，皺嫩緑、潛鱗初躍。愔愔門巷，桃樹紅纔約略。知甚時，霽華烘破青青萼。憶昨。引蝶花邊，近來重見，身學垂楊瘦削。問小翠眉山，爲誰攢却。斜陽院宇，任蛛絲罥遍，玉筝弦索。户外惟聞，放翦刀聲，深在妝閣。料想裁縫，白苧春衫薄。

按：耆卿《白苧》詞换頭云：『追昔燕然畫角，寶蕎珊瑚。』是時丞相虚作『銀城换得』，比蔣詞多『燕然畫角』四字。查蔣詞與柳詞，通體無一不合，不應獨少此句，疑向來傳寫遺落耳。竊意『引蝶』句上著對偶四字，於本調體格似更相稱。

卷七

湯恢

倦尋芳

餳簫吹暖，蠟燭分烟，春思無限。風到楝花，二十四番吹遍。烟濕濃堆楊柳色，晝長閑墜梨花片。悄簾櫳，聽幽禽對語，分明如翦。　記舊日、西湖行樂，載酒尋春，十里塵軟。背後腰肢，仿佛畫圖曾見。宿粉殘香隨夢冷，落花流水和天遠。但如今，病厭厭，海棠池館。

按：此詞意致清婉而聲律較疏。『楝』字用仄，尤誤。潘元質、吴夢窗諸作可證也。

丁宥

水龍吟

雁風吹裂雲痕，小樓一縷斜陽影。殘蟬抱柳，寒蛩入户，凄音忍聽。愁不禁秋，夢還驚客，青燈孤枕。未更深，早是梧桐泣露，那更度、蘭宵永。　空嘆銀屏金井。醉鄉醒、温柔鄉冷。征塵卷撲，閑花謾舞，何心管領。葱指冰弦，蕙懷春錦，楚梅風韻。悵芙蓉城杳，藍雲依黯，鎖巫峰暝。

按：此詞『葱指冰弦，蕙懷春錦』，又云『悵芙蓉城杳』，當是悼其側室而作。觀夢窗語可證。

王易簡

摸魚兒・蒓

過湘皋、碧龍驚起，冰涎猶護髯影。春洲未有菱歌伴，獨占暮烟千頃。呼短艇。試翦取纖條，玉溜青絲瑩。尊前細認。似水面新荷，波心半掩，點點翠鈿浄。　凄凉味，酪乳那堪比并。吴鹽一箸秋冷。當時不爲鱸魚去，聊爾動渠歸興。還記省。是幾度西風，幾度吹愁醒。鷗昏鷺暝。謾換得霜痕，蕭蕭兩鬢，羞與共秋鏡。

按：此詞《樂府補題》佚撰人名。《歷代詩餘》及《詞綜》皆作可竹，今從之。

吕同老

桂枝香・蟹

松江岸側。正亂葉墜紅，殘浪收碧。猶記燈寒暗聚，籪疏輕入。休嫌郭索尊前笑，且開顔、共傾芳液。翠橙絲霧，玉葱浣雪，嫩黄初擘。　自那日、新詩换得。又幾度相逢，落潮秋色。常是籬邊早菊，慰渠岑寂。如今謾有江山興，更誰憐、草泥踪迹。但將身世，浮沈醉鄉，舊游休憶。

按：『醉鄉』二字，平仄與他詞不合，惟元張仲舉《賞桂》詞末句云『招魂不來，漫歌遺曲』，與此同。

何夢桂

喜遷鶯

留春不住。又早是清明，楊花飛絮。杜宇聲聲，黄昏庭院，那更半簾風雨。勸春且休歸去。芳草天涯無路。悄無語。倚闌干立盡，落紅無數。　誰訴。長門事，記得當年，曾趁梨園舞。霓羽香消，梁州聲歇，昨夢轉頭今古。金屋玉樓何在，尚有花鈿塵土。君不顧。怕傷心，休上危樓高處。

按：『清明』之『清』，『當年』之『當』，皆應用仄。此率筆，不可爲法。

李清照

愚按：《醉花陰》『簾卷西風』爲易安傳作，其實尋常語耳。其『尋尋覓覓』一首，《鶴林玉露》及《貴耳集》皆盛稱之，惟海寧許蒿廬謂其頗帶傖氣，可爲知言。

無名氏

江亭怨

簾卷曲闌獨倚，江展暮雲無際。淚眼不曾晴，家在吴頭楚尾。　數點落花亂委，撲鹿沙鷗驚起。詩句欲成時，没入蒼烟叢裏。

按：舊説黄魯直登荆州亭，見柱間有此詞，夜夢一女子云有感而作。魯直驚寤曰：『必吴城小龍女也。』余謂興到留題，不書名氏，事所恒有。何必求其人以實之？此蓋涪翁寤語耳。

卷八

張翥

玉漏遲

病懷因酒惱。依稀夢裏，吴娃嬌小。金縷歌殘，人去月斜雲杳。怕見栖香燕晚，又怕聽、啼花鶯曉。庭院悄。生衣欲試，風寒猶峭。　窈窕青粉墻低，送影遇秋千，驀然間笑。半朵棠梨，微露鳳釵紅裊。近日琴心倦寫，更遠信、西沈青鳥。虛負了。花月一春多少。

按：末句上二字無用仄者，此詞『月』字乃以入作平。

陌上花

關山夢裏，歸來還又、歲華催晚。馬影鷄聲，諳盡倦郵荒館。緑箋密記多情事，一看一回腸斷。待殷勤寄與，舊游鶯燕，水流雲散。　滿羅衫是酒，香痕凝處，唾碧啼紅相半。只恐梅花，瘦倚夜寒誰暖。不成便没相逢日，重整釵鸞箏雁。但何郎，縱有春風詞筆，病懷渾懶。

按：《圖譜》以『香』字連上『酒』字作六字，『痕凝』至『相半』作九字。《詞律》已正其誤。余見他刻，且有删去『香』字以『滿羅衫』爲一句，『是酒痕凝處』爲一句，其謬愈甚，真紅友所謂『苦苦要將好詞讀壞』者。

附録一

北涇草堂集序

戊寅長至前數日，風雪向晦，有款門而入者，則吾師陳浦雲先生令似伯鴻，自越中不遠三千里訪之琦於京師。且出先生遺稿，以畀於之琦曰：『此先人志也。』嗚呼！之琦從先生游，始於丙辰之秋，中間先生客懷、客許、客洛，又以試事往來南北，計之琦侍杖履、奉教督，歲不過數月。顧先生於門下士，獨以之琦爲可語。嘗贈以詩扇，有『側身親大雅，垂涕念先型？』之句。又云：『異時懷袖出入，顧勿忘僕之相期在遠大也。』循省遺言，輒復墮淚。先生以辛酉就醫南歸，明年終於會稽花涇里居，距伯鴻入都之歲已十有七稔矣。先生於學靡弗通，襟抱簡遠，有魏晋間意。然恒苦疢疾，朝芃暮術，與饔飧俱。爲制舉文，又不屑於有司之繩尺，以是屢困省試，卒齎志以歿。遺稿無次第，稍稍編排，厘卷爲八，謹校而授之梓，邪觀群制，雋雅清峭，觸撥如志，世自有賞音者矣。先生臨歿，爲詩一章，以寄汴中友人。原稿未載，并録於此：『誰云形色礙空虛，歸路飄然雲氣扶。已識莊生蝶化易，不知橘叟奕終無。舊游洛下看花隔，好友天涯把酒孤。三十九年塵限滿，欲從何處見新吾。』

道光三年仲春之月，受業周之琦拜識於成都官署之劍南室

清故江西信豐縣知縣小谷武君墓志銘

年愚弟周之琦拜撰

嗚呼！積善之家必有餘慶。斯言也，聖人采之以翊大易，豈不諒哉！然而退之、子厚諸君，往復論説，曲致其然，疑若以爲此亦何足深恃者，豈信道之未篤而爲是紛紛歟？抑天果有時而不可測歟？以吾觀於武君，然後嘆斯言之終無以易也。

武君諱穆淳，字小谷，偃師人，故經師循吏山東博山知縣武先生億之子也。以先生經學之精，則爲子難；以先生循行之卓，則爲子難。既盡通其經説，而又克劭其治行，雖起先生於九京，豈敢爲是求全於造物者？乃造物特假先生一家授受，以興起一世之善人君子，而釋韓、柳千古之疑，遂不惜全以畀之而無所復吝。嗚呼盛矣！

武氏故山東聊城人，遷河内，再遷偃師。君曾祖朝龍，隱德不耀。祖紹周，始以進士起家，官至吏部侍郎中。武先生娶於吕實，生君。君以副榜貢生中式嘉慶十二年本省舉人，二十二年大挑一等，發江西以知縣試用，累權吉水、龍泉、樂平、萬載、豐城六縣，一充鄉試同考官。君之爲縣，首以聽訟爲務，既平數大獄，民信之矣。然後爲之興水利，設講院，使農勤於耕，士勤於學，以期馴至於康樂和親，而刑漸以措，故所至輒見德。其後補永新、調信豐，皆用此爲治。既殁，數縣之民争欲立祠以祀君，此豈政令期會所可致耶？嗚呼！可以觀君矣。

道光十二年，余奉命巡撫江西，既嘗相知於君父子之間，喜共事一方，將論列治行以聞於上，而君乃不及待。此誠於君無所輕重加損，而余之致惜於君者，為無窮期也。君所著書多未畢，業藁藏於家，後之人當有爲君竟其志者，其決事具孤子所述行狀，皆人所不易察覺，而君得其情不勞。其卒以十二年五月二十六日，年六十有一。配孺人李氏。丈夫子三：耒(選拔貢生)、藻、采；女子子二，并適士族。耒將奉喪歸葬，來請墓石之辭，余亦欲藉君以大伸善慶之説，故不辭也。

銘曰：著書未成，而行之以身；仕官不顯，而澤已及民。芒山之麓，洛川之濱，是父是子，是爲德門。我銘不嘩，以諗其後昆。

附録二

穉圭府君年譜

周汝筠、周汝策編

嗚呼痛哉！府君竟弃不孝等而長逝耶。痛惟府君禀賦素厚，雖因濕致腿患，然末疾無礙本原。不孝汝筠服官江右，深以府君康健爲幸，并竊計隔歲甲子重賦鹿鳴，必可歸侍承歡。詎意忽得淋證，漸發益劇，罹此鞠凶。

嗚呼痛哉！伏念府君經濟文章，躬行實踐，一生行趨規步，而絶無迂拘之迹，并且廉而不刻，介而自和。在京待師長盡敬而從無干請；在外與京師知交，問遺從無囑托；在籍養痾，絶不稍預外事。凡所遇合，皆由真能知己。自爲翰林時，即極爲前大學士德州盧文肅公所推重。而前大學士歙縣曹文正公則待以國士，嘗擬以京察保薦外任，府君親往辭之。時文正先他出，未遇，就同巷陶公鳧薌宅坐以待。詢問何事謁曹相國，府君以辭京察答。陶公訝，謂：『人求京察不得，君乃辭京察何耶？』府君曰：『自視非外任材耳。』曹文正又嘗語人：『纂修館書，總裁常以訛舛受過，每逢進書，輒疑慮，夜不成寐。』至遇府君進書，則坦然安寢也。但辭京察，仍授外任，或謂曹文正密保，嗣聞之蔣公勵堂，始知因。成廟御極面諭曹文正保薦堪以任用之員，文正退，疏數人姓名，未注考語，意俟進呈時必奉諭詢，當面奏各員任用所宜。及至呈單，并未奉諭詢也，所保數人，俱授外任。

道光初元，以翰林侍講蒙特恩擢官蜀中。嗣由監司薦升浙臬、粵藩，皆卓著政聲。歷任封圻，興廢舉墜，勤恤民隱，整肅官常。江西則數遇水旱偏灾，極力斡旋，有某紀事詩三章，皆紀實也。湖北則力除弊政，極洽民心。辛丑仲夏，馳驛赴粵，道經武昌，居民扶老携幼，隨輿瞻送。黄陂金殿珊侍御云：『我夫子德政，固浹入肌髓。又值後政襯托，是以百姓之想念我夫子若此。』及抵桂林，駭見一切廢弛，大非十年前情形，極力整飭，漸有起色。詎因濕氣致患腿疾，日益加甚，奏請開缺。調理家居，以讀經史爲事。而讀史尤喜《漢書》。日恒手不釋卷，嘗默誦《四子書論》。不孝汝策曰：『人能熟讀《論語》，自終身用之不盡。』又因不孝汝策弱冠以前，躁於科名，并喜談兵，府君以兵者凶事，豈可輕談，特舉七國時趙括爲戒，并諭云：『我家自祖宗以來皆以讀書爲業，所以傳家長久，汝但專志讀書，立身行事不愧於書，方成爲讀書人。至於科第功名，自有定數也。』

府君詩、古、時藝，靡不純粹以精。然以此特試藝，不甚重之。著作極富，率多散軼，僅有《珠巢存課》一册，及散存若干首。惟於製詞最爲專精，自得萬陽羨《詞律》，愈益精進。久之，復別有神悟。程公春海謂府君詞『聲律精嚴，爲詞家第一』。又謂府君詞『純是起承轉合，竟可作詞中八股』。府君極以爲知言。戚屬贈楹帖有『詞場推老宿，《金梁》一册，即論餘事亦傳人』之句，誠非泛作挽語。府君著有《金梁夢月詞》、《懷夢詞》、《鴻雪詞》、《退菴詞》，合爲《心日齋詞集》。其選録前人者有《十六家詞》、《飲水詞附劉公芙初詞》，合爲《心日齋詞選》，《飲水詞》尚未付剞劂氏，餘俱鋟版。

惟不孝等，幼從府君受書，不知家事。稍長，則就家塾，亦不與聞外事。今欲叙述行事以展哀思，不能得其萬一，祇可將《心日齋詞集》、《珠巢存課》、《心日齋詞選》彙裝成帙，并謹就不孝等所及見聞，與夫族中尊長及戚屬所稱述者，按年詮次如左，用備國史采擇。惟冀當世有道君子，錫之志銘，以光泉壤。不孝等世世子孫感且不朽。

不孝孤哀子周汝筠、策泣血稽顙

謹賜進士出身誥授光禄大夫工部尚書實録館副總裁加三級姻世愚弟李菡頓首拜填諱

賜進士出身誥授振威將軍兵部侍郎兼都察院右副都御史巡撫廣西等處地方提督軍務兼理糧餉兼節制通省兵馬銜顯考穉圭府君年譜

府君姓周氏諱之琦，字穉圭。河南祥符縣人。家譜始祖公紹公諱晉卿，仕宋，初以經明行修爲廬陵訓導，扈駕南遷，改紹興訓導，秩滿，遂居紹興府學前東仰坊。八傳至明會稽庠生武功公諱駿，是爲府君高祖，配沈太君、章太君。生羽皇公諱士鳳，是爲府君曾祖，配邱夫人。生候補通判燦如公諱文渙，自會稽遷居祥符，是爲府君大父，配倪夫人、邵夫人。生伯元公諱世績，乾隆乙酉科解元，辛丑科進士，任福建崇安縣知縣，是爲府君父，配邵夫人。

陳太夫人自羽皇公、燦如公二代，先以府君仲父仲啓公諱世紹，陝西興安府知府，贈朝議大夫，配皆贈恭人。嗣以府君任江西巡撫兼提督，恭逢孝慈睿皇后六旬萬壽覃恩，贈振威將軍，配皆贈一品夫人。伯元公誥贈振威將軍，配邵夫人誥贈一品夫人，陳太夫人誥封一品太夫人。伯元公生子二、女一，伯父廣東即用知縣，以府君江西巡撫本銜貤贈資政大夫次珩公諱之瑀，乾隆甲午生，居長。府君居次。姑母乾隆丁酉生。

乾隆四十七年壬寅（一七八二）　一歲

是年七月初七日寅時，府君生。

乾隆四十八年癸卯（一七八三） 二歲

是年出痘，極稀。

乾隆四十九年甲辰（一七八四） 三歲

乾隆五十年乙巳（一七八五） 四歲

府君幼聰穎，極爲大父、大母隨所鍾愛。是年夏，夜卧轉側，偶以足拂大父膝上，次早始知。府君恐復睡熟誤觸，夜卧潛以衣帶自縛雙足。大父晨起見之，大爲憐感，鍾愛益加。

乾隆五十一年丙午（一七八六） 五歲

大父隨時口授古詩，府君輒成誦不忘，遂從大父受書。

乾隆五十二年丁未（一七八七） 六歲

乾隆五十三年戊申（一七八八） 七歲

乾隆五十四年己酉（一七八九） 八歲

乾隆五十五年庚戌（一七九〇） 九歲

乾隆五十六年辛亥（一七九一） 十歲

乾隆五十七年壬子（一七九二） 十一歲

乾隆五十八年癸丑（一七九三）　十二歲

大父選授福建崇安縣知縣，入都赴選時，限定府君每日功課，雖日計不無作輟，而月計輒有加增。

乾隆五十九年甲寅（一七九四）　十三歲

大父挈家口并戚屬細弱赴崇安。抵任之始，拒絶吏胥之陋規，廉治捕役之豢賊，遠近稱快。莅任甫逾月，奉檄襄事秋闈，以不習水土，途中得疾。抵省之夕遽捐館舍，時爲七月二十六日。家口聞報，惶惑無策，或謂當告諸同官以謀歸計。大母泣謂伯父曰：『汝父來閩，曾幾日，豈能以麥舟之惠望之素不識面之人，且汝父一生介介，未嘗乞憐於人，今若窮而爲此，其無恫乎？姑料量所有，作速治裝，仲氏自必中途相援也。』已而崇安人士感念大父清德，争致資斧。而仲大父亦遣使來援，遂得扶櫬歸里。仲大父并以歸里，無立錐地，以所有汴城徐府街屋一區賜伯父爲業。府君念大父鍾愛弃養，并見大母哀慟愁苦，遂奮自勉勵，以期顯揚。從伯父請業，每日研誦，自旦至於夜分，無間寒暑。

乾隆六十年乙卯（一七九五）　十四歲

大母擬速安大父窀穸，或以爲不宜過於草率，應俟稍有資力，方可舉辦。遂厝於汴城之南郊。

嘉慶元年丙辰（一七九六）　十五歲

是年冬，補開封府學庠生學使，爲編修，改主事，後官大學士。德州盧文肅公伯父亦試優等，補廩膳生。

嘉慶二年丁巳（一七九七）　十六歲

二月，伯父生子汝笏。

嘉慶三年戊午（一七九八）　十七歲

科試詩、古皆第一，補廩膳生。

嘉慶四年己未（一七九九）　十八歲

從伯父附通許某明府館。

嘉慶五年庚申（一八〇〇）　十九歲

仍從伯父附館。

嘉慶六年辛酉（一八〇一）　二十歲

伯父豪於文，府君兼擅詞翰，時稱開封二周。是年考試拔貢，前場皆取第一。以每場早詣試院，俱遲久而後啓門。伯父聞同試人某言末場更遲，届期前來約會，伯父遂熟睡倦起，府君起候逾時，大母訝其過遲，催促始起，而盥洗飲食又越數刻，始雁行出門，中途聞學使點名畢未見二周，遲候刻許不到，已扃門矣。遂不獲竟場。

嘉慶七年壬戌（一八〇二）　二十一歲

從伯父附某館。

嘉慶八年癸亥（一八〇三）　二十二歲

是年二月，親迎吾母沈夫人於外王父常熟沈筠堂公諱廷瑛湖南長沙府任所。吾母爲外王父次女，長府君一年，生於七月初九日丑時，十四歲失恃。先是，外王父官刑曹，偶於朝房見仲大父仲啓公，與前左都御史大興邵楚帆公諱自昌，姻親情誼甚洽。詢之金大司寇名光第，知楚帆公女爲伯父配。仲大父因述府君英年品學超卓，外王父大悦，立時締姻，是冬偕歸。

嘉慶九年甲子（一八〇四）　二十三歲

二月，不孝汝筠生，爲聘外王父孫女，母舅峻甫公名崧基女。舅母蔣孺人與吾母極相洽，預約聯姻。癸亥十二月，舅氏生女，至是聘定。是科河南鄉試，伯父中第二名，府君中五十六名。正考官爲翰林歙縣鮑公覺生諱桂星。副考官爲部郎新城陳公玉方諱希祖。同考試官爲修武大令温公諱闕。

嘉慶十年乙丑（一八〇五）　二十四歲

二月，偕伯父會試，同罷歸。馮大令延府君課子，東家情誼厚，而子則稱病，常不就塾，未容過責，乃以他故辭去。大令致大衍之數以爲修脯，府君以課授無益，力辭。大令甚以爲歉，嗣以四十金爲大母壽，不得已受之。大令旋署西平，復以重幣來聘，府君力辭，復爲轉薦通許書院。

十二月，慶祝大母六旬壽辰。

嘉慶十一年丙寅（一八〇六） 二十五歲

是年，就通許書院。

正月，次男汝箴生。

二月，伯母邵夫人卒。

嘉慶十二年丁卯（一八〇七） 二十六歲

是年，就洛陽吴大令課授館。

正月，姑母歸大令王文雨公名洪鑄。嘉慶戊午順天鄉試，挑取謄録，庚申舉人，議叙知縣。

是冬，府君自洛陽歸，頷下患瘡甚劇。旬餘，膿泄始痊。外王父來汴。外王父由長沙府升汀漳龍道。甫抵閩省，忽因長沙屬員虧空罷官。後任山西平陽通判，升河東監掣同知。

嘉慶十三年戊辰（一八〇八） 二十七歲

二月，偕伯父公車北上，寓開封會館。府君中二百四十二名。大總裁爲太傅大學士富陽董文恭公，吏部尚書無錫鄒公曉屏諱炳泰，内閣學士兼禮部侍郎正藍旗秀公楚翹諱堃，内閣學士兼禮部侍郎宛平顧公筠巖諱德慶，同考試官爲内閣中書豐潤劉公諱燻。覆試一等，殿試二甲第四名，朝考入選，欽點翰林院庶吉士。府君以從兄受業十年，顧先兄舉，懔念先澤，時深警惕。

五月，長女生。

十二月，伯父繼娶陳夫人，候選通判商邱諱栻公女。

嘉慶十四年己巳（一八〇九）　二十八歲

伯父會試罷歸，府君散館一等，授職編修兼撰文、充起居注協修、文穎館總纂，移居地藏庵。

嘉慶十五年庚午（一八一〇）　二十九歲

歲前除日，濃陰，雨雪。元旦晴霽。朝賀時，天朗日耀，特旨在京各官俱加一級。

二月，移居賈家胡同。

三月，外王父資送吾母，挈不孝汝筠、次男、長女入都。

四月，母舅峻甫公赴試北闈，來寓。

九月，報罷。旋晋從姑丈召試舉人。直隸新城李公賓石名大壯，來寓。賓石公人品、詩文、書法俱爲府君所推奬。課授内城，時來小住。

嘉慶十六年辛未（一八一一）　三十歲

伯父會試罷歸。是年，大考翰詹，府君考列二等第二名，恩賜緞匹。

嘉慶十七年壬申（一八一二）　三十一歲

九月，移居潘家河沿。

十月，三男阿芸生。

嘉慶十八年癸酉（一八一三）　三十二歲

四月，母舅峻甫公赴試北闈，來寓。

六月，阿芸殤。

七月，蒙恩簡放山西副考官，得譚昌言等五十八人。母舅峻甫公鄉試報罷，吾母留俟府君差旋。

適值九月望夜，教匪滋擾内城，扃門搜拿。越二日，捕平。九月二十五日，府君回京。次日，覆命返宅。

十月，母舅峻甫公旋晉。舅母蔣孺人時證甚劇，外王父專足寄書。峻甫公疾歸未至，而蔣孺人已歿。吾母悼惜之至。

十二月，姑丈王文雨公卒，以侄子義爲嗣。

嘉慶十九年甲戌（一八一四）　三十三歲

伯父會試罷歸。

冬，伯兄汝箌入郡庠。

嘉慶二十年乙亥（一八一五）　三十四歲

十月，補授國子監司業。母舅峻甫公遵例報捐鹽場大使，分發浙江。

十二月，慶祝大母七旬壽辰。

嘉慶二十一年丙子（一八一六）　三十五歲

是年，定各省監生，取同鄉京官印結録科鄉試。從姑丈大興邵公名迪曾，自館入都鄉試，來寓。報罷，赴館。母舅峻甫公補紹興批驗大使。

是年，謝公向亭、賀公藕耕俱簡放學政。都中知交常往來者，爲劉公芙初名嗣綰、錢公心壺名儀吉、董公琴南名國華、潘公吾亭名恭常、陶公鳧薌名樑，戚屬則章公薌國名保濂。

是冬，李公賓石捐館舍，府君悼惜之至。

嘉慶二十二年丁丑（一八一七）　三十六歲

伯父會試報罷，大挑二等。

伯兄汝筠隨侍入都，娶前江西瑞州府同知張公潤夫名玗女。維時京寓拮据，府君稱貸集事。吾母復遣使乞資於外王父，幸得成禮。詎意新婦三日拜母，暮歸，忽得癲疾，兩旬夭逝。本爲汝筠完娶，以慰大母，不料翻增懊惋。汝筠續聘邵楚帆公孫女，前山東萊蕪知縣邵公葉之名延曾女。

是冬，移居粉坊琉璃街。

嘉慶二十三年戊寅（一八一八）　三十七歲

大考翰詹，府君以司成京堂例不與試，仍與諸同年會課。伯父選授遂平縣教諭。

是年，聖駕再謁盛京，祇謁祖陵恭紀。五歌全韻七言古體詩一首，謹序。

嘉慶二十有三年孟秋之月，皇上再巡盛京，殷薦三陵，一如典禮。清蹕將啓，嘉澍應時，爰暨陪都，并臻豐稔，仰見天祖昭格，誠至斯孚。臣幸際昌期，得與揚言之列，不揣檮昧，敬撰五歌全韻詩一章，用效賡歌之義，謹拜手稽首獻焉。

維皇大孝孝繼志，儀式祖德揚天和。帝車再駕斗東指，箕尾佳氣星纏羅。由來原巘溯弓劍，豈止般賚勤鑾珂。昔歲旃蒙赤奮若，珠丘展謁陳象獻。扳輪扶軫尚前日，星紀旋斡如飛梭。著雍今更占戊茂，精烟不舉夫如何。周人祀稷崇美報，若祭河伯先滹沱。於昭先烈式降鑒，敢聽歲月仍蹉跎。時惟御極廿三載，珍符洊至圖席蘿。匠成萬類共一冶，軌同六幕無殊軻。全收亭障控鹽澤，更啓關隘通雲伽。梯山輦賮致南越，測海航玉來東倭。迢迢疆索跨俄朶，渺渺城邑連蓬婆。棧雲戍久撤巴峽，楚氛浪已澄汨羅。癸秋蜂蠆偶肆毒，潢池盜弄真幺麼。猋馳電掃功迅蕆，驅除那復煩矰碆。料理耕鑿勉作息，拂拭瑕垢祛偏頗。翼如縮版就繩直，澤若礱石承沙劘。從教右序東儒訓，更無左道崇聖麼。光華糺縵旦復旦，儼濯冰鏡輝金鑼。今夏畿甸殷待澤，齋心默禱廑南訛。清塵汛灑契冥漠，膏雨應候滋嘉禾。帝曰天祖此昭格，其毋玩愒毋逶迱。我將我享古所志，孝思錫類寧有它。重臣先遣察封守，剿説早自懲欺詑。祇聞鳧藻具筐篚，孰以鳩斂窮鞭靴。建中之月日甲子，翠旓曉颭風鬖髿。

蹕途馳禁任瞻就，温旨澤物蠲徵科。或全或半免租賦，但有保惠無煩苛。芻茭群樂效供億，
扉屨豈或憂疾瘥。從臣恪然咸奉職，整戢羈馬兼鈐騾。行幄旦開萬幾總，封章閑日付遞馱。
禁闈帳殿共競業，華鐙丙夜明銅荷。山海東去接豐沛，天根地脊歸睎睋。龍盤虎抱百靈會，
軒宫嬀隧瞻嵾嵯。永陵天作峰啓運，溯源萬壑趨岷嶓。豐碑古字秘丹篆，瑞樹繁陰交珊柯。
福陵昭陵勛華協，天柱隆業雙砐硪。渾河遼水互襟帶，興隆之嶺回盤陀。揚光飛文日月麗，
函山絡野星虹拖。寶城鼎峙極天峻，爐峰鈹嶂皆平坡。懿惟朱果兆嘉瑞，列聖泉澗與皇過。
共球肇域地有截，洪濛出日天無波。猗歟太祖功載纘，犀函手挈揮天戈。明師四十餘萬衆，
霆霓下掃喑鶻騀。大邦小邦矢懷畏，蛾伏育鞠降萎莎。太宗嗣祚猷允塞，乃考昕鼓宣逢鼉。
聖神文武仰聲教，威弧勁矢藏洛迦。群靈效順司典守，更億萬祀長撝訶。皇帝禮服嚴對越，
思成緝頌賡猗那。奉常導儀贊圭瓚，樂府設業調管籥。鏄鍾特磬應律吕，吟則哤嚌行和鑼。
俎奇豆偶告嘉栗，禮器大備難縷覼。有成迄用既醆假，無疆錫祉不戢難。大禮告畢秩群祀，
金泥玉檢輝山河。或稱發祥紀靈異，或號岳鎮森軻峨。天將岩壑配昆閬，地似瑶碧生章莪。
長留屏翰雄赤壤，不比碑碣修黄魔。或疏河流峴象渡，或朝海若窺龍渦。靈槎跬步接星漢，
仙島咫尺通蓬哥。周原舊考沮與漆，禹迹下視洵歸濄。外此功宗及勛戚，南征北徯名不磨。
羽儀昔已傳翽翽，鼓鼙今合思番番。旂常紀美爵賞錫，千秋貞石供摩挲。或親或遣循舊典，

鼎牲豐幣旨且多。金支翠旗交舄奕，蕭芳璧采相嘘呵。朝儀肅陳御崇政，嵩呼華祝聯青緺。王公虎拜萃纓組，卿尹鷺踊揄絲紽。貢贄獻雉各駢集，琀珩磬折佩玉瑳。爐烟馥郁出宸陛，百和香接藻井茄。次御大政賦式宴，珍和芍藥杯紅螺。瓊漿法酒自天錫，紅醍緑醽白日醝。笙歌閑奏吟嘒嘒，羽舞列綴紛傞傞。燕酺歡樂及更老，南陽耇彦顔欲酡。宗潢詵羽首申賚，重者金布纖繒⿰糹阿。百官賜級各以等，素絲五緎嘉委佗。外藩之賜示柔遠，歸裝輦重增脂輠。兵丁氓庶咸有賜，三農七校肩相摩。前驅負弩美均服，先疇緯耒勤耕蓑。下暨囹圄悉矜恤，振拔淹滯湔幽痾。何須叢棘占貫索，但沐解雨欣破枷。需雲湑露澤普被，鼛鼓軒舞歌婆娑。康衢擊壤自成節，嬉以含哺游腹皤。門前催租免窺户，田間饁餉争提籮。精鏐束帛太倉粟，負戴不遺跛與踒。有婦機杼鳴軋軋，有童腰鼓吟嗢嗢。羅丹帕格儘遨樂，維古有戲如抛堶。閭閻温飽和氣浹，底用安樂誇行窩。惟盛京地田上上，扶輿氣脉無爽蹉。山川舊志樂浪郡，部落旁帶清泥堝，瑶光下聚神草茁，吉貝遠賈純棉搓。珠胎利自擅海蚌，玉爪駿可降天鵝。豐貂迹履烏拉雪，晶鹽色粲遼陽鹺。松杉栝柏抗霄塄，下者盤礴檜樾矬。奇葩異卉名有萬，花時瑞錦團成窠。薄言駉者在坰野，有騅有駓有駱驒。大凌養息謹芻秣，牧群未數岡牟駝。其他動物各殊種，有牙者豕無角牠。珍禽靈羽鳴協律，網罟寧許施媒囮。土風物産入宸咏，藻繢不假園客蛾。省方觀民式家法，上圜下矩資切磋。周巡秦禪豈足道，僕隸斯篆臣籀蝌。

功宏禮備詔旋蹕，造父整御回纖阿。六飛晨舉天宇朗，橋山瞻顧重延俄。鴻釐昌熾景福集，
西煬柳穀南泮泂。葩華璀璨日抱珥，蓮脯獵𦁚雲生鍋。奉先告至太和御，懿爍巨典光羲娥。
微臣濫竽忝槐序，後鼙鼓篋徵凋蕅。横經肄雅皆至教，埏埴何啻三搓挼。再拜稽首訓旨繹，
寓規於頌懲婞婀。扣槃捫籥寧有補，竊慕魚直羞佞鮀。抒情宣德盡忠悃，細流自比滎及菏。
欣逢大典物交卺，祇率多士舞且哦。天庥祖澤帝萬壽，珥筆長進卿雲歌。

司業臣周（之琦）恭進

嘉慶二十四年己卯（一八一九）　三十八歲

十月，慶賀睿廟六旬萬壽。

嘉慶二十五年庚辰（一八二〇）　三十九歲

充會試同考官，得羅宜誥等十三人，伯父循例回避。

六月，補授右春坊右中允。

七月，睿廟升遐。府君以渥承知遇，并屢蒙召對詢諭，驚聞遺詔，哀感號呼，隨班哭臨。

十月，補授翰林院侍講，充實録館纂修。府君以伯父七上公車，復遇回避，極爲抑鬱，而思念大母彌切，移居珠巢街，爲屋二十餘楹，尚爲寬爽，以待迎養。

伯父亦擬次年不與計偕，俟春夏閑侍奉大母入都。適道光初元，特有監司之命。

道光元年辛巳（一八二一）　四十歲

三月，特授四川鹽茶道，乞假省覲。

四月，到汴。大母諭之曰：『汝官京師，或遷一階，或司文柄，我皆欣然。今此之行，喜憂參半。汝性愚直，非外吏所宜，若能甘澹泊、勵冰蘖之守，無忘家居貧窶時，則庶乎免於咎戾也。』府君謹志，時爲不孝等述之。

是月，伯父自遂平歸汴，定於夏秋爲汝笏完娶。

次年，仍不會試，侍奉大母往蜀。

是年正月，外王父終於河東監掣同知任，吾母擬繞道赴晉叩謁外王父靈櫬。母舅峻甫公候於途次，勸止。

七月，至蜀。初被命時，都人稱爲優缺，抵任後，不知其優安在。嗣乃見，優在代銷積引。府君以鹽宜取課場竈，招商限引，原非良法，代銷更屬雜亂，遂詳定禁革。

道光二年壬午（一八二二）　四十一歲

是年四月，大母至蜀，伯父母、伯兄嫂、姑母、姑表兄并隨侍。

七月，伯父歸汴，舉辦大父窀穸。昔大父以祥符地勢平衍，迫近黄河，鄢陵縣略有崗阜，故卜葬曾大父於鄢陵之侯岡。

十一月，奉安大父靈櫬。暨前，大母邵夫人靈櫬於曾大父墓正向之左昭位，同時奉二叔祖仲啓公、四叔祖季華公暨各配祔，葬於曾大父墓正向之右穆位。

十二月，次女生。

道光三年癸未（一八二三）　四十二歲

兼署四川成綿道。伯父會試中第七名，分發廣東，即用知縣。

十二月，繞道至蜀，府君以大母年高，伯父體弱，擬請伯父留蜀。大母自以素體極健，而伯父以貧病苦功鄉舉二十年始得一第，豈可不出行所學？伯父遂定議赴粤。

道光四年甲申（一八二四）　四十三歲

兼署四川按察使。

二月，伯父偕伯母暨伯兄汝筠赴粤。

三月，爲不孝汝筠完娶。

伯父五月至粤需次。選刻自著制義《尊美堂稿》。七月，忽捐館舍。府君懼大母高年，不禁哭子慟孫，乃忍淚侍奉。亟遣使護送伯父靈櫬歸里，接伯母及汝筠至蜀，始以實告，大母雖悲甚，然乍見長孫已至，亦復甚慰。

道光五年乙酉（一八二五）　四十四歲

兼署四川按察使。有某生員以較息壞當商門面。邑令詳請斥革，府君不允，邑令晋省面陳當商貧窘及某生員凶暴各情形。府君以較息細故門面亦值無幾，何遽爲當商革一生員。令稱當商門面值五百金，府君詰以五百金置門面，何謂貧窘卒不允。

八月，長孫慶益生，不孝汝筠出。

九月，母舅峻甫公卒。

十二月，慶祝大母八旬壽辰，從父因之公至蜀祝壽。

道光六年丙戌（一八二六）　四十五歲

三月二十四日，川督行知准吏部咨開。

道光六年三月初四日，奉上諭：『浙江按察員缺，著周（之琦）補授。欽此。』具摺請覲，迎摺北上，并聲明祖籍浙江會稽縣。

四月，侍奉大母登程，爲不孝汝筠在四川藩庫報捐監生。

五月初五日，陝西寶鷄途次，奉硃批：『著來見。欽此。』道出西安，吾母侍奉大母暫住省寓。府君同從父因之公并不孝汝筠起程。

六月，到京。召對奉上諭：『新授浙江按察使周（之琦），祖籍浙江，遷居河南，已有三世，將及百年。著無庸回避。欽此。』

八月十一日，到浙接印任事。某武秩素倨傲，每延客自踞上坐。府君往見，握手徑就客位，某方愧前此之失禮也。杭州遇祈晴、禱雨，輒詣天竺山。府君請於撫軍，改詣龍神祠。

九月，吾母侍奉大母到浙。

十二月，署浙江布政使。

道光七年丁亥（一八二七）　四十六歲

三月，長女歸蔭生王編修名沆，前大學士蒲城王文恪公子也。文恪屢囑賀公藕耕，致函聯姻，大母到蜀後方允定。是年，吾母送女至京，從父安之公同行。

六月，返浙。是月，次孫慶杭生，不孝汝筠出。浙臬署西岳鄂王廟，本岳鄂王宅廟，歸司書經理，久失修。府君特捐廉，倡率衆書吏，遂踴躍興工，焕然一新，勒石記之。某祖庇同里人，府君持正不撓，銜之頗深，已而忽極融洽，久乃知爲帥公仙舟函責，嗣在江右，亦有此類，惜其未聞帥公之教也。

九月，署浙江布政使。

十月，爲次男汝箴娶前江南山清裏河同知袁公名秉鈞女。

道光八年戊子(一八二八)　四十七歲

有晚戚以廣東知縣卓異赴部,過浙,語及粤省上官,輒呼字號,府君謂友人曰:『此或是粤省習氣,然亦足見驕妄。』未幾,果被參劾。

十二月,歸蒲城,長女歿。次男汝箴婦袁氏患癲迷,不知人事。

道光九年己丑(一八二九)　四十八歲

正月,兼署浙江鹽運使。

五月二十一日戌時,吾母沈夫人弃養。吾母儉肅勤能,府君深得内助力,嘗同侍大母,述及義田贍族,吾母慕其義舉,議俟資力稍裕,仿效爲之。未及行而病革,臨終肫切致囑,府君悲悼不忍與宴會者年餘。

六月,具摺請覲。

七月,三孫慶榕生,不孝汝筠出。是月十九日,奉硃批:『無庸前來,下届再行奏請。欽此。』

次日,浙撫行知准吏部咨開。

道光九年七月初九日,内閣奉上諭:『廣西布政使員缺,著周(之琦)補授。欽此。』具摺請覲,迎摺北上。

八月十三日,江蘇金匱舟次,奉硃批:『無庸來京,即赴新任,應陛見時,再行奏請。欽此。』返棹至杭，命次男汝箴扶吾母靈櫬歸里，從父安之公同行。不孝汝筠同侍大母赴粵。

十二月初八日，接印任事。某素鄙劣，并慣於把持媒蘖，極爲僚屬所憚。府君到粵，某語人曰：『吾數十年老吏，閱人極多，今每見新方伯，必汗流浹背。』廉訪佟公鏡塘言：『有庸劣不職之員，宜加甄汰。』府君謂：『豺狼當道，安問狐狸？』會某以激事被辱，遂勒令告病，闔省稱快。姑表兄王子義補祥符縣學庠生。是月，伯母陳夫人卒。

道光十年庚寅（一八三〇）　四十九歲

二月，從父安之公同次男汝箴到粵。

是年夏，伯兄汝笏扶伯母陳夫人靈櫬歸里，從父安之公同行，購置祥符田十餘頃，仿效義田。廉訪佟公好言理學，府君謂徒言無益，必須躬行。佟公頗以爲然，嗣見府君行事，忽喟然曰：『君不言理學而行理學，斯爲真理學也。』藩科有蠹書，擬斥逐，而慮其在科久，若徑行斥逐，必將匿亂卷宗，使接辦迷茫。於是不動聲色，先令檢某某卷，皆越日始檢，進斥其遲緩，限將卷宗逐案清理歸檔，加籤登簿，并親詣驗訖，始發其奸。

十二月二十七日，調任粵撫行知。道光十年十一月十八日，内閣奉上諭：『廣西巡撫著祁𡋳補授，未到任以前著周（之琦）護理。欽此。』是日，接印任事。

道光十一年辛卯（一八三一）　五十歲

某令初次進謁，其人厚重樸實，詢知爲魏敏果公曾孫，與坐語移晷。某令以府君嚮往名臣，垂青後人，深爲感激。持長卷乞題，乃陸清獻公手書《祭敏果文》。府君以敏果公力薦湯文正公、陸清獻公，而在生并未與清獻一面。此等知遇，感爲祭文。先儒親筆，何敢贅題。展閱數過，持還。山西祁公竹軒撫粵，嗣又同官刑部，并極相洽。

道光十二年壬辰（一八三二）　五十一歲

正月，湖南江華猺滋事，密邇粵疆，籌辦防堵。

三月初四日，承准軍機大臣字寄道光十二年二月十八日，奉上諭：『本日降旨，將吴邦慶補授河東河道總督，周（之琦）補授江西巡撫，周（之琦）接奉諭旨，著即前赴江西新任，將此諭令知之。欽此。』三月十七日，調到署員，交卸廣西藩篆。十九日，赴豫章。

四月十五日，接印任事。是月，不孝汝筠侍奉大母到署。時因上年歉收，辦理平糶，又南贛捕費不敷，奏借九江關盈餘生息津貼，未蒙俞允，另奏巡撫司道捐廉津貼捕費。

七月，爲次男汝箴報捐監生。

是年，恩科鄉試。八月，監臨文闈。十月，監臨武闈。

閏九月，四孫慶昌生，不孝汝筠出。

奏聞：

道光十三年癸巳（一八三三）　五十二歲

正月，江西鄭學使被劾卸事，由巡撫暫行代辦。新添營操速戰陣及捐製擡炮等項，恭摺

竊照各營軍械，最關緊要。而火器尤爲制勝之具，原可千載不用，不可一日無備。江西界連閩、粤、兩湖等省，山川遼闊，民風錯雜，亟應修明武備，以裨操防。臣上年抵任後，查閲省標及吉安、臨江營伍，如擡礮、噴筒等項，不但向無此等器具，弁兵等且有未知其名者。臣每於接見各營將領，詳加詢問，惟調署臣標右營游擊事、永新營都司李步月，久歷行陣，嫻習軍旅，於施放擡礮等項最爲熟練，兼知製造之法，并據開呈速戰陣圖及各械式様，先令照造試演，頗爲合式。臣即倡率藩臬兩司、糧鹽、贛南各道暨南昌府共捐銀二千兩，飭委該署游擊於右營設局購料興工。并諭該員一面鳩工製造，一面就造成各械，隨時指授各營備弁俾令傳習兵丁。臣於擡礮造成之時，即傳省標三營已經諳習之弁兵面加閲試，連環施放，捷速有准。弁兵等得此利器，衆情鼓舞，足壯聲威。兹據該署游擊呈報，共製造擡礮二百六十杆，噴筒一百四十杆，雙手帶刀一百四十口，矛頭四百個，并速戰陣應用旗幟等件次第完工。臣復親加查驗，各械俱皆錘煉精熟，堅固犀利，如式合用，酌量分撥省標擡礮一百杆，噴筒六十杆，雙手帶刀六十口，矛頭一百六十個。分撥九江、南贛二鎮擡礮各八十杆，噴筒各四十

杆，雙手帶刀各四十口，矛頭各一百二十個，其旗幟等件一并酌量分撥，并移詢該兩鎮，如所屬營弁素無諳習者，即於省標熟練弁兵内派往教演，仍由該鎮督率訓練，以期一律精熟。至每年操演，需用火藥硝鉛，價值約銀三四十兩，爲數無幾。應自本年爲始，由藩庫籌項，發交年例采辦硝鉛，委員帶買回江分撥配用。除嚴飭通省各營務與槍箭各技一體，勤加操演，并俟速戰陣演習嫻熟，由臣查閲，隨時具奏外，所有捐製擡礮等項，分撥各營操演。緣由理合，恭摺具奏，伏乞皇上聖鑒。

再：　臣上年考驗各兵弓馬，雖中靶儘能合式，而弓力不免稍軟，終屬無裨實用。當即通飭各營，步弓務以六力爲准，并由臣捐製六力、八力、十力官弓十餘張，遇校閲及考缺等事，皆以官弓命射。半年以來，漸多挽强命中之人。臣仍督飭各將備實心訓練，斷不敢以南方風氣柔弱爲解，稍縱遷就。以期仰副我聖主，整飭營伍，綏靖地方之至意合并陳明。謹奏。

硃批：『務要實力訓練，不可日久生懈。欽此。』

七月，覆奏黄侍御條陳地方事宜：

夏潦爲灾，勸諭紳富，平糶捐資，并奏賑濟南昌、新建、進賢、德化、德安、瑞昌、湖口、彭澤、鄱陽、星子、建昌等縣被灾貧民銀共六萬八千餘兩，并另查給修費工本及緩免錢漕，俱蒙俞允。

竊臣承准軍機大臣字寄，道光十二年閏九月二十五日奉上諭：『據御史黄爵滋奏，江西盜匪繁多，臚列各條，請飭查辦一摺，著周（之琦）體察情形，詳悉妥議，認真辦理，務期戢奸禁暴，以安善良。毋稍姑容致養癰貽患。該御史原奏摺著抄給閲看等因。欽此。』臣即欽遵督飭藩、臬兩司移行道府州縣，各就地方情形，悉心體察查辦，兹據稟復，由藩司桂良、臬司程懷璟、鹽道余正焕，會核議詳前來。

如該御史原奏『州縣繁簡不一，一邑之中有無習教爲匪、窩藏盜賊，全在甲長之查報。若甲長不端，必相隱護，宜令各村有品紳耆查明，端正有業之户方准舉充。設有盜匪不報，將甲長從嚴治罪，汛兵不得以羸弱充數』一條，臣查保甲原爲詰奸緝匪而設，江西各屬所設地保、坊保、甲長、里長、鄉約、練約等類，名雖不一，其實皆保甲也。凡有命、盜、搶、竊案件，先由地保等報官，其所管界内獲有匪犯，究明地保等知情不報，即治以故縱之罪。如係失於覺察，則治以失察之罪。例内均已載以明條。乾隆七年，前撫臣陳宏謀又於保甲外設立族正之法，令各族公舉平日爲人正直端方者，報官查驗，立爲族正，教誨族衆。如有乖戾之徒，小則處以家法，重則送官究治。二三年内，族衆并無違犯，分别給扁獎勵。倘怠惰徇私，立即斥革。另舉接充法，便易行前。於御史熊遇泰、周作楫條陳案内經前撫臣韓文綺、吴光悦先後查議，奏明仿行歷辦。贛南會匪命盜各案，多有紳耆族正舉發，即本年龍南縣拿獲廣東匪犯謝士生等，被匪黨謝觀宗等捆差圖搶，亦經紳士等尋獲交案，解粤審辦。經臣附片奏：『聞是族正之法，頗已行有成效。蓋族正無論紳耆士庶，既爲一族之望，即可舉充。人皆樂爲地保等類責司緝捕，紳耆人等目爲賤役，絶少往來。其人端正與否，已難知其確實。且小村小鄉未必概有紳耆，稍有恒業者均不肯充保。如令紳耆查明有業之户舉充，必啓抑勒之端，轉恐有滋紛擾。所有保甲仍請照舊辦理，毋庸紳耆保充，嚴飭慎選。汛兵不得羸弱充數，力行族正之法，以靖奸宄而安地方。』

又如該御史所奏『丞倅佐雜，各官應酌量移駐扼要地界，如錯互接壤之區，遇有竊劫之案，必互相推諉。若於省郡交界，責成同知、通判等官；州縣交界，責成縣丞、巡司等官，會同兜捕，倘有疏縱牽制，一并參處』一條，臣查江西同知、通判以及縣丞、巡檢、典史，多有督捕分巡之責，盜賊竊發，例應會督查拿，如有疏縱，一并參處。其連界鄰境者，亦必登時移會協緝至各州縣界址，向有一定遇案諉卸，立勘便明。從前贛州通判，原駐郡城，嗣因大湖江緝捕緊要，奏明移駐。近年私鹽充斥，又於扼要之區添設卡巡，或量爲移駐。上年查有冗員八缺，業經奏裁，此外均係駐扎要隘，别無應行移駐之缺。如果將來實有今昔情形不同，應行移駐者，臨時再行酌辦。

又如該御史所奏『盜匪聚衆作會，竟有地方生監鋪户送禮預宴，藉通往來，方免戕害。

山野鄉僻，匪則逼勒斂錢，公然占據，威脅利誘，應令地方官嚴切曉諭，如係劣生刁監與匪交通者，從嚴懲治。至儒弱愚民，雖當時被脅，事後即行首報，免治其罪』一條，臣查匪徒拜會威脅利誘，鋪户鄉民恐被戕害，逢年逢節送給錢米，并有棍徒藉端斂錢，强丐占據地方不許別丐進乞。原有與該御史所奏情形大同小异者，是以歷辦搶劫、窩竊、拜會、訛詐、賭博、販私等案，凡有生監、職員、書役、兵丁在内，無不從嚴懲治，其逼脅勉從或事後首報，概行分別，照例減免。歷有達部案據可查。現仍通飭剴切，曉諭實力，訪查辦理。

又如該御史所奏『州縣遇有竊盜重贓，往往規避處分，從輕減估，遂有盜匪之勒贖、交通差役指引，現在南昌、撫州、臨江一帶，此風盛行。應嚴飭州縣核實究辦』一條，臣查盜劫處分，原不計贜之多寡，無所規避。江西州縣遇有竊盜贜重之案，均係傳牙眼同事主估計，如有減估，事主亦必呈控。惟竊盜勒贖，不僅南昌、撫州、臨江一帶，即別府州屬亦所在多有。歷經隨時懲辦，此風終未盡絶。現仍通飭核實估報，認真訪拿，如有書役交通指引情弊，從嚴懲辦。

又如該御史所奏『贛州府向設重鎮，無如武弁廢弛營務，以致兵丁交通盜匪，凡局賭、窩倡、販食鴉片、買放私梟等事，無所不爲。即如贛州府聚衆哄堂之案，風聞竟有兵丁在内，應嚴飭武弁，認真整頓，隨時查究』一條，臣查上年奏辦贛州府屬郭二仔等藉荒聚衆哄堂一案，查無兵丁在内。惟南安府屬伍俚沅等哄堂案，内有革兵吴茂松等隨同滋事，業經奏辦。又興國縣兵丁鍾學懋在泰和白羊坳卡受賄縱私，經臣將該營千總李天林奏參革職，并將鍾學懋照例擬徒在案。此外，各營弁兵内有犯局賭、窩倡縱私、販食鴉片者，均係隨時懲辦。其本管武弁約束不嚴者，亦俱隨案參劾，現已移行鎮營，認真整頓，有犯必懲。臣仍隨時稽察，如有玩縱滋事者，據實參辦。

又如該御史所奏『盗匪頭目糾合至於數省，且有不肖生監、積蠹差役俱入會中。每會則爲首者冠服升坐，尚有小頭目十數人不等，皆戴頂披紅，執鞭侍立，大衆羅拜。有刑法，有條約，捕役、營兵皆其耳目。應令協同營弁，力捕頭目，加等治罪。不得指乙爲甲，藾頂塞責』一條，臣查江西歷辦擔匪邊錢等會案，内有序齒，推年長者爲老大；亦有不依齒序，推起意結拜者爲老大。以下自二肩至數肩并十餘肩不等，或用錢一文分爲兩邊，或用木棍，或用鞭竿，以爲號召聚散通信之憑。設立禁約，如有違犯，聽老大傳喚責罰。歷辦有案，雖無戴頂披紅、大衆羅拜之事，其餘情形似與該御史所奏大致相同。是擔匪如此，别項會匪既有生監、兵役在内，焉知其不添出凶惡情狀，倣而行之？臣已密飭地方文武各官認真訪查，如果實有此等匪類，嚴密查拿，據實稟辦。其從前失察之咎，尚可奏懇聖恩稍從末減。倘始終玩視，不將頭目拿獲，指乙爲甲，冀圖藾頂塞責，一并嚴揭參辦。

又如該御史原奏『盜匪、私梟本屬兩途，今南贛、吉安一帶，往往有梟船架設木礮，沿江拒捕。迨私鹽賣畢，撒手回空，則四散搶劫，是私梟、盜匪合而爲一矣。若徒緝私梟，則私梟斂而盜匪益縱。宜力捕盜匪，則盜匪散而私梟亦靖』一條，臣查江西各屬盜案，近年破獲者居多，尚無訊有與私梟合而爲一之案，惟南贛、吉安一帶，私梟拒捕，獲有礮械之案，不一而足，屢經懲辦。其獲鹽不獲人之案，人雖逃脱，資本蕩然，無可謀生，流爲盜者，在所不免。梟販既爲强盜，且與别梟平日熟識，難保不合而爲一。總之，整頓鹺綱，查拿盜賊，事無偏廢。如果卡員潔己奉公，則私販何從透漏？州縣盡心緝捕，則匪徒何自萌生？有治人無治法，全在奉行實力，不在多設科條。臣仰荷恩慈委任，具有天良。凡此職守所關，惟有祇竭愚忱，力圖整頓，斷不敢因循玩忽，自外生成。以冀仰副聖主，戢暴安良，諄諄告戒之至意合，將查議緣由，恭摺覆奏。

八月二十一日，起程入覲。十月到京。蒙恩召對温諭。陛辭出都，本擬乞假歸省，先塋忽在園寓，心動，因不復陳請，急返豫章都門，訪章薌國不遇，詢之，家人謂往山西措辦度歲之資。府君以二百金留其家。出都後遇於中途，章薌國述其空勞往返，匆匆數語别去。及返京寓，忽見度歲有資也。

十二月初十日，回任，值大母小恙已旬餘。見府君歸，推枕起，謂府君曰：『吾疇昔之夜，夢汝亡室語汝赴京大寒冷，又言多著衣可無恙。吾意汝病也，吾是以病也，今見汝即愈矣。』前置義田，經理屢難其人，族中或不以爲便，請於大母。悉以所買田分授無産親族，各爲己業，自耕自食。又以田數百畝，莊屋一區，付伯兄汝笏，而令汝笏奉伯父。所受仲大父仲啓公賜屋，歸因之、安之兩從父。

道光十四年甲午（一八三四）　五十三歲

前冬途次感寒，患惡寒，胸悶不思飲食。醫誤用黄、芩等寒凉之藥，患不減而更增嘔吐、腹痛，遍身時起疹粒。

正月二十八日，奏請賞假一月，巡撫關防委交藩司桂暫護。逾期未痊，奏請開缺調理。

四月十七日，奉硃批：『另有旨。欽此。』同日到三月二十八日，内閣奉上諭：『周（之琦）奏假期已逾，懇請開缺一摺，周（之琦）著再賞假兩個月，安心調理，一俟痊可即著接印任事，江西巡撫仍著桂良署理。欽此。』

五月二十二日，病痊接印。時值水災，奏請賑濟南昌、新建、豐城、進賢、清江、峽江、廬陵、萬安、吉水、建昌、德化、德安、上猶等縣被灾貧民銀共四萬四千八百兩，俱蒙俞允。

是年，正科鄉試。八月，監臨文闈。十月，監臨武闈。

道光十五年乙未（一八三五）　五十四歲

是年夏，大母命不孝汝筠：『汝母逝已七年，汝父篤摯至今，不置侍姬，今當圖之。』不孝汝筠乃於鄉試之便，先繞道至常熟，托舅氏訪定無錫張氏。

七月送歸，大母甚慰，即命府君置爲簉室。

是年，恩科鄉試。八月，監臨文闈。十月，監臨武闈。次男汝箴中河南鄉試副榜。十月，汝箴因婦袁氏癲病不痊，納妾吴縣楊氏。

是冬，錢公心壺由粵東赴汴，主講大梁書院，道經豫章。

十二月，慶祝大母九旬壽辰。

道光十六年丙申（一八三六）　五十五歲

二月二十一日，接准部資。道光十六年二月初三日，内閣奉上諭：『湖北巡撫著周（之琦）調補。欽此。』具摺請覲。

三月十四日，調到遞署，各員卸事起程，迎摺北上。某紀事詩三首，附録於此：

吾鄉原瘠土，去歲況奇灾。江漲黿鼉惡，田荒雁鶩哀。迴瀾無善策，造福有高才。五月猶平糶，西川運米來。

入伏吟雲漢，韋公慮又煎。郊壇勤步禱，父老識心虔。甘澍連三日，精誠格九天。謳聲聽處處，喜雨兆豐年。

棘闈文戰地，大典重監臨。一蓋茶香細，三條燭影沉。嚴扃符調水，救急藥捐金。嘯月南樓畔，關防費苦心。

十八日，安徽舒城途次，奉硃批：『即赴新任，届期奏請。欽此。』

四月初九日，到湖北省城接印任事。訪聞某處班館素濫，立飭禁撤。不孝汝琦於是月侍奉大母到署。

八月，五孫慶夏生，不孝汝筠出。

道光十七年丁酉（一八三七）　五十六歲

湖廣訥制軍查閱湖南營務，途次奉旨降補湖南巡撫，具奏將湖廣總督關防委交湖北巡撫兼署，二月十五日接印。

三月，林文忠公總督兩湖士庶，有『浪大舟難撼，風多樹不摇』之句，具見一時督撫俱洽。與情雜職，列班參謁。忽一員越次進前，自稱是在籍某相之戚，并呼字號，屈一膝云某某先生寄安。府君訝甚，飭以：『巡撫豈當在籍中堂寄安？如有要語，應必致書，縱或口傳，應稱中堂戚屬，或私稱字號，今在公所廣衆中，何得褻稱字號？先生繆妄之極。』申飭退去。

是年，正科鄉試。八月，監臨文闈，并會考拔貢。十月，監臨武闈。不孝汝筠中河南鄉試舉人。

道光十八年戊戌（一八三八）　五十七歲

正月，不孝汝筠入都會試，既報罷，因事尚留京寓。

四月二十三日，接到家書，驚聞大母於是月十二日寅時弃養。即日出都，迎至確山。途次遇府君暨承重孫汝笏扶櫬歸里。

五月中旬，至汴。入城治喪，賃居汴城火神廟前街。是月，次孫女生，次男汝箴庶出。

十月，不孝汝策生。

十一月，奉大母靈櫬合葬於大父墓，并祔葬三叔祖於大父墓，左昭位葬之。次日，歷視墓址，見道旁白楊，置有陶器、香爐，鄉人指謂：『此樹有神，疾病求藥，輒有細屑灑下，接取，水和服之，立瘥。』府君命撤去香爐，語鄉人曰：『如非有人捏造，即是妖物憑附。再爾當伐此樹，無使惑人。』嗣聞鄉人傳言，後有禱者，竟無細屑。

道光十九年己亥（一八三九）　五十八歲

七月，移居新置河道街屋，并置通許田十餘頃。

八月，友人會稽監生陳瀚自願以長孫慶益爲長女婿，四孫慶昌爲次女婿，府君許之，遂聘定。并爲次孫慶杭聘同邑廣文高賜祜之女，爲三孫慶榕聘紹興監生錢式如之女，五孫慶夏聘嘉興茂才錢聚潁之女。

是冬，與錢公心壺論族葬昭穆，錢公答書曰：

前吴子晋來，知兄省墓鄢陵，適鴻雪嚴寒。昨聞從者已還，省垣勞苦，無恙否？念念。

吾兄讀禮餘暇，講求宗塋之法。族之未葬者，以時舉襄，甚善甚善！承詢古族葬昭穆，以其班祔《趙氏圖説》外，它書有可參考否？儀吉，竊以一區之地，形勢有廣狹，昆季有衆寡，或星曜順逆，或事勢遷移，若不能盡以昭穆限者，退惟前賢著述，鮮有論及此者。院中携書不多，無可詳核。寒家先世，太尉廟塋，五世連壟，頗依族葬之法。今以《趙圖》證之，如第一穴如淵翁墓，其祔者二世君静、三世景寅、四世菊莊，皆以昭穆。如第二穴養素翁墓，其祔者三世景行、景訓兄弟分列左右，不以昭穆。而四世公美、公節，五世惟中，又以昭穆。又如如淵翁，子二人，長子君静祔於右，養素翁爲次子，在如淵翁墓左，亦不以昭穆。又墓以西爲上，與《趙圖》祖墓居中者不同。諸祔者各從其考，與《趙圖》諸孫不分何房所出者不同。儀吉知識，庸下未習於禮。先世在明初耕且讀，養素翁始列庠序，是墓何代營建，家譜未詳。當日曾否博訪通儒，預定規制，年遠亦不可得知。然自宣德、成化間奠安窀穸，至今四百餘年。春秋時事，後裔祗肅，以將未之有闕，自非有合於天理之正。人情之安，無繇及此。謹依寫墓圖，并注明族屬，奉呈清覽，以備采擇。至吾兄前日所言，崇安公兄弟行從於祖考，墓兆左右并列，俱爲正穴。今已松檟成行，不欲於南更置新冢，使前有所蔽，今按之《趙圖》意正如此。蓋《趙圖》不詳前後，惟有南北耳。其言曰：『凡昭穆之墓，每一列自墓分心，南北相去各九步。』然則昭穆自爲一列，所謂自墓分心者，昭穆之墓耳。所謂南北者，左右之南北耳，自不當在正墓之前更置墓也。又云：『東西不可預分。』蓋人數多寡，難於前定，然則閣下但當於墓道東西擴充地域，以俟它日相其位之所，宜體量行之可耳。

族侄汝翙入邑庠。

道光二十年庚子（一八四〇）　五十九歲

七月十二日服除，越八日承重。汝笏歿，無子，籤掣不孝汝筠第三子慶榕承繼。

八月，入覲。二十五日，奉上諭：『周（之琦）著補授太僕寺卿。欽此。』同日，奉上諭：

『黄爵滋現在出差，刑部右侍郎著周（之琦）署理。欽此。』

十一月二十九日，奉上諭：『周（之琦）著補授刑部右侍郎。欽此。』并奉派主稿。

道光二十一年辛丑（一八四一）　六十歲

閏三月十三日，奉上諭：『周（之琦）著補授廣西巡撫，馳驛前往。欽此。』陛辭出都，從父安之公同行。

五月十五日，至廣西省城，接印任事。照例兼銜，并另兼節制通省兵馬銜。是月，六孫慶階生，次男汝箴庶出。

六月，祥符河決，廣西傳聞失實。適不孝汝筠馳禀河決，南岸汴城當衝無妨。府君甚慰。從父安之公歸汴。

八月，彙奏續獲舊案劫搶結拜逸犯八名。

九月，不孝汝筠送眷口赴桂林，時值府君患腿疾，數日始痊。

道光二十二年壬寅（一八四二）　六十一歲

正月，遵例爲次男汝箴報捐教諭。

五月，彙奏續獲舊案劫搶結拜逸犯九名。

六月，奏捐河南河工、城工等項經費銀一萬兩，奉賞隨帶加五級。

七月，爲長孫慶益完娶。

十一月，七孫慶揚生，次男汝箴庶出。

道光二十三年癸卯（一八四三）　六十二歲

四月，次女歸道光己亥科鄉魁歸安俞香屏名光曾。

七月，錢公心壺因查庫賠款，遣長子孝廉名寶惠、四子茂才名彝用至粵，府君爲助繳數成。

閏七月，彙奏續獲舊案劫搶結拜逸犯十四名。

八月，奏請將外匪加等定擬，其略曰：『粵西地處邊陲，民猺錯雜，陸路遼闊，河道綿長。而梧州、平樂、潯州、南寧、鬱林等州府屬，均與粵東緊連，匪徒時時出没。查粵西民風素稱安分，近來搶劫、訛詐、結拜之案層見疊出，而所獲各犯籍隸廣東者居多，推原其故，由於廣東辦理洋盜，例嚴法密，該匪等每由岔河偷入西省，勾結土匪、土棍，爲搶爲劫。節經於各緊要處所，設有巡船、卡房，派撥兵役，顧募壯丁巡查，并派委文武專司督緝，但匪徒分潛荒僻岩峒，乘閑出而劫掠，甚有持械拒捕、蔑法逞凶，貽害地方，實非淺鮮。雖節經獲犯，各按本律、本例隨時懲辦，而若輩獷悍性成，仍復呼朋引類，擾害如前。若不從重懲治，不足以除奸宄而靖地方』云云。

是年，正科鄉試。八月，監臨文闈。十月，監臨武闈。

是冬，腿疾復作，久始漸平。

道光二十四年甲辰（一八四四）　六十三歲

三月，具摺請覲，奉硃批：『下届再行奏請。欽此。』

四月，彙奏續獲舊案劫搶結拜逸犯十二名。

六月，附片奏：

再臣於六月初，風聞湖南耒陽縣地方有匪徒抗糧聚衆情事，當即密委營弁，星夜前赴該省查探。旋於十六、十七等日，據桂林府屬全州知州黄作霖、署全州營參將西林先後稟報，探聞湖南耒陽縣匪徒段、陽二姓等，於五月内因抗糧聚衆，攻城滋事，拒傷官兵。現經湖南巡撫提督帶兵親往衡州剿辦，連次將匪徒擊敗，退至距城一二十里各鄉村，屯聚未散。該州現已會營分帶兵役前赴，與楚省交界各處所嚴密巡防等情，并據委赴湖南查探之營弁稟同前由。臣查奸民抗糧滋事烏合之衆無難，立時撲滅，且未准。湖南撫臣咨會防堵，自必辦有把握。惟粤西與楚省壤地緊接，耒陽至全州，雖中隔衡陽、祁陽、零陵等縣，但水陸道途處處可通。現經官兵進剿，勢必紛紛四散潰逃，難免不竄入粤境，亟應先事防拿。現復札委候補通判陸恩壽并咨會提，臣飭委護提標後營游擊周彪炳馳往全州，會同查辦，并嚴飭與楚省交界地方各文武，分派員弁，多帶兵役，前赴各要隘，不動聲色，無分雨夜，實力嚴密巡防堵緝，遇有楚省匪徒竄入，立即擒拿解究，毋許縱漏，亦不得稍事張皇，驚擾居民。現據全州具稟，各要口防範謹嚴，邊界居民極爲安静等情，除咨會督臣一體飭防外，理合附片奏。

聞奉硃批：『是。欽此。』又奏獲劫盗十二名。

七月，爲次孫慶杭完娶。

十月，八孫慶平生，次男汝箴庶出。

道光二十五年乙巳（一八四五）　六十四歲

二月，彙奏續獲舊案劫搶結拜逸犯十六名。

三月，奏獲行劫越南兵船及護送委員船隻盗犯四十二名。

四月，奏獲四川教匪五名。

十一月，八孫慶平殤。

道光二十六年丙午(一八四六)　六十五歲

二月,腿疾復作。

四月,彙奏續獲舊案劫搶結拜逸犯十名。

五月,九孫慶端生,不孝汝筠出。是月,三孫女生,次男汝箴庶出。

六月,陳瀚因妻病并謂女病,將長孫婦挈回紹興。

七月,以腿疾難愈,具摺請賞假一月,巡撫關防委交藩司暫護。假滿,不能速痊。

九月,奏請開缺。

十一月,自桂林起程回籍。

十二月,長曾孫恭惠生,長孫慶益出。陳瀚挈妻女行至無錫,長女舟次生男,可見非病,而陳瀚執迷不悟。

道光二十七年丁未(一八四七)　六十六歲

二月朔,到汴。戚屬某身故,頗遺債累,一子尚幼,日被登門逼索。府君歸里,悉爲償訖。

五月,長孫慶益夭。

八月,次孫慶杭夭,九孫慶端殤。

道光二十八年戊申（一八四八）　六十七歲

二月，捐助恤嫠粥廠經費制錢二千串。

六月，次男汝箴選授西平教諭。

道光二十九年己酉（一八四九）　六十八歲

府君以不孝汝筠會試報罷六次，并且字迹拙劣，縱或幸中，斷難入選，飭由順天議叙就職知縣。是年正月，選授江西武寧縣知縣。

三月，出都，乞假省覲。府君命詣鄢陵省墓，并至汝箴西平學署小住。回汴，爲出繼孫慶榕完娶。假期已逾，府君飭催赴任。曩因考試，暌違親顔，近祇數月，久亦不過歲餘。今出仕，久暫難必，利鈍難知，叩別之頃，涕泗殊不能忍。

是秋，稟聞接印。族侄汝恂入郡庠。

是冬，爲不孝汝策聘定錢公心壺孫女，候補刑部司務謙山公名尊煌女。

十二月，伯兄嫂邵恭人卒。

道光三十年庚戌（一八五〇）　六十九歲

正月下旬，驚聞成廟升遐。

二月初二日，扶病登程，奔赴京師，叩謁梓宫。二月十九日至京，赴禮部具呈，爲呈請代奏事：『竊某係河南祥符縣人，現年六十九歲，由嘉慶戊辰科進士，改庶吉士，授職編修，歷司業中允侍講，道光元年授四川鹽茶道，升浙江按察使，廣西布政使，江西、湖北巡撫。丁憂服闋，補太僕寺卿，歷刑部右侍郎，廣西巡撫。二十六年，因腿疾奏准開缺，回籍調理。兹驚聞大行皇帝龍馭上賓，泣念三十年豢養深恩，當即力疾起程來京，懇請叩謁梓宫。惟某年力就衰，腿疾未痊，現在步履蹇滯，耳亦重聽，不敢具摺請覲天顔。仰祈據情代奏，籲懇天恩，准令於應行齊集之日，在宫門外隨班匍匐行禮，庶螻蟻哀忱，稍展萬一』云云。

三月十四日，進内在，出入賢良門，隨班行禮。二十二日，出京。

四月初五日，到汴，有《庚郵日記》記載：

此次抵京，因長途勞憊，艱於出户，而相知憐其老病，率先惠顧。相愛之誠，視昔之貳秋曹、持撫節，殆有加焉。自非古誼碩交，豈易得此？猿鶴牽夢，驪駒在門，中心藏之，何日忘之？

又：

出都前一日，午飯陶梟薌家，魏麗泉同坐。梟薌出所藏書畫見示，内耕烟散人山水小幅，絶去筆墨痕迹，平生所僅見也。晚歸寓，知與潤齋參贊見過。潤齋，二十年前杭州舊侣，因未悉住址，無由走訪。今又交臂失之，匆促脂轄，不及往答，殊爲負負。到汴，聞錢公心壺病，未及往視，已歿，甚悼惜之。

是月，長曾侄孫庚兒生，出繼孫慶榕出。

是年，不孝汝筠以糧艘搭運捐米，議叙加知州銜，并爲庶母請五品貤封。

八月，長曾侄孫庚兒殤。表侄陳志桂入邑庠。

咸豐元年辛亥（一八五一） 七十歲

正月，府君諭不孝汝筠，以陳瀚荒繆絶倫，一時未能强合。四孫慶昌年長，可爲先置側室。

四月，爲慶昌納妾新建王氏。

七月，不孝汝筠遣使慶祝府君七旬壽辰。次男汝箴自西平送考至汴。俞香屏偕次女挈同外孫，由湖州至汴，俱慶祝壽辰。

八月，次曾侄孫辛兒生，出繼孫慶榕出。

九月，不孝汝筠稟奉檄調恩科鄉試闈，差派充同考試官，得傅子璘等十一人。

十一月，次曾侄孫辛兒殤。

咸豐二年壬子（一八五二） 七十一歲

四月，不孝汝筠稟聞對調南康縣。又稟，五月二十五日接印。府君諭曰：『汝以脱離武寧之累爲幸。文静涵過汴，則謂「因何以首郡有漕之縣對調外府無漕之縣」等語，殆未計各縣費用不同也。武雖稍優於康，而入不敷出，康不如武，出入尚符耳。』四叔祖季華公一子，爲從父邑庠生。升之公諱之暐，齒尊家貧，前分義田，多爲河決壓沙，乃收回。出課通許田二百畝，有奇爲升之公養老。

九月，三侄曾孫恭梅生，出繼孫慶榕出。

是年，股匪滋擾兩湖，府君嚴飭實力籌防。不孝汝筠稟聞縣事煩雜，不能專力練兵，并且承平日久，團練之舉衆極畏縮，因思團練、鄉勇并非常例公事，乃派孫輩慶榕、慶昌、慶夏幫同督勇，府君諭曰：『現值軍興，各屬辦事虛實，極易徵驗，汝須實力審慎爲之。』從父靜甫公到康。

咸豐三年癸丑（一八五三）　七十二歲

府君諭不孝等以股匪於冬春揚帆，連陷武昌、安慶、金陵，此皆省會也，何以淪胥若是之易？惟賊先由大江下趨，使大河南北一時震動，藉以略知警備，不至猝不及防，猶爲不幸之幸也。

五月中旬，賊分由皖北竄撲汴城，群情震駭，紛紛徙避。適俞香屏會試報罷，過汴，共守圍城。汴中戚友多勸府君年高應須暫避。府君取紙筆書韻語二十四字曰：『臨難苟免，義弗忍爲。絶筆留示，筠箴及篪（不孝汝策先名汝篪，己未夏間，府君命改今名）。勉哉立身，勿爲我悲。』衆始不敢再言。圍城三日，會天大雷雨，賊多暴死，又經守城民勇屢出殺賊，賊遂南北潰去。府君捐制錢一千串，倡設汴城紳團局，因年老不能甚任勞役，雖捐資創始，而局中并不列名。又捐通許田十一頃，以備餉糈。次男汝箴在西平教諭任所，聞知汴城警信，遣車探迎。忽回報行至尉氏，探知朱仙鎮梗阻不能進，并且其時風鶴已漸及西平。守土者定計衹有一走，汝箴與之力争，并爲籌設守禦之策，固莫顧學官言也。汝箴發憤，遂於五月二十三日失血而殞。汴圍甫解，府君得汝箴凶信，急遣車接家口旋省。適西平群情惶惑，城内走避已空，乃載汝箴柩及妻妾子女六口以歸。是役，侯岡守墳人侯新德兄弟極爲出力，所有積欠多年地租錢約近一千串，府君悉與蠲免。

十月，爲不孝汝策完娶。府君諭不孝汝筠：『汝五月奉繳督康邑訓諫之勇，援解上猶縣城圍，剿平股匪，蒙獎以直隸知州，即補賞戴花翎，孫輩榕、昌、夏等俱獎文監生。汝初次出師，幸而竣事得獎，切須加慎。』

咸豐四年甲寅（一八五四）　七十三歲

二月，長曾孫女生，四孫慶昌庶出。

是年秋，府君諭不孝汝筠：『汝上年七月復奉檄督勇，擊退贛縣攸鎮竄賊，萬安良口踞賊，克復萬安縣城，先經擬獎以知府用，後因覆核改爲交部議叙。汴省當道，有以克復鄰封城池僅止交部議叙爲詫者，然汝職司一邑，期於保守地方，如果驟行超擢，是借徑爲自己升遷計，豈不辜負地方？切須加勉，毋稍鬆勁。』

是年冬，府君諭不孝汝筠：『汝稟閏七月，奉檄督勇赴大庾梅嶺外防堵粤匪，以防堵久暫難知詳。派孫輩督勇經南雄牧，借調防勇，克復始興。縣城進兵援韶，圍韶之賊見有兵至，連夜遁去，康勇乃歸各等。語團練、鄉勇，果能保守本境，已屬難得。今汝以剿爲堵，尤勝於畫地拘守。然汝僅一邑令，力量輕微，撥勇、越剿、糧餉，操自外省。設或事急用汝，事平爽約，汝固無如何，而衆勇則惟知向汝問取，事關興師動衆，必須詳審，初非令汝區分畛域也。汝試思之。』

咸豐五年乙卯（一八五五）　七十四歲

二月，四曾侄孫恭虔生，出繼孫慶榕出。

三月，次子婦袁孺人歿。

四月，府君諭不孝汝筠：『汝稟年前康勇既歸，賊復圍韶，雄牧復有借兵之舉。汝卸縣事而與孫輩督勇援韶，是汝以進爲退，特此次舉動較前爲巨，僅一州牧督兵，一州牧籌餉，殊未可恃。』

九月，府君諭不孝汝筠：『汝援韶，幸竣事，并先奉准以知府儘先補用，出力員弁，查明請獎，此皆出我望外，惟爲欠餉所累，久羈南安，旅寓此，是我逆億偶中也。汝今事平而未能退，又復投閑置散，坐視陣亡家屬及衆貧民，一籌莫展，亦殊悶損。』不孝汝筠稟母舅峻甫公長孫沈鶴清分帶康勇，攻剿泰和縣踞賊。

十二月十四日，在城下陣亡，族侄汝恂幫增生。

咸豐六年丙辰（一八五六） 七十五歲

六月，次孫女殤。

十月，府君諭不孝汝筠：『信豐劉某來，得汝八月書。知前此來往各函大半浮沈，内有我由湖南轉寄長信，述汴中近事，甚悉，遺失可惜。汝前因粵餉久羈南安，嗣復奉檄協防瑞袁，檄未到而瑞袁臨已全陷。吉郡被圍，并陷屬縣，僅存龍、萬二邑。汝攻泰和以援吉，并固南贛門户，不意吃緊之際，糧餉斷絶，撤贛籌商。贛紳中途留汝，而贛勇忽他途前進，汝帶勇歸，籌於康邑，甫得五分之一，詎贛勇忽在泰、萬界上遇賊，潰回。萬安、龍泉相繼失守，贛南土匪蜂起。愚民固易動，而士類叛附者且不少，康紳急籲本府委汝於三月十五日署縣接印。逆黨亦争先豎旗，汝全家嬰城固守，諸孫奮勇，戚友膽定者，亦同心協力，潛約西鄉各團，群起殺賊，轉危爲安。自此，民知敵愾，大局保全，我忭慰無似。至汝以不能繞道援吉被劾，是未計勇力之衆寡，糧餉之盈絀及行軍之後路耳。』

咸豐七年丁巳（一八五七） 七十六歲

五月五，曾侄孫恭萬生，出繼孫慶榕庶出。

閏五月，長曾侄孫女生，慶榕出。府君諭不孝汝筠：『前閲邸抄，知汝以剿平股匪開復矣。今汝稟三月援解信豐縣城圍情形，此是康邑，新經一載，鏖戰之兵又復選鋭，而往宜其得力。』

八月初六日，貤封張宜人卒，得年三十有八。府君年高，不孝汝筠服官在外，值軍興，不能速退，全賴庶母在家護持，不意盛年摧折。族侄孫衍恩入邑庠。

咸豐八年戊午（一八五八）　七十七歲

三月，十孫阿俊生，不孝汝策出。凡育四十餘日而殤。

九月，不孝汝筠禀：四年五年兩次援粤，出力并奬，孫輩榕、昌、夏等俱得列奬，并賞戴藍翎。又禀：母舅峻甫公次子沈鋐因軍務積勞，於九月二十日病故。

咸豐九年己未（一八五九）　七十八歲

正月，六曾侄孫恭興生，出繼孫慶榕出。

三月，爲五孫慶夏完娶。

是年夏，府君諭不孝汝筠：『前得汝禀知，戊午仲冬，大股賊圍信豐，連陷南安府城、崇義縣城，蔓及上猶境内。汝三面受敵，勢殊危殆。汝禀語頗安定，始而恐，是欲寛我心。惟汝久不忘備，則臨事一切布置，自非平空結撰。今續禀上憲委汝兼辦府事。二月，克復郡城，平定猶崇，并解信豐之圍，此皆仰賴神佑也。復郡煞費苦力，事既竣，而七年剿賊，各起出力并奬，行知適到宜乎，衆人混爲復郡保奬也。』

八月，從父静甫公歸汴。

九月，從父升之公卒，子郡廩生汝恂、監生汝恬，以既承分田，又代購美木安葬。今已事竣，謹將養老田呈繳。府君謂曰：『汝等殆見我亦拮据耳。然我亦安忍視汝等窘乏？田即留給汝等，俟汝等寬裕時繳還可也。』

十月，諭不孝汝筠：『前者汝策喜談兵，既又奮力於文，我雖知其專心，然不能弗以家務役使，乃得閑，仍復苦讀文，頗有進。今因持生母服，本年小試及補行前兩科鄉試，均未能與兹爲報捐監生，令專力制舉。』

十一月，祔葬伯父暨伯母邵夫人、陳夫人於侯岡祖墓左，始以祖墓未容多葬，擬俟另卜嗣。因兵戈擾攘，從伯叔父母均擬祔葬祖塋，遂同時安葬，并議定汝字輩以下不得祔葬，免致叢雜。

三女許字寶坻李生德垿，係李聚五司馬、林蔚東大令爲媒。

咸豐十年庚申（一八六〇）　七十九歲

二月，次曾侄孫女生，出繼孫慶榕庶出。

三月，府君諭不孝汝筠：『汝因久辦康邑團防，難於徑歸，欲迎我至康一游。并援大母高年，歷赴四川等省爲徵。我在家悶損，深願一游，且我今尚未及大母自蜀赴浙之年，特我體健既不及大母，而今年蘇浙軍情甚急，姑俟再商。』

是年八月，部議各省官紳捐助京餉，府君以曾任巡撫，捐不容緩，惟乏現款，亟售住屋。不孝汝篘聞知，擬設措一千兩，由南康縣批解。江西藩庫搭解赴部，未奉省批，而家中業將住屋賤價售得二千五百金，以二千繳捐，以五百金將後屋及隙地半畝改作栖止，街門在西域人居巷。

九月，次曾孫吉兒生，五孫慶夏出，旋殤。

十二月，族侄孫元昶入郡庠。

咸豐十一年辛酉（一八六一）　八十歲

三月二十七日，移居西域巷新寓。府君《新居閑筆》云：

庚子山所謂蝸角蚊睫，又足相容者也。回憶舊屋，從前頗費經營。兹因捐助軍資賤價售去，勉效綿薄，輒成長句爲别，云：　客燕操泥入室頻，等閑安宅付他人。傾家未必堪充餉，祭竈何妨别請鄰。早退本無疏傳樂，後亡聊慰鄭卿貧。信陵臺館周王邸，一樣空花莫認真。

又《别庭中花木》云：

臨行無語對群芳，咫尺天涯暗自傷。蘭畹金荃虚贈答，雨絲風片剩凄凉。紫雲豈必仍歸杜，紅拂争知舊屬楊。可惜好花如好婢，枉抛詞客事牙郎。

又《新居閑筆》記：

四月十三日，同巷人因新宅落成排日來賀，饋食品者、贈楹聯者，且皆導以鼓樂，可謂情文并茂矣。不圖陋巷中人，乃爾多情。讀《論語》數十年，今始知聖人欲居九夷之意。

五月初八日《新居閑筆》記：

近年只餘一齒，邇來欲墮不墮，幾廢飲啖。前日居然脱去，輒賦小詩自嘲：『汴州有一我，斗筲烏足算。然猶好高論，諧笑寓月旦。徒以有齒故，頗爲衆所訕。今兹豁然空，面目一朝换。摇唇槍無力，掉舌花不粲。庶幾同流俗，一鄉皆稱愿。』

五月，三曾孫瞻兒生，四孫慶昌庶出，育百日，殤。不孝汝筠遣使慶祝八旬壽辰，章薌國之世兄章笛帆以黔牧告歸回京，因河北路梗，在汴小住。

《新居閑筆》記：

六月初四日，笛帆、謙山以余誕日將近，爲醵錢謀一日之歡，辭之不獲。適静甫弟來城，欣然入局，因就敝居演劇一日，家居以來可謂第一幸事矣。是日，濃陰不雨，爽籟時生，不復知爲炎序，斯亦主人情重之所致也。漫成二律志感：『吾衰嗟已久，槁項幸生存。何意同心侣，頻過倦客門。雉腒循古禮，象板侑清尊。下士聞應笑，難爲薄俗論。』『梓里誰投贈，苔岑此合并。他鄉有親故，高義到柴荆。小部虚庭集，華簪陋巷迎。重吟冥報句，慎勿哂淵明。』初七日，表侄丹林，從侄信如、彦愉，復醵錢治具爲壽。書生紙裹中物，豈堪豪舉。且余方勞倦，不堪久坐，然諄諄之情不可却也。遂復盡歡一日，貧者之貨財，老者之筋力，皆亡於禮者之爲禮矣。七月初五日，從侄端木、信如、彦愉及信如全家俱來，竟日因在制中，先期致祝也。初六日，笛帆、謙山、丹林來觀劇，夜分乃去。薄暮，静甫弟自莊上來。初七日，余八旬生日，内外客來觀劇者，不能悉記。連日欲雨不雨，此尊客之福也。』

九月，次曾孫女生，五孫慶夏出。

十月，十一孫慶飴生，不孝汝策出。

是冬，府君諭不孝汝筠：『前於邸抄内見汝得保薦，奉旨著吏部調取引見，邸抄稱即補道員，知廣東協剿仁化保獎，已邀恩准。兹閲汝禀，并知孫輩榕、昌、夏均獲進秩，賞换花翎。惟前有克復南安府城各起，某起已獎，單内未經叙明，前後查閲，殊不了悉，後便詳悉寄知。今科河南鄉試，臨時因寇警停止，汝策迫求一試，今復不果，姑爲報捐國子監典簿。』

同治元年壬戌（一八六二）　八十一歲

正月，不孝汝筠禀聞：現奉委署南安府篆務。年前十二月初二日，卸南康縣事。新正初二日，接南安府印。康邑自咸豐八年十一月至十一年四月，辦理境外堵剿共十有一起，請獎者七起，廣東奏一起，省憲將九年克復南安府城一起提出另奏。兹於元夜奉到行知，不孝汝筠蒙交部從優議叙，孫輩連七年以前得獎，現在孫慶昌係賞换花翎，候選同知直隸州知州。五孫慶夏係賞换花翎，知府銜，候選同知直隸州知州。出繼孫慶榕，系賞换花翎，道銜，候選知府。

三月又禀聞：　奉到行知補授江西督糧道，安屬士紳復有呈留之舉，殊覺且愧且歉，計在康邑前後辦理九載，叠經危險，幸皆力保無誤。今以超遷舍去，使邑人之有敵愾，固結心者，一旦灰冷，自問甚無以對此義旅也。

六月又禀聞：　四月二十七日卸南安府事。五月得汝策書，知淋症復發，本即乞假歸省，因有安屬呈留，士紳尚在省垣，礙難遽請，乃於六月十三日聊接糧道篆。

七月十二日夜，接到家書，述府君近證甚劇，連夜具禀乞假。十三日，俞香屏偕次妹并甥兒女共六人避亂，由浙到豫章，一時悲喜交集。府君因不得次妹消息，頗極憂慮。今得平安到此，特惜無由捷速馳報上慰廑懷。十九日，卸糧道事，馳歸省視，旋即聞訃，驚悉府君已於六月二十二日未時弃養，嗚呼痛哉！并有數日前手書諭不孝汝筠：『病在膏肓，和緩無能致力，况他人乎？年逾八旬，不爲夭死。况卧病半年，今得脱離軀壳，與長逝游，亦復何憾？惟念汝奉檄南行，十有四年，竟不能再見一面。始知己酉四月，與汝泣别之日，正吾父子緣盡之日，思之能勿慟乎？』不孝汝筠早歸兩月可及一見，瞻旬遲誤，抱恨終天。不可爲人，不可爲子，嗚呼痛哉！

又手書遺囑：『毋散訃，毋開吊，毋延僧道誦經。違者非我子孫。』弃養前一時，呼不孝汝策至前，諭曰：『我病中神清心定，自覺一時尚可無妨。今忽手内抽縮，是欲脱去，汝試固執我手，我今不能自草遺摺，姑口授報縣呈稿。』維時口齒已不甚晰，不孝汝策忍泣敬聽，約略具稿，呈府君閲看，謂：『就此亦可。』遂不復言，逾時長逝。

府君達觀，先於四五月間，戲令戚好各作挽聯，最喜三聯，兹謹附録。

表侄陳志桂聯：錫福受恩深，浩蕩春祺，十一軸珍藏羲畫；看花登第早，真靈秘籍，廿八科領袖仙班。

姻親李增祉聯：頻番子舍送佳音，折屐何知，似謝傳群推雅量；隔歲甲科需式宴，承筐未逮，惜龔生竟夭天年。

姊甥王子義聯：里社晦高名，珠樹群才，早藉貽謀成令器；詞場推老宿，金梁一册，即論餘事亦傳人。